LOBO

EL CAMINO DE LA VENGANZA

PATRICIA GARCÍA-ROJO

sm

www.
literatura**sm**
.com

Dirección editorial: Elsa Aguiar
Coordinación editorial: Berta Márquez
Imagen de cubierta: Marta Mesa

Impresores, 2
Urbanización Prado del Espino
28660 Boadilla del Monte (Madrid)
www.grupo-sm.com

ATENCIÓN AL CLIENTE
Tel.: 902 121 323
Fax: 902 241 222
e-mail: clientes@grupo-sm.com

ISBN: 978-84-675-7164-6
Depósito legal: M-13456-2014
Impreso en la UE / *Printed in EU*

A Javier,
por escuchar mi sueño
por primera vez.

Gracias, Marta,
por dejarte arrastrar
por esta loca historia
de Amor y vengan-
za.
Con todo mi cariño,

15 Abril 2015

1

Me llaman Fénix y esta podría ser mi guerra, pero es la guerra de Lobo.

La historia comienza un día cualquiera durante las festividades de la Luna Azul. Un año antes de esa fecha había alcanzado la mayoría de edad, diecisiete años según las tradiciones. Por lo tanto, hacía dos años que había entrado al servicio de los Calaned, una de las familias más acaudaladas de la ciudad donde me crie. Cuando a mis dieciséis años mi madre comprendió que jamás encontraría un marido para mí, pensó que aseguraría mi porvenir si lograba que los Calaned me hiciesen un hueco entre la amplia lista de sus criados. Mi padre era un simple zapatero y mi madre tampoco provenía de la nobleza, así que mi futuro dependía de concertar un buen matrimonio. Mi madre siempre había albergado la esperanza de que algún joven de la ciudad, quizá el hijo del peletero o, con suerte, algún comerciante enamoradizo, se prendase de mí y pidiese mi mano. Desgraciadamente, aquello no llegó a pasar. Mi talante indiferente y el hecho de que mi cuerpo tardase más de lo normal en desarrollarse terminaron de apartarme de cualquier oportunidad de flirteo. Pese a ello, mi madre se empeñaba en culpar de mi fracaso a mi melena pelirroja. Siempre había tenido el pelo de un naranja intenso, rizado en hondos bucles, tal y como se representaba a la señora de la violencia en las pinturas del templo a la diosa de la Luna Roja. Según la cultura popular, nacer con el pelo de ese color era signo inequívoco de una vida repleta de problemas, por eso mi madre se afanaba en cubrirme la cabeza para ocultar mi cabello.

–¡Los dioses nos han castigado por no tener un hijo varón! ¡El fuego de tu cabeza nos condenará a todos! –refunfuñaba cada vez que tenía oportunidad de castigarme con su verborrea.

Quizá por todo aquello, no me molestó que decidiese apalabrar con el ama de llaves del palacio de los Calaned un puesto para mí dentro del enorme ejército de sirvientes. Incluso me sentí agradecida. Una joven de dieciséis años como yo solo podía esperar dos cosas de la vida: un marido amable que la bendijese con infinidad de hijos o un trabajo honrado que le permitiese mantenerse y mantener a sus padres en la vejez. Dado que yo no tenía demasiado interés en el matrimonio, el puesto de criada de la hija de Jokob Calaned parecía la oportunidad perfecta para escapar del hogar paterno y comenzar mi propia existencia.

Aun así, el día en que atravesé la puerta del fastuoso palacio con mi ridículo hatillo, no pude evitar pensar que mi destino estaba escrito en un pequeño párrafo en una vieja hoja de papel. Dedicaría mi vida a servir a aquella familia sin más inquietud que la de preguntarme si se habría secado ya la colada para recoger los vestidos de mi señora. Mi señora.

Arlinda Calaned, un año menor que yo, morena y malcriada, con su tez pálida y sus caprichos de camarín. Vivía recluida en las salas de las mujeres del palacio y solo se mostraba al mundo cuando su familia organizaba una de sus fiestas, donde era exhibida como una prenda más de la que presumir. Comparándome con ella, valoraba mucho más mi limitada libertad que su encierro enjoyado. No envidiaba su existencia de muñequita llena de anhelos. Y ella percibía eso con disgusto.

La verdad es que no nos soportábamos.

Arlinda pagaba conmigo todas las frustraciones de su existencia monótona y yo asumía sus pataletas con la misma paciencia con la que alguien observa crecer las plantas. Aprendí a contenerme, a respirar hondo ante sus impertinencias y a usar siempre un tono educado y cortés que me sirviese de salvaguarda si en algún momento decidía denunciarme a su padre, al que solo había visto en una ocasión mientras esperaba en las caballerizas a que estuviese dispuesto el carro de mi señora.

Había oído decir que era un hombre en exceso religioso, que rendía un especial culto a los dioses de la Luna Amarilla. Tampoco tenía relación con el resto de la familia de Arlinda. Conocía a su madre, Clemerilda, una delgada y enfermiza mujer que vivía siempre rodeada de médicos, aquejada en todo momento de cualquier extraña enfermedad. Mi señora tenía dos hermanos más, pero puesto que eran varones, nunca se me había permitido aparecer en su presencia. Las normas a este respecto eran bastante firmes y Arlinda lo sabía tan bien como yo. Quizá por eso decidió saltárselas.

Como decía, todo empezó con los preparativos de las festividades de la Luna Azul. Los cinco dioses, representados cada uno por una luna, recibían en diferentes fechas amplias ofrendas y grandes tributos, pero los Calaned se preciaban de ofrecer la mejor fiesta para celebrar la desaparición de la Luna Roja y el surgimiento de la Luna Azul en nuestro firmamento. El nuevo astro aliviaba los corazones y los limpiaba de las faltas cometidas durante el tiempo de la Luna Roja, que era conocida por despertar los instintos más bajos y violentos. Las clases altas, acompañadas por los sacerdotes que servían a la Luna Azul, llevaban a cabo largos rituales de purificación en los que sumergían las manos en agua y fuego, para después disfrutar de banquetes y bailes. Los demás nos contentábamos con dejar un cazo con agua en la ventana para que la Luna Azul la bendijese: no todos podíamos permitirnos grandes fiestas y homenajes. En mi infancia, mi padre solía conseguir vino para celebrar aquella noche mágica, pero lo que más me gustaba era lavarme por la mañana con el agua que había sido purificada. Era como sentirme renovada. Desde que servía en el palacio, mis obligaciones se triplicaban durante la noche de las fiestas, y por eso no demostraba la misma ilusión que en mi niñez. Arlinda, en cambio, disfrutaba como nunca porque se le permitía participar de la celebración junto con los varones.

Mi señora luciría un vestido nuevo en el ritual de purificación que tendría lugar en los jardines del palacio, y me mandó perfumarlo con unas flores blancas que había descubierto por confidencia de una conocida. Yo le aconsejé que no deberíamos hacer tales experimentos sin saber cómo respondería el tejido de su traje al roce con los diminutos pétalos. Desgraciadamente, Arlinda no solía desistir de sus ideas y se empeñó en hacerlo ella misma. El resultado fue tan catastrófico como yo esperaba. El aroma de la prenda era exquisito, pero la savia de las flores manchó los bordados de las mangas y la media capa.

Arlinda me acusó de ensuciar el vestido con el propósito de avergonzarla durante el ritual, pero su madre, tras escuchar, aquejada de un dolor horrible de cabeza, mis explicaciones, decidió que su hija había sido demasiado despreocupada. Quedé aparentemente impune. Aun así, sabía que mi señora no iba a conformarse con aquella sentencia.

Me apenó que Arlinda hubiese salido tan mal parada ante su madre y eso me hizo mostrarme más complaciente con ella de lo normal. Debí haber sospechado de su talante sorprendentemente afectuoso la mañana del festival, pero no solía tomarme demasiado en serio sus cambios de humor, por lo que acepté su tregua como aceptaba todo lo demás.

El día de la festividad de la Luna Azul, mi señora se despertó con ganas de pasear por los jardines antes de que comenzase el festival. Tras recibir el permiso de su madre, protegí a Arlinda con una gruesa capa para que el frío del amanecer no le calase los huesos, y me dispuse a acompañarla hacia una de las puertas del palacio que daban al jardín. Yo no solía recorrer aquella parte del edificio porque las mujeres teníamos vedadas algunas zonas, reservadas al uso de los varones, y eso me hacía sentir desorientada.

Cuando nos encontrábamos en uno de los salones cercanos a la salida, Arlinda se detuvo en seco asegurando que no podía iniciar el paseo sin el amuleto que siempre la acompañaba y que había olvidado.

–No tardaré en ir a buscarlo, señora –cedí ante su ruego, inclinándome levemente como debía hacer siempre que le dirigía la palabra.

–No te preocupes, Eriane –sonrió haciendo un gesto despreocupado con el brazo–. Hoy me siento llena de energía: iré yo misma a por él.

Aunque me pareció una respuesta extraña y un poco contraria a su talante natural, cedí agradecida por librarme de recorrer de nuevo todos los pasillos del palacio, puesto que no estaba segura de ser capaz de hacer el camino de vuelta sin perderme. Además, ella parecía alegre por fin y eso me hacía sentirme confiada. Una estupidez por mi parte, como es lógico.

Llevaba un rato esperando en el salón, asomada a uno de los ventanales, cuando escuche unos pasos a mi espalda y me volví, convencida de que Arlinda había vuelto, para descubrir horrorizada que se trataba de uno de sus hermanos. Los conocía vagamente por los retratos que había visto en la sala que Clemerilda usaba para celebrar algunas de sus meriendas, pero no tenía muy claro si el joven que se aproximaba hacia mí era Piarol, el menor, o Frankin, solo dos años mayor que yo. Lo único que era capaz de pensar en aquel momento era que me estaba totalmente prohibido permanecer en su presencia.

Aturdida por la situación, me incliné con humildad y me dispuse a salir de la habitación.

–Detente, muchacha –ordenó con voz potente el hermano de mi señora–. ¿Quién eres y por qué estás aquí?

Con la cabeza gacha, evitando en todo momento ofrecerle otro plano de mí que el del pañuelo que me ocultaba el cabello, le expliqué los deseos de Arlinda de salir a pasear y el olvido del amuleto.

–Eso es imposible –sentenció, acercándose aún más a mí con aparente curiosidad–. Mi hermana sabe tan bien como cualquier otro miembro de la familia que siempre recorro este camino durante el amanecer para acudir a mis prácticas de esgrima en el jardín.

–Lo siento de veras –respondí, notando que el rubor subía a mis mejillas al comprender la trampa que mi señora me había tendido. Si me había librado del castigo por la mancha de las flores, nada me libraría de los azotes por haber estado en presencia de uno de sus hermanos–. Su hermana debió confundirse.

–¿Qué insinúas? –inquirió notando el deje de rabia en mi voz. No me atreví a responder: en el estado de nervios en que me encontraba, no era capaz de pensar con claridad–. ¡Levanta la cabeza! –ordenó–. Quiero verte.

Contabilicé los azotes que me llevaría si lo obedecía y los que podría llevarme si no lo hacía, y mantuve mi cabeza gacha. La impertinencia por mi parte solo consiguió que se adelantase hasta mí y él mismo, agarrándome de la barbilla, me levantase el rostro. Al intentar resistirme, su mano se enredó en mi pañuelo y dejó al descubierto mi melena pelirroja y rizada.

–¡Dios santo! –exclamó el hermano de mi señora dando un paso hacia atrás, sosteniendo aún en sus manos la tela que había cubierto mi vergüenza.

–Devolvedme la prenda –rogué, cada vez más disgustada y temiendo un castigo aún mayor si alguien me descubría así en presencia de Frankin. Ahora que lo había mirado a los ojos, no cabía duda de que era él.

–Primero habéis de mirarme –insistió, malhumorado pero cortés, lo que me inquietó aún más.

Frustrada y vencida, rogando a los dioses de los cinco astros que mi señora no apareciese en aquel justo momento para señalarme con su dedo acusatorio, levanté el rostro.

Cuando repaso ahora los acontecimientos que se sucedieron a continuación, sé que no me arrepiento de las decisiones que fui tomando. ¿Qué habría sido de mí si hubiese obrado de otra manera?

El hermano de mi señora quedó fascinado ante la palidez de mi piel, mis pecas y el marco rojo de mi melena rizada. Nunca antes mi aspecto había despertado el interés de los hombres, pero supongo que el aislamiento en el que él también vivía activó sus instintos y, siendo yo una de las primeras jóvenes que se mostraban en su presencia, me convertí en objeto de su devoción y sus deseos. Yo tampoco había estado en presencia de un hombre desde que abandonase el hogar de mi padre, pero reconocí en el acto el brillo que hacía arder la mirada de aquel muchacho.

–Devolvedme la prenda –repetí, tratando de mostrar en mi voz la seguridad que no sentían mis piernas. Era plenamente consciente de que aquel encuentro podía acabar mucho peor de lo que Arlinda había imaginado.

El joven tendió la mano con mi pañuelo sin acercarse a mí, así que repetí su gesto para recuperar la tela y volver a cubrirme la cabeza. Pero él aprovechó la ocasión, agarró mi muñeca y me atrajo hacia sí. No pude evitar que un grito de sorpresa escapase de mi garganta y traté de zafarme de su abrazo. Escuché su respiración acelerada mientras trataba de acercarse más y más, y deseé con todas mis fuerzas estar al otro lado de la habitación, bien lejos del depredador que me arrastraría a la vergüenza, que me conduciría a la muerte.

Entonces no supe explicarme lo que había pasado. Pero, en el mismo instante en que aquel deseo de apartarme de él se dibujó en mi mente, un vértigo momentáneo asaltó mi estómago y miré sorprendida al hermano de mi señora. Su rostro denotaba pánico. Una palabra intentaba tomar forma en sus labios, que temblaban. Por fin habló:

–¡Bruja! –me señaló con el dedo, inmóvil y pálido en el rincón de la habitación donde antes habíamos estado juntos. Pero yo ya no estaba allí. Me encontraba junto a la puerta, cerca de los ventanales, en el mismo lugar en que había deseado estar.

Era incapaz de comprender o imaginar cómo había conseguido zafarme tan rápido de él y aparecer en aquel espacio, a más de diez pasos de mi depredador. Frankin me miraba horrorizado, aún con mi pañuelo en sus manos, y yo sentía que estaba a punto de vomitar.

–¡Desobediente criaducha! –se oyó la voz de Arlinda desde la puerta que se encontraba a mi espalda–. ¡No puedo ver esto! –gritó con fingida sorpresa antes de abandonar la sala a la carrera, denunciándome ante la mirada atónita del ama de llaves que la acompañaba.

Tuve que hacer un esfuerzo para darle a los gritos de Arlinda el valor que se merecían. ¿Qué sentido tenía que me hubiesen descubierto en aquel estado, si yo misma acababa de experimentar una situación que escapaba a mi entendimiento? ¿Cómo había logrado zafarme de aquel muchacho? Su mirada aterrorizada seguía clavada en mí. Me obligué a recordar que, según el perfecto plan de Arlinda, yo me había mostrado en presencia de un hombre, el mayor de los agravios que podía cometer, pero no de cualquier hombre, sino de su propio hermano Frankin. Quizá hubiese tenido alguna oportunidad de salvarme si él no hubiese mostrado mi pañuelo entre sus manos y el gesto horrorizado de quien acaba de ver una aparición monstruosa. Mi cabellera roja recorriéndome la espalda me delataba. ¡Qué razón había llevado a mi madre al considerarla la marca de mi condena!

El castigo posterior y los acontecimientos que ese día se sucedieron hacen borrosos aquellos minutos en los que el ama de llaves me arrastró hasta los sótanos, donde fui azotada primero y encerrada después a la espera del definitivo juicio por imprudencia y desvergüenza que se llevaría a cabo tras las festividades.

Lo que sí recuerdo es que, durante aquellas horas en las que permanecí sentada en el frío suelo, donde solo la luz de un diminuto ventanuco venía a consolarme, no podía dejar de darle vueltas a lo que había pasado en aquel salón. Arlinda lo había planeado todo, la trampa era bien sencilla: su hermano tarde o temprano pasaría por allí, y ella solo tenía que esperar el momento más adecuado para reaparecer y denunciarme. Aquello no tenía ningún misterio, casi resultaba infantil. Lo que de veras hacía que mi estómago se encogiese era el modo en que había conseguido zafarme de Frankin. Intenté convencerme de que el miedo me había ayudado a escapar y de que no recordaba exactamente cómo lo había logrado, porque estaba demasiado asustada para razonar. Pero ninguno de los argumentos con los que intentaba tranquilizarme funcionaba. Lo cierto es que había saltado mágicamente al otro lado de la habitación, liberándome sin esfuerzo del abrazo del hermano de mi señora, como si me hubiese desvanecido y, después, hubiese vuelto a aparecer lejos de él.

La palabra que Frankin me había gritado con pavor volvía a mi mente con claridad absoluta: «¡Bruja!». Bruja. Era quizá una de las acusaciones más peligrosas que podían hacerse en aquella ciudad, caracterizada por el castigo indiscriminado a toda persona que mostraba la mínima habilidad especial. El gobierno del nuevo rey, Silón el Joven, se había obstinado en hacer desaparecer todas las raíces místicas que nuestro pueblo había practicado durante años. Hasta antes de mi nacimiento, era normal acudir a curanderos en busca de consuelo físico o espiritual, incluso estas personas gozaban de cierto reconocimiento. Pero al ascender al trono el hijo del viejo rey, todas aquellas prácticas se habían condenado. Las malas lenguas decían que el motivo por el que Silón había prohibido tales actividades no era otro que la venganza contra una muchacha hechicera del norte del país por un desengaño amoroso; pero lo cierto es que el pueblo nunca recibía mucha información y podía tratarse tan solo de un bulo morboso. Fuese como fuese, ser tildada de bruja por el hijo de Jokob Calaned albergaba un peligro demasiado real como para pasarlo por alto.

Si Frankin me denunciaba, si lograba poner en orden sus pensamientos antes que yo, si contaba que había sido capaz de escapar de sus brazos de aquella extraña manera, aun a riesgo de denunciarse a sí mismo, de poner en evidencia su propio deseo, estaría perdida y solo podría rezar a los dioses para que mi muerte fuese rápida.

Las habladurías sobre el castigo que sufrían los condenados por hechicería volvían a mi cabeza una y otra vez hasta que fui incapaz de refrenar el miedo. Ni siquiera los azotes que había recibido me parecían un eco de lo que la gente contaba. Estaba condenada. Arlinda jamás habría imaginado el éxito absoluto de su plan, y no podía soñar con que mi señora intercediese por mí aunque el castigo le pareciese excesivo.

Mantenía la cabeza encerrada entre mis rodillas, mis rizos rojos, acusadores, derramándose como un manto sobre mí, cuando un ruido sordo me sobresaltó. Levanté la vista, asustada, y observé a un muchacho espigado, con el pelo gris y un mechón blanco adornándole la frente. Iba ataviado con extrañas vestiduras, de tejidos que no era capaz de reconocer, y armado con una espada que blandía en alto sin dejar de mirar a todos los rincones de aquella diminuta habitación. Yo nunca había visto un arma con anterioridad.

–¿Quién...? –comencé a gritar, levantándome de un salto para protegerme de él.

El joven me miró con unos profundos ojos grises, como si supiese quién era yo, y, recobrando el control sobre sí mismo, me gritó:

–¡No hay tiempo! ¡Tengo que salir de aquí!

–¿Cómo has entrado? –le respondí, contagiada de su nerviosismo.

–¿Dónde estamos? –inquirió repasando las paredes y forzando la puerta.

–¿Qué?

–¡Muchacha, puede que ahora no comprendas nada, pero necesito que me ayudes! –volvió a gritarme, abalanzándose sobre mí y sujetando mis hombros con sus manos. Podía sentir el frío de la espada junto a mí, elevada como un estandarte antiguo–. ¿Dónde estamos?

–En el palacio de Jokob Calaned –respondí.

–¿Un palacio? –el muchacho me soltó y volvió a mirar a su espalda. No dejaba de moverse–. ¿Hay cuadros?

–¿Cómo? –no comprendía nada de lo que estaba pasando.

–Que si hay cuadros en el palacio. ¡Cuadros, pinturas! –se desesperó mirando todo el tiempo a su espalda.

–Sí... Yo... no entiendo...

–¡Escúchame! No tenemos tiempo, ¿de acuerdo? –bajó la espada y clavó sus ojos en los míos, parecía casi tan asustado como yo–. En unos segundos van a aparecer en esta habitación unos hombres dispuestos a matarme, y a ti también si permaneces conmigo. El único modo que tengo de escapar es que me conduzcas hasta un cuadro. Sé que no lo entiendes, pero nuestras vidas corren peligro.

–¡Estoy prisionera aquí! –le expliqué conmocionada señalando a la puerta–. Aunque quisiese ayudarte, no podría hacerlo –respondí, llevada por su locura.

El muchacho volvió a levantar la espada y se dirigió de nuevo a la puerta. Miró tras de sí otra vez y, después, concentró su mirada en la cerradura alzando una mano hacia ella.

–¿Es un pestillo o una llave? –inquirió con prisa.

–Un pestillo, creo –contesté pensando que estaba viviendo algún tipo de sueño, porque nada de aquello tenía sentido.

–Mucho mejor –sonrió aquel desconocido posando su mano en la madera. Guardó silencio unos instantes y yo, sin poder evitarlo, contuve el aliento.

Un clic metálico se disparó en el mismo instante en que un hombre aparecía mágicamente en mitad de la habitación, también espada en mano y con un gesto terriblemente amenazador.

–¡Vamos! –gritó el muchacho junto a la puerta, abriéndola sin ningún problema para dejarme pasar a mí primero–. ¡Corre todo lo que puedas y llévame a un maldito cuadro si quieres estar viva a la hora de la cena!

Desorientada por el miedo que me atenazaba el cuerpo, corrí sin saber muy bien adónde conducir a mi extraño acompañante. El hombre que había aparecido de la nada nos pisaba los talones sin producir ningún sonido, lo que lo hacía aún más aterrador. Atravesamos los corredores que llevaban a las escaleras hacia la segunda planta, donde la colección de pinturas de Clemerilda adornaba el salón de las meriendas. Sentía que el corazón estaba a punto de salírseme del pecho y que los pulmones me iban a estallar en cualquier momento. Nunca había hecho un esfuerzo semejante. Al enfilar las escaleras nos cruzamos con el ama de llaves, que me miró horrorizada y comenzó a dar gritos denunciando que me había escapado y que dos delincuentes habían entrado en el palacio. El ritual de la festividad de la Luna Azul se celebraba en los jardines y eso era algo que jugaba a mi favor, aunque no era muy tranquilizador que un desconocido me apremiase espada en mano mientras otro nos perseguía a los dos para darnos muerte. Al volver la cabeza, contemplé horrorizada que eran tres los hombres que en ese momento nos seguían.

–¡Corre más rápido! –me increpó mi acompañante, notablemente frustrado por tener que seguir mi ritmo.

–¡Es esa habitación! –grité señalando la puerta cerrada que había al final del corredor.

Levantando una mano y dirigiéndola hacia donde le había indicado, el muchacho abrió la puerta a cinco metros de ella sin siquiera tocarla. ¿Qué más podía pasar?

Irrumpimos como fieras salvajes en la elegante sala decorada en tonos pastel. Mi espíritu pedía seguir huyendo, pero mi acompañante se detuvo en seco en el centro de la habitación mirando los cuadros enmarcados que nos rodeaban. Muchos eran escenas de pastoras descansando en agradables prados; había también un paisaje primaveral del que eran protagonistas dos chiquillas, varias escenas de palacio, un cuadro de una plaza adornada con flores y los retratos de los hijos de los Calaned.

–¿Dónde, dónde, dónde? –comenzó a susurrar al tiempo que contemplaba una y otra vez los cuadros. Yo podía escuchar las pisadas de nuestros perseguidores: en cualquier momento entrarían en la habitación.

Justo cuando estaban a punto de irrumpir, el muchacho blasfemó con desesperación y me agarró con fuerza de un brazo, tirando de mí para abalanzarse contra una de las paredes. Grité horrorizada, pero al instante todo había desaparecido.

Sentí un profundo golpe y caí. Mi cabeza daba vueltas y era incapaz de saber dónde estaba. Escuché gritos infantiles, pero no supe reconocer las voces. Como pude, planté mis manos en el suelo y noté la frescura de la hierba. Cuando intenté enfocar la vista, mi estómago dio un vuelco y comencé a vomitar sobre el césped.

–La primera vez es horrible –oí la voz del muchacho sobre mí–. ¿Estás bien?

–¿Quién eres? –logré balbucir, todavía postrada, y sentí sus manos tirando de mí para incorporarme.

–Me llaman Grillo –sonrió con calidez al tiempo que me instaba a ponerme de pie y se aseguraba de que era capaz de mantenerme–. Pero no tenemos demasiado tiempo.

Miré a mi alrededor y quedé paralizada. Si no me equivocaba, y con el tiempo descubrí que no lo hacía, nos encontrábamos en el mismo paisaje que representaba uno de los cuadros de la sala de la merienda. Concretamente, en el cuadro de las dos niñas. Para cerciorarme las busqué con la mirada, pero solo divisé dos figuras huyendo prado abajo como si hubiesen visto un demonio.

–Estamos en el cuadro –comenté estúpidamente porque no era capaz de verbalizar otra sensación.

–Más o menos –Grillo había enfundado la espada y hurgaba en sus bolsillos con prisa, de nuevo mirando a todos lados–. ¿Cómo te llamas?

–Eriane –respondí, sintiendo que mis piernas iban a volver a fallarme–. ¿Qué está pasando?

–Verás, querida Eriane –comenzó Grillo acercándose a mí y posando una de sus manos en mi hombro–, tus preguntas tendrán que esperar... Si no calculo mal, dos saltos, ¿de acuerdo? ¿Crees que puedes confiar en mí unos minutos más, o vas a volverte loca en breves momentos?

Asentí con la cabeza, incapaz de hacer otra cosa. Trataba de racionalizar lo que me estaba pasando, pero mi mente se resistía a procesar toda esa información. Grillo me soltó, volvió a registrar sus bolsillos y, con gesto de triunfo, sacó un pequeño librito negro forrado de piel. Desató los cordones y comenzó a pasar las páginas en busca de algo. Sorprendida, observé que las páginas estaban repletas de cuadros diminutos enmarcados con finísimos hilos de madera, cada uno de un color.

–Está bien –dijo señalando una de las pinturas. Me dedicó una sonrisa tranquilizadora que consiguió el efecto contrario–. Solo es cuestión de tiempo que nos encuentren, y no queremos eso, ¿verdad? –negué con la cabeza, consciente de que me estaba tratando como a una niña–. Así que no nos queda más remedio que usar un tópico. ¿Crees que podrás correr como si te fuera la vida en ello? En realidad te va la vida en ello

–asentí sin comprender nada–. Vamos a volver a saltar, ¿entiendes? Saltaremos y no tendremos tiempo para que vomites de nuevo, nada de nada, esta vez tienes que intentar caer de pie, y en cuanto sientas el suelo debajo de ti, ¡corre! ¿Sí? –mi cara debía delatar mi incomprensión–. Está bien, solo dame la mano y trata de no cerrar los ojos.

Sin esperar a que yo le tendiese la mano, él mismo me agarró con fuerza, tomó aire, miró el libro y saltó. Sentí como si una fuerza sobrenatural tirase de mí hacia lo alto y después me arrastrase con violencia contra el suelo. Aunque lo intenté, el miedo me impidió mantener los ojos abiertos. Perdí la referencia del suelo y, cuando la recuperé, mis rodillas estuvieron a punto de hacerme caer otra vez. La mano de Grillo tiró de mí.

–¡Ahora corre! –gritó, y comenzó la carrera sin soltarme.

Abrí los ojos aterrorizada y contemplé una calle atestada de gente que se apartaba disgustada. Vestían extraños atuendos de vivos colores y algunos carruajes eran tirados por caballos alados. ¿Había muerto y estaba recorriendo los infiernos de las cinco lunas?

–¡Joder! –gritó Grillo mirando a nuestra espalda–. ¡Qué rápidos han sido!

Ahora nos perseguían dos personas, una mujer y un hombre, vestidos como el resto de los transeúntes que atestaban la calle, pero armados con extrañas espadas.

–¡Tienes que correr más, Eriane!

Me esforcé por responder a su petición, pero estaba a punto de desfallecer.

–¡Corre, corre, corre! –Grillo tiraba de mi brazo y parecía que iba a arrancármelo.

Giramos por una de las bocacalles de la derecha y después comenzamos a alejarnos de la multitud, perdiéndonos por laberínticas callejuelas. Mis pulmones iban a explotar y la falda se me enredaba entre las piernas.

–Tu vestido es demasiado llamativo –se quejó, y yo pensé que bastante más estrambóticos eran los atuendos de aquellas personas.

Grillo parecía saber exactamente hacia dónde nos dirigíamos, pero nuestros perseguidores no nos daban tregua. Torcimos de nuevo a la derecha y, cuando iba a seguir la carrera, Grillo tiró de mí para ocultarme tras unos contenedores de madera que se apilaban a la sombra de unas escaleras. Me tapó la boca con la mano para que no gritase y me apretó contra él. Ambos respirábamos entrecortadamente. Sentía su pecho latir con fuerza contra el mío y sus ojos grises me miraban suplicantes. Grillo debía tener visión del callejón, pero yo le daba la espalda. Relajó la presión de su mano contra mi boca y me hizo un gesto para que guardase silencio, pero no me soltó. Sus pupilas se dilataron cuando los pasos de nuestros perseguidores se escucharon en el suelo adoquinado de la calle. Dejamos de respirar, como si el mínimo ruido pudiese delatarnos.

–Sigue por el callejón –indicó la mujer con autoridad–. No les ha dado tiempo a atravesar la calle, no nos llevaban tanta ventaja.

El hombre echó a correr y ella comenzó a escudriñar los alrededores comprobando las puertas. Grillo me apretó el hombro y levanté la cabeza para mirarlo. Volvió a hacerme un gesto de silencio y me indicó que me apartase un poco para así liberar su cuerpo. Me giré despacio, sin hacer ruido, y él se adelantó un poco para tener mejor visibilidad de la calle. Alargó levemente el brazo, como le había visto hacer en el pasillo del palacio de los Calaned antes de que la puerta se abriese mágicamente, y entrecerró los ojos. Después relajó los hombros y, sin mirarme, me hizo un gesto para que me adelantase un poco hasta donde estaba él. Obedecí temblorosa y me tomó de la mano, señalándome la calle.

La mujer estaba a punto de alcanzar la última puerta. Hasta ahora todas habían estado cerradas, pero esta vez se abrió, dejándole paso. Noté cómo su cuerpo se tensaba por el júbilo y la vi desaparecer dentro del edificio.

Grillo se incorporó un poco y presionó mi mano. Sin perder de vista la puerta, salimos de nuevo al callejón y desandamos lentamente los pocos pasos que habíamos dado al entrar en aquella calle. Cuando estuvimos fuera de la vista de nuestros perseguidores, volvimos a respirar en paz.

–Una última carrera –me prometió Grillo en un susurro y, sin soltarme, inició de nuevo la marcha.

Recorrimos varias calles antes de ralentizar el paso. Por fin llegamos al sitio indicado, o por lo menos eso me pareció. Nos encontrábamos en un barrio de casas cochambrosas acurrucadas unas contra otras como niños huérfanos en los rincones de las calles. Grillo soltó mi mano y se acercó a una de ellas, se cercioró de que no había nadie observándonos y empujó la madera, entrecerrando de nuevo los ojos. La puerta se abrió.

–Querida –bromeó sonriente, haciéndome una pequeña reverencia y cediéndome el paso.

Obedecí sin cuestionarme nada. Mi cabeza seguía siendo incapaz de razonar, solo podía cumplir instrucciones y temía el momento en que Grillo dejase de dármelas.

Cerró la puerta tras de sí y me guio escaleras arriba por la casa en penumbra. Parecía que nadie había habitado en esas habitaciones desde hacía años, y un extraño animal pasó corriendo entre nuestros pies para refugiarse en las sombras de los muebles, arrancándome un grito sordo.

–Es solo un moul –aseguró Grillo, y yo me ahorré preguntarle qué demonios debía entender por semejante palabra.

Entramos a una habitación bendecida con una sucia ventana, donde la luz hacía más fácil identificar las paredes vacías. Grillo se acercó hacia uno de los muros y comenzó a golpear con los nudillos. Hasta yo fui capaz de percibir el cambio de sonido que se producía en cierta parte de la pared. Presionó con los dedos y unos tablones se movieron, actuando como una puerta diminuta. Grillo tiró de ellos y dejó al descubierto un pequeño cuadro que representaba una extensión de arena interminable bajo el cielo nocturno.

–Si tenemos suerte –comenzó a decir tendiéndome de nuevo la mano–, te prometo que este es el último salto de hoy.

2

–¡Has arriesgado la misión y, para colmo, nos has traído este regalito! –gritaba Lobo, mientras yo me mantenía hecha un ovillo junto a la lumbre.

El último salto nos había conducido a un lugar entre dunas de arena fría. La noche se mostraba inquietante sobre nosotros. Ninguna de las lunas que yo había conocido aparecía en aquel marco celeste. ¿Cómo de lejos estaría de mi hogar? ¿Qué habría pasado en el palacio de Jokob Calaned cuando se hubiese conocido mi extraña aventura? Estaba convencida de que Frankin habría contado una versión bien distinta de los acontecimientos sucedidos aquella misma mañana. Aquella misma mañana. Casi no podía creerlo.

Y ahora estaba allí, rodeada por tres extraños personajes que discutían sobre cosas que era incapaz de comprender. El hombre llamado Lobo parecía el jefe de todos. Era alto y fornido, con el pelo blanco recogido en una coleta baja y la sombra de una barba incipiente marcando su fuerte mentón. Sus ropas me inquietaban, jamás había visto semejante atuendo. Lobo vestía una especie de casaca roja, muy desgastada, sujeta con correas de cuero que le cruzaban el pecho, se abrigaba el cuello con una tela alargada y lucía unos pantalones negros de un tejido que parecía muy resistente. Dirigí mi mirada al fardo que había junto a él y reconocí el brillo de las espadas que descansaban entre unos sacos.

–Deja que Grillo se explique –indicó la única mujer que había en el grupo.

Ángel era una mujer espigada y atlética, que despedía elegancia en cada uno de sus movimientos. Su piel era pálida, casi transparente, y sus labios cálidos destacaban junto a su nariz diminuta y sus ojos azules. Llevaba el pelo rubio peinado con delicadas trenzas que culminaban en un perfecto recogido que dejaba al descubierto su largo y terso cuello. Nunca supe la edad que tenía. A veces, al mirarla, me parecía una niña, pero, justo al instante siguiente, aparentaba ser mucho mayor que todos los demás. Llevaba un fino vestido blanco hasta los tobillos, recogido con delgadas cintas. Envidié la extraña chaqueta con la que se abrigaba, casi le llegaba por las rodillas y parecía de lana gruesa. Yo solo sentía el frío del desierto intentando llegar hasta mis huesos.

–¡Ya no sirven las explicaciones! –gritó Lobo gesticulando con violencia, y me encogí acobardada.

–Lobo, me reconocieron –cedió Grillo, casi en una súplica–. ¿Qué querías que hiciese, que denunciase a la fuente? ¡Si no salía de allí en dos segundos, todas nuestras oportunidades de volver a dar con él se habrían esfumado!

El hombre respondió con un gruñido sordo y se dio la vuelta para mirar las dunas interminables.

–¿Llegaste a ver a la fuente? ¿Hay algún riesgo de que lo hayan descubierto? –inquirió Ángel alargando sus manos para calentarlas en el fuego.

–No. Creo que se quitó de en medio en cuanto vio la que se estaba armando.

–¿Cómo te reconocieron? –se interesó Lobo–. ¡Se suponía que habían cambiado a los guardias de ese cuadro!

–No tengo ni idea.

Grillo no me había prestado atención desde que llegamos. Solo se había lanzado como una fiera hacia uno de los sacos en busca de algo de comida, me había tendido un trozo de pan y se había bebido varias cantimploras de agua. Yo todavía abrazaba el mendrugo entre mis manos, incapaz de llevarme nada a la boca. El cansancio me habría hecho desvanecerme si el miedo y la sensación de desorientación no me hubiesen mantenido alerta.

–¿No te apetece comer? –me preguntó Ángel con dulzura. Era la primera vez que me hablaban directamente y me sobresalté por su atención. Negué con la cabeza sin mirarla–. ¿De dónde la has sacado, Grillo? Le has dado un susto de muerte a la pobre...

–Ni idea, debía ser el séptimo salto en menos de cinco minutos –explicó Grillo dejándose caer en el suelo para sentarse. Lobo y Ángel permanecieron de pie–. Estaba encerrada en un cuartucho, en los sótanos de un palacio. Tenía que encontrar como fuera un cuadro desde el que poder despistar a los tres sabuesos que me pisaban los talones, era imposible saltar a un tópico sin que me viesen. Ella me ayudó a encontrar una sala llena de pinturas, y así pude despistar a nuestros perseguidores.

–Tenías que haberla dejado allí –sentenció Lobo sin mirarme, con la mandíbula apretada.

–¡No podía hacer eso! –se quejó Grillo.

–¡Lobo, si la hubiese dejado allí la habrían matado! Tú lo sabes mejor que nadie –defendió Ángel, y observé que lo miraba con una mezcla de sentimientos que no podía identificar todavía.

–Eran otros tiempos –respondió él, tajante–. Además, ese no es mi problema –se alejó del grupo unos pasos, y parecía que iba a largarse cuando se dio la vuelta y nos gritó–: ¡Mi problema es que ahora tenemos que cargar con una niña!

Después siguió caminando, dando patadas a la arena, que formaba pequeñas nubes brillantes a la luz de las estrellas. Clavé mis ojos en el fuego. Estaba claro que aquel no había sido mi mejor día. Y ahora era un estorbo. Quizá me dejasen allí; al fin y al cabo, no me debían nada. Apreté los dientes y rodeé mis rodillas con mis brazos.

–Grillo... –indicó Ángel.

–Voy –el muchacho se levantó de un salto y se fue en busca de Lobo.

Ángel se sentó a mi lado. Podía sentir el calor que irradiaba de ella.

–¿Estás asustada? –inquirió con su voz dulce, y volví a negar con la cabeza.

Entonces alargó una de sus delicadas manos hacia mí y me rozó la frente. En el mismo momento en que sus dedos me tocaron, comencé a llorar sin pronunciar sonido alguno, mientras un soplo templado se extendía dentro de mí.

–Esto está mejor –sonrió Ángel y, como había hecho mi madre cuando yo era una niña, me atrajo hacia sí y me acunó en sus brazos. En ese instante fui consciente de todo el tiempo que había vivido sin ser consolada por nadie cuando los ataques de Arlinda me arrastraban a la desesperación o sus caprichos infantiles intentaban desquiciarme.

Ángel comenzó a tararear una canción en voz bajita sobre mi oído mientras me acariciaba el pelo. Las imágenes del día volvieron a pasar por mi cabeza una tras otra como un torbellino incomprensible. ¿Dónde estaba? ¿Qué había sido de mi vida? ¿Qué me iba a pasar ahora?

Debí de quedarme dormida, porque no recuerdo nada más hasta que el frío me despertó. Alguien me había tendido sobre una estera, junto al fuego, y me había cubierto con una manta, pero mi fino vestido de criada no era protección suficiente para una noche a la intemperie. Me dolía todo el cuerpo y sentía la espalda agarrotada. Me sobresalté al darme cuenta de que Grillo me miraba. Estaba sentado al otro lado de la lumbre, cubierto con una gruesa tela. A la luz de la hoguera, el mechón blanco sobre su frente brillaba. Tenía el gesto serio, pero se forzó a sonreírme. Lobo y Ángel dormían, cada uno acurrucado a un lado del fuego.

Grillo se levantó y se dirigió hacia mí. Intenté moverme para incorporarme, pero no lo conseguí. Vi cómo mi secuestrador se acuclillaba a mi lado y alargaba una mano para tocarme el rostro.

–Estás helada –musitó.

Las llamas se reflejaban en sus ojos. Un escalofrío me recorrió todo el cuerpo y me encogí aún más. Sin preguntarme, Grillo se tendió a mi lado y me cubrió también con su manta. Todo él desprendía calor, así que me olvidé de las convenciones que había aprendido durante toda mi vida y me acerqué a su cuerpo para hacer que el frío se alejase de mí. Comencé a tiritar de pies a cabeza.

–Lobo dice que eres mi problema –susurró–. Tengo que decidir qué hacer contigo.

Yo seguía temblando.

–¿Quieres que despierte a Ángel para que se tumbe también aquí? –inquirió en voz baja–. Estás congelada.

Negué con la cabeza y cerré los ojos con fuerza para evitar que el calor se me escapase. Noté que Grillo sonreía.

–Voy a contarte una historia –volvió a hablar con voz monocorde–. Debes estar consumida por las dudas.

Asentí con un leve movimiento.

–¿Donde tú vivías existía la magia? –inquirió. Responder a eso habría sido muy complicado, así que me abstuve de decir nada y esperé a que continuase–. Vale, verás... ¿Cómo me lo explicaron a mí en su momento? Es complicado...

Poco a poco, Grillo fue desgranando un complejo argumento que no habría sido capaz de creer si no lo hubiese experimentado en mi propia piel. Me explicó que ellos eran salteadores y que eso significaba que podían viajar a través de los cuadros. Cualquier cuadro original podía llevar a un salteador hasta la escena que representase.

–¿Como cuando hemos entrado en el cuadro de las niñas? –pregunté en un susurro.

–Exacto –continuó–. Esto hace que podamos viajar a cualquier lugar. El problema es que pueden ser caminos sin retorno. Imagina que tuviésemos que viajar por este desierto hasta encontrar un cuadro o que quisiésemos volver a tu palacio. Cuando saltamos a un cuadro estamos viajando a otra dimensión, ¿entiendes eso? –negué con la cabeza–. A otro mundo... o al mismo mundo pero en otro momento, o a ese mismo mundo visto de otra manera...

Grillo me explicó que había infinidad de realidades paralelas, como si millones de espejos se estuviesen mirando los unos a los otros y solo albergasen los matices que la distancia o la inclinación de sus hojas aportasen a sus reflejos. Cuando se saltaba dentro de un cuadro, se estaba saltando a una realidad nueva. Volver al punto de partida se hacía casi imposible.

–Y ese es nuestro mayor problema –siguió–, aunque eso te lo explicaré en otro momento. Primero quiero que entiendas de qué va esto. ¿Recuerdas la libreta negra que saqué en el prado? –asentí–. La llamamos libreta de tópicos. Todos los salteadores tienen esa libreta, o por lo menos la tenían, y son lugares a los que volver cuando te has perdido. El inconveniente es que, si te están persiguiendo, tarde o temprano usarás un tópico, así que tus enemigos solo tienen que dividirse y esperarte allí para dar contigo.

–Entonces, ¿por qué fuimos al tópico si sabías que te estaban esperando allí? –comenzaba a sentir el calor en mi cuerpo y me era más fácil pensar con claridad.

–Como te he dicho, a veces no queda más remedio. Lobo y Ángel me estaban aguardando aquí, y la única manera de llegar era a través del cuadro del desierto.

Grillo intentó remontarse al principio de la historia para explicarme el origen de los salteadores. Al parecer, cuando empezó todo, solo tres personas podían atravesar los cuadros para viajar entre los mundos. Grillo me los describió como tres personas sabias y poderosas, que debían salvaguardar las fronteras entre las diferentes realidades y velar por mantener el orden. Pero el tiempo y el poder los corrompieron y esto los llevó a compartir su secreto.

–Es muy fácil convertirse en salteador –continuó Grillo–. De hecho, tú ya lo eres.

Lo miré sorprendida, pero él tenía la vista clavada en las estrellas.

–Cuando saltas con alguien la primera vez, recibes la habilidad de saltar siempre que sea necesario –explicó.

–¿Puedo entrar en los cuadros sola? –pregunté sorprendida.

Al parecer participaba, sin quererlo, de aquel extraño poder que podría conducirme hacia cualquier sitio imaginable. La perspectiva me abrumaba al tiempo que me hacía experimentar cierto orgullo. Siempre había concebido que mi existencia estaba totalmente reglada y milimetrada, que no habría lugar para la sorpresa o los cambios. Había aceptado mi aburrido destino y, no puedo mentir, era relativamente feliz. Pero en aquel momento, mientras Grillo compartía conmigo toda esa información, sentí que el libro donde estaba escrita la historia de mi vida iba aumentado su número de páginas a un ritmo vertiginoso.

Los tres grandes señores de los inicios habían creado un ejército de salteadores que trabajaban para ellos y, con el paso del tiempo, se habían establecido en tres mansiones desde las que gobernaban a todos sus hombres. De ser guardianes de los mundos, habían pasado a ser algo mucho menos honrado.

–Son coleccionistas –siguió mi narrador mientras los maderos crepitaban en el fuego–. Destinaron a sus hombres a conseguir los objetos de valor de los cuadros. El poder corrompe y ellos se han vuelto avariciosos. Todo salteador trabaja para alguno de ellos, dedicando su vida a la caza de tesoros y cuadros.

–¿Para qué quieren los cuadros? –pregunté extrañada.

–Para ser dueños de más y más mundos –respondió Grillo chascando la lengua.

Según estaba entendiendo, estos tres reyes de los salteadores, que se llamaban Cleo, Gustard y Firel, habían cambiado una existencia de viajes y descubrimientos por una acomodada vida en palacios, donde eran agasajados por sus hombres con todo tipo de regalos.

–Si uno de ellos tiene conocimiento de alguna pieza valiosa en un cuadro de cierto mundo, ofrece una recompensa al salteador que consiga llevarle el objeto –continuó informándome Grillo.

–¿Por eso os peleáis unos con otros? –no acababa de entender el motivo por el que aquellos hombres habían perseguido a Grillo.

–No, lo cierto es que no –suspiró–. Es más complicado que todo eso... Verás, siempre hay suficiente trabajo para todos, te aseguro que esos viejos son bastante avariciosos como para tener entretenidos a todos sus esbirros. Digamos que lo que nos hace estar en el punto de mira es un problema de... ¿fidelidad?

La historia comenzaba a complicarse. Según me explicó Grillo, Lobo había sido uno de los hombres de confianza de Gustard, uno de los grandes señores. Su mano derecha. Su salteador más fiel. Gran parte de la fortuna que hoy disfrutaba Gustard la había conseguido gracias a Lobo.

–Tienes que tener en cuenta que, normalmente, se elige a quién convertir en salteador porque se descubre en él cierta habilidad, o por lo menos eso ocurría al principio –continuó–. Lobo tenía un poder sorprendente para escuchar entre los mundos. Eso le aportó una fama increíble: era el primero en conseguir los objetos que Gustard deseaba porque era capaz de escuchar si el resto de salteadores pretendían llegar hasta la realidad donde él se encontraba. Por eso lo llaman así, por su fino oído.

–Tú abres puertas... –recordé con inocencia arrancándole una carcajada a Grillo. Lobo se removió en su saco y se dio la vuelta.

–No solo abro puertas –explicó Grillo, divertido–. Soy capaz de mover las cosas con mi mente.

Me incorporé un poco para mirarlo, animada porque mi cuerpo había recuperado su temperatura habitual. Grillo se incorporó hasta sentarse y me cubrió los hombros con las mantas. Todo lo que estaba escuchando me parecía a la vez aterrador y fascinante. ¿Qué pintaba yo en aquella realidad de magia y mundos paralelos?

–Mira –indicó Grillo, y clavó su mirada en el fuego. Atendí adonde él me señalaba y observé impresionada cómo uno de los leños se elevaba en el aire unos metros. Grillo movió la mano de un lado a otro y el leño comenzó a mecerse. Después lo devolvió a su lugar.

–¿Te llaman Grillo porque mueves las cosas? –pregunté sin entender, y él volvió a reírse.

–Me llaman Grillo porque nunca se sabe de dónde proviene mi poder, al igual que es muy difícil encontrar al grillo que está llenando la noche de sonidos.

–¿Y Ángel? –inquirí mirando a la bella mujer que descansaba cubierta por sus mantas.

Ángel recibió ese nombre cuando Lobo la salvó. Grillo me explicó que los ángeles eran criaturas celestiales con grandes alas y una gran bondad, pero también increíbles guerreros si la ocasión lo precisaba. Lobo y él saltaron a un cuadro donde se estaba librando una batalla entre ángeles y demonios. Salvaron a aquella mujer cuando un grupo de diablos, después de arrancarle las alas, la sometía a todo tipo de torturas.

–¿Cómo lo conseguisteis? –pregunté impresionada.

–Peleando –se encogió de hombros Grillo.

–Sigue contándome la historia de Lobo –rogué tirando de las mantas para que estuviesen más apretadas a mi alrededor. Sentía que mi curiosidad nunca sería saciada por completo.

En una de las búsquedas que Lobo había emprendido para encontrar una vieja joya que Gustard le había pedido, dio con un cuadro donde una bellísima diosa estaba naciendo de las aguas, desnuda, sobre una concha. En la imagen, una mujer estaba a punto de cubrirla con un magnífico manto bordado en oro. Lobo había pensado que aquella prenda sería muy valorada por Gustard y, aunque nunca había abandonado a medias un encargo, se lanzó a una realidad en la que le tocó lidiar con auténticos dioses.

–El problema es que él no contaba con que la diosa que aparecía en la imagen fuese la diosa del amor –Grillo se acercó a mí en señal de confidencia–. Venus.

–¿Venus?

–Shh... Intenta no pronunciar demasiado ese nombre –me aconsejó.

Lobo cayó rendido de amor ante la diosa nada más verla. Completamente enamorado de Venus, no se veía capaz de abandonar el cuadro ni de llevarse el manto que la cubría. Estaba totalmente decidido a renunciar a su vida anterior por aquella mujer. Quizá todo habría salido de otra manera si Venus no se hubiese fijado en él, pero la historia fue bien diferente. La diosa también se enamoró de Lobo y, como el resto de los dioses que con ella convivían no entendían que se abandonase a aquel tipo de amor con una criatura tan inferior, ambos decidieron huir.

–Lobo la convirtió en salteadora viajando hacia uno de los tópicos –siguió Grillo–. No tuvo con ella ningún secreto: le explicó todo lo que te estoy explicando a ti hoy y Venus le cedió su manto para que se lo entregase a Gustard.

Ambos se presentaron ante el señor de los confiados salteadores. Gustard quedó al instante prendado de Venus y decidió que no quería el manto bordado, sino que quería a la joven y bella diosa, como si se tratase de un objeto de valor más.

–Se inició una verdadera batalla –explicó Grillo–. Ese día yo también estaba en la mansión de Gustard, la verdad es que estábamos la mayoría de nosotros. Ángel también se encontraba allí. Gustard mandó apresar a Lobo pensando que nadie le sería fiel, pero Ángel le debía la vida y yo comencé en esto gracias a él. No fuimos los únicos en ponernos de su lado, pero sí somos los únicos que quedamos con vida.

En el propio salón donde Gustard recibía, sentado como un rey, a sus salteadores, se inició la batalla. Las fuerzas se dividieron por completo. Según Grillo, estaban muy igualados. La lucha fue cruenta y durante aquel primer asalto perdieron a verdaderos amigos.

–Todavía no tengo claro cómo pasó, pero en algún momento de la batalla Gustard consiguió apresar a Venus.

–Pero era una diosa –me quejé–. ¿No lo fulminó al instante?

–Como te he dicho, era la diosa del amor, y sus poderes no significaban nada contra la violencia –se entristeció Grillo–. Gustard la mató allí mismo, delante de nuestras narices. Aún recuerdo el color plateado de su sangre sobre los escalones.

–Era una diosa... ¿Cómo pudo morir?

–Al abandonar su mundo, las reglas sobre la vida y la muerte habían cambiado, o por lo menos eso es lo que pensamos ahora, porque también nos hemos hecho muchas veces esa pregunta.

Lobo enloqueció. El dolor redobló sus fueras y mató a muchos hombres, pero no controlaba por completo lo que hacía y su rabia iba a arrastrarlo al desastre si no hacían algo para remediarlo. Ángel avisó a algunos de los fieles a Lobo y juntos comenzaron la huida.

–Ella se lanzó sobre Lobo antes de saltar a un tópico –explicó Grillo–, lo arrastró consigo. De alguna manera, le devolvió el favor al salvarle la vida.

Cinco de ellos consiguieron sobrevivir a la primera persecución. Al principio, Lobo parecía dispuesto a luchar hasta morir, pero después una idea fue tomando forma en su cabeza.

–Si conseguía volver a encontrar el cuadro de Venus, ella seguiría viva allí –me confió Grillo.

Ya me había explicado que dar con un cuadro dos veces era casi imposible, siempre que no estuviese en la libreta de tópicos, y aquel clima de persecución lo hacía todo mucho más difícil.

–Durante nuestros primeros intentos –comentó–, perdimos a dos más de los nuestros. Todo era muy a la desesperada. Lobo estaba impaciente y el dolor lo hacía volverse irascible e imprudente. Con el tiempo hemos aprendido a hacer las cosas con más calma. La persecución de hoy ha sido a consecuencia de nuestro último movimiento.

Al parecer, en la mansión de Cleo, la única mujer que había entre los tres señores de los salteadores, tenían un contacto fiel a Lobo que podía facilitarles información fundamental para dar el siguiente paso dentro del laberinto de movimientos que debían realizar para volver al cuadro de Venus. Grillo tenía que presentarse en un tópico, camuflado, portando un medallón que su contacto reconocería.

–Pero algo salió mal, y el resto de la historia ya la sabes –concluyó Grillo bostezando notablemente.

Yo también sentía el cansancio y el sueño tratando de hacerme prisionera, pero mi curiosidad deseaba más datos.

–¿Todos los salteadores os persiguen? –pregunté bostezando.

–La cabeza de Lobo tiene un buen precio –explicó Grillo volviendo a tumbarse, como si quisiese dar la conversación por terminada–. También las nuestras, claro, aunque no somos tan valiosos como él.

–¿Gustard ha ofrecido una recompensa a quien os capture?

–O a quien nos mate... –Grillo se tapó los pies con la manta–. ¿Cuánto valdrá tu cabecita mañana? –sonrió tirando de mí para que me tumbara también y me durmiese.

Un gruñido de Lobo me sobresaltó, y dejé de respirar debajo de las mantas porque aquel hombre me asustaba.

–Me parece muy bien que hayas decidido quedártela –rugió desde su rincón junto al fuego–. ¡Pero cierra tu maldita boca de una vez!

–Shhhh... –chistó Ángel, y comprendí al instante que los dos habían escuchado toda la conversación.

Tenía la sensación de no haber cerrado los ojos ni siquiera cinco minutos cuando noté un zarandeo en mi hombro. Me desorienté un poco al despertar en aquel paraje extraño, en lugar de hacerlo en mi cama de palacio, pero enseguida reconocí el rostro de Grillo.

–Vamos, levántate y ponte esto –me ordenó tendiéndome un montón de ropa arrugada. Lo miré sin comprender–. Tenemos que largarnos de aquí ahora mismo.

Me incorporé un poco y vi que Lobo y Ángel estaban apagando el fuego y enterrando en la arena todas las mantas. Ambos iban armados, él llevaba una espada cruzada a la espalda y un cuchillo enfundado en su cinturón, ella portaba dos brillantes dagas que relucían como espejos. Se habían colgado unas mochilas a la espalda.

Cuando Grillo comprobó que me había despertado, me ayudó a levantarme y comenzó a tapar con la arena las mantas donde había estado tumbada.

–¿Qué pasa? –inquirí sin comprender, avergonzada en el acto de haber pedido explicaciones por el modo en que me miró Lobo.

–Parece que nos han descubierto –explicó Grillo–. Así que date prisa y cámbiate. Lobo ya los ha escuchado merodeando en la casa del cuadro.

El nerviosismo de mis compañeros me contagió y desenmarañé el jaleo de ropa para ver qué quería Grillo que me pusiese.

Levanté unos pantalones recios, una chaqueta verde y una prenda que no supe identificar bien, pero que parecía una camisa aunque no llevaba botones. Ángel debió reparar en mi gesto de incomprensión y se acercó a ayudarme. Nunca había vestido como un hombre y los pantalones me molestaron al instante.

–Se me caen –me quejé.

–No hay tiempo, Eriane –me tranquilizó Ángel deshaciéndose de uno de sus lazos para ceñírmelo a la cintura y así sujetar la prenda.

Después me ayudó a colocarme la extraña camisa y me tendió la chaqueta para que me abrigase.

–Escúchame: si tenemos suerte –dijo–, ya encontraremos algo de tu talla. Por ahora tendrás que conformarte. ¡Grillo, dame uno de tus puñales!

–¿Qué? –se quejó Grillo camuflando los últimos rastros del campamento.

–¡Como no os deis prisa, vamos a desayunar espada! –vociferó Lobo desenfundando su arma.

–Grillo, la chica debe tener con qué defenderse –insistió Ángel, frustrada.

–¡Dale tú una de tus dagas!

–¡Yo no la he traído aquí! –se desesperó la muchacha.

–No importa, yo... –intenté intervenir. El nerviosismo de todos me estaba asustando, y jamás había usado un arma.

–¡Callaos! –gritó Lobo, y ladeó levemente la cabeza hacia el vacío del desierto–. ¡Ya están aquí! ¡Dale el maldito puñal a la chica!

Grillo corrió a situarse a mi lado y desenfundó uno de sus puñales. Me di cuenta de que llevaba varios más en el forro de su chaqueta.

–Mírame –me pidió notando mi pánico–. No te apartes de mi lado –dijo cerrando mi mano alrededor de la empuñadura del cuchillo–. ¿Entendido?

Asentí, pálida, sin ser capaz de pronunciar ni media palabra.

–¡El Camino del Atardecer! –gritó Lobo, y todos asintieron–. Grillo, recuérdame que te dé una paliza por esto. ¡El primero es mío!

Justo en ese momento apareció un hombre de la nada. No me dio tiempo a adivinar sus rasgos porque Lobo se abalanzó sobre él sin pensárselo dos veces. Pronto dos hombres más se materializaron en medio del desierto y pude ver, impresionada, cómo Ángel se lanzaba al combate con una energía devastadora. Lobo luchaba sujetando en una mano su espada y en la otra un pequeño puñal que aguijoneaba certero a su adversario. Ángel, en cambio, usaba sus dagas también como proyectiles. Quedé paralizada cuando acertó en plena yugular de uno de los salteadores enemigos, que se desplomó en el suelo como un fardo olvidado.

Grillo esperaba, en posición de combate, frente a mí, ejerciendo de escudo humano por si alguien se decidía a atacarme. Un cuarto hombre saltó en el mismo instante en que Lobo asestaba el golpe definitivo a su oponente, pero el salteador se lanzó sobre nosotros blandiendo una espada enorme. Grillo dobló las rodillas dispuesto a recibir el primer impacto, lo detuvo con su arma y alargó la mano para dirigirla al pecho de su adversario. La energía debió emanar de él, porque el salteador que nos atacaba salió despedido hacia atrás como si lo hubiesen golpeado con un enorme madero. Cayó a tierra cuando Ángel retrocedía bajo los envites de su contrincante, así que la mujer tropezó con él y fue arrastrada también al suelo.

–¡Cuidado! –grité sin poder evitarlo cuando el hombre levantó su espada para rematar a nuestra aliada.

Grillo lanzó contra él su poder, derribándolo, y, sin pensárselo dos veces, corrió a su encuentro dejándome desprotegida. Yo no me habría preocupado en absoluto, puesto que ahora eran dos contra tres, y Lobo arremetía ya contra el primer hombre que había noqueado Grillo, si no me hubiese percatado en ese mismo instante de que dos salteadores más se presentaban ante nosotros.

Uno de ellos se lanzó contra Ángel, que ya se levantaba, pero el otro clavó su mirada en mí. No supe reaccionar, me quedé paralizada y sin ser capaz de blandir el puñal para dar la impresión de que tenía idea de lo que hacía. El salteador se rio como un demonio cuando vio mi indefensión y se abalanzó sobre mí.

–¡Eriane, reacciona! –gritó Ángel observándome mientras trataba de defenderse.

Grillo se giró para mirarme y su adversario le ganó terreno, pero yo tenía al mío justo encima. Mi cuerpo no respondía, el miedo había congelado todos mis músculos.

–¡Muévete! –gritó Grillo desesperado en mitad de su propia batalla.

El salteador levantó su espada sobre mi cabeza, dispuesto a dejarla caer sin compasión, y cerré los ojos con fuerza. Un grito sordo se elevó en la noche y abrí los ojos, temerosa de haber cruzado ya a la otra vida. Pero no, seguía allí, seguía en el desierto, a unos veinte pasos del hombre que había descargado su golpe contra mí y solo había encontrado aire. El salteador me miraba con los ojos como platos cuando la espada de Lobo le atravesó el estómago.

Lo había vuelto a hacer. Había vuelto a trasladarme en el espacio sin saber cómo. Igual que frente al ataque de Frankin, había escapado sin ser consciente, solo agarrándome con fuerza a mi deseo de apartarme de allí.

–¡Grillo, termina con él y vámonos antes de que vengan más! –gritó Lobo sacando la hoja de su espada del cuerpo de nuestro enemigo–. ¡Y tú, caja de sorpresas, vuelve si no quieres quedarte aquí! –me amenazó.

Sin saber cómo, mis piernas volvieron a obedecerme y corrí hacia él. Ángel se deshizo de su enemigo y se acercó a nosotros. Tanto Lobo como ella jadeaban por el esfuerzo. Grillo desvió un ataque de su contrincante, pero no calculó bien a la hora de responder con su espada y el salteador le ganó terreno, hiriéndolo en el brazo.

–¡Deja de jugar, Grillo! –gritó Lobo, tapando con su voz el gemido que se había escapado de mis labios al ver cómo la sangre manaba de la herida de mi rescatador.

Notablemente molesto por el comentario, Grillo bufó y usó su poder para despojar a su adversario de la espada. Después, con hiriente facilidad, le arrebató la vida de un solo tajo.

–¿Vale? –increpó a Lobo bastante enfadado antes de agacharse a buscar en el cuerpo de su víctima.

–¡Grillo, tenemos prisa! –le espetó Ángel.

–¡Corre de una vez! ¡Vienen dos más y no vamos a poder aguantar este ritmo mucho tiempo! –bramó Lobo con frustración.

–¡Ya voy!

–¿Qué hace? –pregunté por fin, sin entender por qué rebuscaba en los bolsillos de su víctima.

Miré a Lobo en busca de respuestas y en ese mismo instante reparé en que uno de los cuerpos se estaba levantando. Grité desesperada señalando con el dedo y me apreté contra Ángel. El olor de la sangre me revolvía el estómago, pero ver a un muerto viviente era demasiado para mi imaginación limitada.

–¡Grillo, vamos de una vez! –vociferó Lobo dándonos la espalda para protegernos mientras el hombre que había estado muerto se recomponía–. ¡Tenemos a uno que resucita!

Ángel me rodeó con su brazo y sacó del bolsillo de su abrigo su libreta de tópicos. El salteador que acababa de despertar de la muerte nos miró y sonrió con burla. Grillo por fin se unió a nosotros.

–¿Cuándo empieza la carrera? –bromeó poniendo una mano sobre Ángel y la otra en la espalda de Lobo.

–¡Deja de jugar! –bramó el jefe de aquel extraño grupo, del que ahora yo también formaba parte, justo en el instante en que Ángel encontraba el tópico adecuado y saltábamos juntos.

3

Cuando me desperté, intenté mantener los ojos cerrados el mayor tiempo posible. Abrirlos significaba aceptar que mi vida había sufrido una absoluta revolución.

Cinco veces habíamos saltado durante la noche hasta conseguir despistar a nuestros perseguidores. Cada vez que saltábamos a un tópico parecían estar esperándonos. Lobo había tenido que volver a usar su espada, pero mis compañeros parecían estar totalmente acostumbrados a este tipo de aventuras. Su sincronización me asombraba, y yo solo tenía que mantenerme cerca de alguno de ellos para no perderme durante un salto.

Al principio habíamos saltado de tópico en tópico, pero después habíamos empezado a recorrer extraños lugares en busca de otros cuadros a los que saltar. Todo me parecía un laberinto de locura y prisas. Casi no podía distinguir los recuerdos en mi imaginación. Finalmente habíamos conseguido librarnos de los salteadores que nos daban caza y, tras recorrer un bosque, Lobo nos había guiado hacia una pequeña cabaña en cuyo sótano se escondía, entre sacos y barriles, un cuadro envuelto en telas.

Ese había sido nuestro último viaje: aparecer en las calles nocturnas de una enorme y extraña ciudad donde los edificios parecían construidos de puro cristal. Como si pasease en medio de un sueño, fui conducida, el sentido prácticamente perdido por el agotamiento, hasta una pequeña casa también de cristal, en las afueras. Ángel me había acompañado a la habitación donde ahora dormía y me había desnudado. La cama pendía del techo como una lámpara y se mecía cada vez que me daba la vuelta.

Conforme recordaba lo ocurrido desde el momento en que Arlinda me rogó que iniciásemos aquel paseo matutino, iba siendo consciente de mi propio cuerpo, de cómo me dolían las articulaciones. Me dolían músculos que ni siquiera sabía que existían. Nunca en mi vida había hecho un esfuerzo semejante, jamás había corrido tanto, ni siquiera cuando era niña.

Me obligué a abrir los ojos, en rebelión contra aquella idea infantil que me aseguraba que, si seguía con ellos cerrados, toda esa locura acabaría y, para bien o para mal, volvería a estar en mi habitación en el palacio de los Calaned. ¿De verdad deseaba eso? Ni siquiera había tenido oportunidad de detenerme a preguntarme qué quería, qué esperaba, qué pensaba de todo lo que me había pasado.

La habitación estaba en penumbra y no se escuchaba la respiración de ninguno de mis compañeros. Debía de estar sola. A través del cristal del techo, tapado con telas para que no entrase la luz del sol, se filtraban algunos rayos perezosos. Intenté incorporarme, pero el dolor era prácticamente insoportable. Rodé sobre mi propio cuerpo para acercarme al borde de la cama y dejar mis piernas caer y así aprovechar el impulso para levantarme. La sensación de vacío debajo de mí me revolvió el estómago, haciéndome recordar que dormía colgada del techo. Apreté los dientes para aguantar el dolor y busqué la escalerilla que me ayudaría a bajar de la cama.

Cada movimiento era una tortura. Escudriñé en la semioscuridad del cuarto mi ropa o cualquier prenda con la que cubrirme. Las paredes de cristal opaco brillaban como espejos cuando me movía. Por fin salí a un amplio corredor y empecé a fisgonear por las habitaciones para dar con mis compañeros. Cuando el miedo a que me hubiesen abandonado se anudaba ya en mi pecho, escuché los susurros provenientes de una pequeña sala.

–¡Podemos aprovecharla! –decía Lobo con voz vehemente en un murmullo grave.

–Es demasiado arriesgado sin experiencia –contestó Ángel al tiempo que yo entraba en la habitación.

Carraspeé para hacer notar mi presencia y todos se volvieron a mirarme. Estaban sentados alrededor de una mesa de cristal tallado y sobre ella habían desplegado una gran cantidad de papeles. ¿De dónde sacaban tantas cosas si cuando saltaban a los cuadros solo llevaban sus armas y las pequeñas mochilas? Me quedé clavada en la puerta, sin saber si sentarme con ellos o esperar a que me llamasen.

–¡Buenas tardes, dormilona! –sonrió Grillo, apartando un pequeño banco vacío para que me sentase allí.

–¿Tardes? –inquirí, y me acerqué al grupo intentando que no se notase que cada paso que daba me costaba horribles calambres.

–Pronto atardecerá –explicó Ángel levantándose de la mesa–. Has estado durmiendo todo el día. ¿Tienes hambre?

Asentí con la cabeza y me arrepentí al instante, porque el movimiento provocó que uno de mis músculos se tensase dolorosamente arrancándome un gemido.

–¿Agujetas? –me preguntó Lobo. Era la primera vez que se dirigía a mí sin gritarme una orden. Noté que sonreía y eso me preocupó.

–No sé qué es eso... –murmuré bajando la cabeza–, pero me duele todo el cuerpo.

–Puedes llamar a ese dolor agujetas –respondió Lobo cruzando los brazos sobre la mesa y sin quitarme la vista de encima–. En dos o tres días estarás nueva.

–¿Dos o tres días? –gemí intentando no moverme demasiado.

Grillo se levantó para ayudar a Ángel, que volvía con una bandeja llena de raros alimentos. No fui capaz de reconocer ninguno de los ingredientes que aparecían en los cuencos que me pusieron delante, pero comí con fruición olvidando mis remilgos. El hambre era tan atroz que apuré los platos sin la menor cortesía mientras ellos retomaban una conversación de la que no entendía casi nada.

Al parecer repasaban los movimientos que había realizado Grillo para encontrarse con alguien que iba a darles información vital. Hablaban de caminos y los nombraban con palabras absurdas: el Camino del Faro, el Camino de la Miseria, el Camino del Roedor, el Camino del Periplo... Se comportaban como si yo no estuviese allí o como si no estuviese llena de dudas. Al mismo tiempo, no parecían ocultar nada solo por respeto a mi presencia. Cuando terminé mi comida, Lobo volvió a mirarme.

–Anda, Grillo –dijo con despreocupación–, llévate esos platos. Tu amiga ya no puede rebañarlos más.

Musité para dar las gracias y clavé mi mirada en los papeles que había tapado la bandeja, ahora que no tenía en qué concentrarme. El silencio se hizo en la habitación hasta que Grillo volvió silbando alegremente.

–Verás, Eriane –comenzó Lobo con camaradería–, supongo que todo esto te habrá resultado muy extraño, ¿no es así?

Asentí con la cabeza porque no estaba acostumbrada a hablar con él y, hasta ese momento, solo sabía que tenía un humor de perros y que era mejor no acercarse a él cuando blandía su gigantesca espada.

–Creo que Grillo ya te explicó algo cuando estuvimos en el desierto, ¿no es cierto?

–¡Sabe todo lo que sé! –sonrió Grillo propinándome un golpecito amistoso en el hombro que despertó mis agujetas de nuevo–. Bueno, todo lo que me dio tiempo a contarle, ¿no?

Grillo repasó con voz monocorde todos los datos que había compartido conmigo: los salteadores, los tres señores, las libretas de tópicos, las recompensas por sus cabezas...

–Creo que le contaste lo de... –concluyó dubitativo Lobo.

–Por encima –cedió rápido Grillo y, por el tono que ambos habían adoptado, supuse que hablaban de Venus.

–¿Y qué te parece la historia? –sonrió Lobo volviéndose hacia mí.

–¿Cómo? –me quejé confundida. No sabía qué se suponía que tenía que responder.

–Te has visto arrastrada a esta locura por pura casualidad, has podido ver en pocas horas cuán complicada es la vida de un salteador y, para colmo, te ha tocado participar en el bando que tiene todas las de perder –explicó clavando en mí sus ojos oscuros–. Así que, ¿qué te parece la historia?

Todos estaban esperando mi respuesta, pero yo no me había formado todavía una opinión al respecto.

–Si Grillo no hubiese aparecido... –dudé–, quizá ahora mismo estaría muerta... –noté cómo me sonrojaba por momentos, sentía que mi discurso era demasiado infantil–. Aunque me duela todo el cuerpo... estar viva es mejor que estar muerta.

Ángel acarició mi mano sobre la mesa y noté la serenidad que me transmitía. La miré agradecida para recibir su sonrisa cálida.

–¿Por qué iban a matarte? –inquirió Grillo–. Parecías muy asustada en el cuadro.

–¿Salía yo en un cuadro? –pregunté sorprendida.

–¡Claro! ¿Cómo si no te habría encontrado en aquella mazmorra?

La idea me parecía imposible.

–¿Y quién era el pintor? –continué, llena de curiosidad.

–¡No te fijas en esas cosas cuando llevas horas saltando de cuadro en cuadro para que no te corten en rodajitas! –se rio él, despreocupado.

–¿Por qué dices que iban a matarte? –Lobo volvió a encauzar la conversación sin quitarme los ojos de encima. Me resultaba muy difícil mantenerle la mirada: me hacía sentirme ridícula.

A trancas y barrancas fui contándoles la corta historia de mi vida. Me inquietaba que estuviesen tan interesados. Comparado con lo que ellos vivían a diario, mi existencia era lo más aburrido del mundo. Algunas veces comentaban algún detalle buscando más información sobre las costumbres de mi mundo o aprovechaban para recordar momentos de sus propias vidas antes de ser salteadores. Así fue como supe que Grillo había trabajado en un circo o que Lobo había viajado en barco por todos los mares de un lugar desconocido para mí.

No sabía si evitar el momento en que Frankin había intentado forzarme, entre otras cosas porque tampoco entendía muy bien lo que había pasado. Pero todos habían presenciado el momento en que el salteador había estado a punto de partirme en dos con su espada, así que fui sincera con ellos. Dije todo lo que sabía.

–¿Era la primera vez que te pasaba? –preguntó Lobo con curiosidad.

–Y la segunda vez, anoche... –cedí.

–¿Sabes cómo lo haces? –preguntó Grillo, y negué con la cabeza–. Porque es increíble, en un momento hay dos tú.

–¿Dos yo? –me sorprendí.

–Sí, todos pudimos ver cómo estabas bajo la espada y, al mismo tiempo, a varios metros del grupo –explicó Ángel mostrándolo gráficamente con sus manos.

Parecía que ellos tenían más información que yo. No sabía cómo me había movido en el espacio de aquella manera y tampoco me había pasado con la suficiente frecuencia como para poder estudiarlo. Lobo decidió que no debíamos darle importancia y propuso que saliésemos a buscar algo de cenar.

–¿Cenar? –me quejé, sintiendo todavía el estómago lleno.

–Bueno, tú primero tendrás que encontrar algo medio decente que ponerte, ¿no? –se rio con su voz grave y me señaló una de las paredes de la habitación donde el cristal era más pulido.

En un reflejo borroso, vi mi delgado cuerpo enfundado en prendas enormes y desastradas bajo mi cabellera pelirroja.

Ángel fue la encargada de conducirme, a través de las calles de la ciudad, hasta un enorme edificio circular sostenido por columnas de un material que desconocía. Como todo lo demás, la esfera era de cristal semitransparente, de manera que dejaba ver pequeñas luces en su interior.

Ángel me contó algunas cosas sobre aquel mundo mientras caminábamos despacio, puesto que yo tampoco podía darme demasiada prisa debido al dolor que me seguía aquejando. Al parecer, en aquella realidad cada ciudad estaba fabricada con un elemento como base, y estábamos en el territorio del cristal. Me contó que cerca de allí había una ciudad de madera y que, cruzando unas montañas que siempre permanecían nevadas, había una ciudad de metal que refulgía todo el día bajo el sol. Señaló además que los niños que nacían en ese mundo tenían la habilidad de volar hasta los cinco años y que, en recuerdo a esa costumbre, se colgaban las camas del techo.

–La idea de belleza es muy importante en esta ciudad –me confesó con un deje ilusionado en la voz–. Antes de construir un edificio o de elegir un atuendo, siempre se tiene en cuenta si será un elemento que colabore a la belleza general que ya inunda las calles. Además, no se hace por orgullo personal, sino por regalar la vista de los demás.

Me miré, vestida de fantoche, y me sentí un insulto sobre dos patas. Ángel se dio cuenta y se echó a reír.

–El comercio cierra cuando cae la noche –explicó la mujer rodeando las columnas de la esfera hasta un lugar donde comenzaban unas escaleras–. Este edificio es algo así como un mercado, no sé cómo sería tu mundo...

–Pues... la verdad es que más o menos cada uno tenía lo que necesitaba –confesé pensando que, al lado de aquel lugar, mi mundo parecía bastante atrasado–. Algunos días había mercado en la plaza de la ciudad, y entonces todo el mundo llevaba lo que le sobraba y se intercambiaban los géneros. A veces llegaban comerciantes de otras ciudades con telas y baratijas... Mi señora recibía siempre muchos regalos de este tipo.

Ángel me explicó que en aquel lugar se pagaba con rubíes, que eran unas piedrecitas preciosas que la gente cambiaba por aquello que quería adquirir. También me contó que en la ciudad de cristal nadie se dedicaba a la agricultura y a la ganadería, todas esas cosas las servían desde la ciudad de madera. Allí todo el mundo realizaba trabajos mucho menos complicados.

–Pero que reportan muchos más rubíes –sonrió Ángel mirando a los lados antes de empujar la puerta de entrada a la gran esfera–. Como me temía: cerrado. Ahora me tocará abrirla a mí.

–¿Tú también abres puertas, como Grillo? –pregunté, sorprendida.

–Tardo un poco más –sonrió la muchacha buscando entre la tela de su vestido.

Ángel sacó de uno de sus bolsillos unos pequeños ganchos y comenzó a trajinar hasta que la puerta cedió.

–Creo que te va a encantar –sonrió cediéndome el paso.

Mi guía no se equivocaba. Mi sorpresa fue enorme al encontrarme un una sala circular, prácticamente vacía, en la que cristales luminosos indicaban la posición de las columnas. No se veía a nadie en aquel espacio y solo había una pequeña mesa en el centro de la habitación. Ángel se dirigió hacia allí y seguí sus pasos. En la superficie lisa había una pequeña ranura.

–Toma, pásalos por ahí –me indicó Ángel tendiéndome cinco rubíes–. Es todo lo que tenemos, así que no creo que podamos elegir demasiado, ¡pero yo no tuve la suerte de encontrarme con este sitio cuando me hice salteadora! Tuve que vestir una chaqueta de Lobo bastantes saltos.

Obedecí sin saber muy bien lo que estaba diciendo. Por eso casi dejé escapar un grito cuando una colección de fantasmas ataviados con todo tipo de ropajes comenzó a rodearnos.

–¿Qué...? –me sorprendí, y Ángel me explicó que no debía tener miedo.

Se acercó a uno de los fantasmas y lo atravesó con la mano.

–Es un juego de espejos, no son reales –explicó.

Seguí su ejemplo e intenté tocar una de las figuras. Era imposible. Además, si dejaba mi mano parada en el centro de ellas, el dibujo que las formaba se plasmaba en mi piel por unos instantes.

–Parece magia... –murmuré.

–Para muchos lo sería, pero vamos, no tenemos demasiado tiempo –me amonestó Ángel–. A Lobo no le gusta esperar.

Los fantasmas vestían las prendas que podíamos permitirnos con cinco rubíes. Debíamos elegir las apropiadas para mí y después subir al piso superior, donde una máquina las confeccionaría a mi medida. Me pregunté qué habría pensado mi madre en semejante situación, y tampoco puede evitar recordar a Arlinda, imaginando lo que le habría gustado disfrutar de tal adelanto.

Ángel me ayudó a elegir, insistiendo en que debían ser prendas que me permitiesen realizar cualquier movimiento con comodidad y no los maravillosos vestidos que lucían los fantasmas. Aunque me quejé señalando que ella sí podía usar un vestido, argumentó que había luchado con aquella prenda durante toda su vida y que yo tenía que aprender a luchar. El conjunto era sencillo: unos pantalones masculinos de tela oscura, una camisola y una extraña chaqueta azul turquesa corta por delante y larga por detrás, unas botas recias que estuvieron rozándome los pies durante varios días y un cinturón negro, para que pudiese devolverle la cinta a Ángel.

Cuando salimos de la esfera de cristal, yo parecía otra persona. Ángel había recogido mis largos rizos en una trenza y, al mirarme en uno de los cristales, me sentí como un personaje sacado de un sueño. Nunca habría pensado que estaría tan cómoda con unos ropajes tan extraños, e imaginé la cara que pondrían en mi antiguo mundo si me viesen. Me sentía llena de un júbilo infantil: jamás había tenido nada nuevo, jamás había comprado nada, jamás me había sentido así de libre.

Comencé a reírme, ilusionada, y Ángel me miró con extrañeza. Entonces, aunque no era propio de mi naturaleza, arrastrada por la emoción, me abracé a ella y, como si al tocarme hubiese recibido todo lo que yo sentía, comenzó a reír también. Así regresábamos a la casa de cristal, como dos locas felices.

–¡Me encanta ser salteadora! –exclamé al llegar a una calle desierta, y Ángel se detuvo en seco. Por su gesto noté enseguida que algo malo estaba pasando.

Seguí la dirección que me indicaba su mirada y observé paralizada que dos hombres encapuchados, espada en mano, se dirigían hacia nosotras. Ángel desenfundó rápidamente sus cuchillos y se acercó a mí para interponerse entre los extraños y yo. Me sentí paralizada por el miedo. Había sido testigo de la fiereza de aquella mujer, pero me preocupaba que no fuese capaz de resistir un dos contra uno.

Los hombres intentaron rodearnos, como si yo fuese una presa muy apetecible y tratasen de obligar a Ángel a atacar solo a uno de ellos. Mi corazón latía con tanta fuerza que me atronaba los oídos. ¿Nos habían encontrado? ¿Eran salteadores o simples bandoleros?

Antes de que me diese tiempo a responder a mis propias preguntas, uno de ellos se lanzó sobre el flanco izquierdo de Ángel, obligándola a desproteger su derecha, donde yo me encontraba. Intenté ponerme a salvo, pero el otro cayó sobre mí. Llevada por el pánico, cerré con fuerza los ojos y deseé encontrarme bien lejos.

Escuché la frustración de mi adversario en la distancia y supe que había vuelto a trasladarme en el espacio, pero justo cuando volví a abrir los ojos para cerciorarme, el otro hombre se abalanzó sobre mí. No me dio tiempo a pensarlo. Me moví. Esta vez fue solo medio metro, lo justo para evitar su espada, y, sobrecogida, vi cómo dejaba, donde solo unos segundos antes había estado, una huella de mí, una copia exacta de mi persona.

La sorpresa no me duró demasiado porque, en el mismo instante en que aquel hombre dividía mi imagen en dos, el otro volvía a la carga. ¿Dónde estaba Ángel? Si los dos me estaban atacando, eso significaba que debían haberla matado. Volví a desdoblarme para alejarme de ellos y así tener una vista de la calle que me permitiese comprobar qué había pasado con mi amiga.

–¡Cuidado! –escuché que me gritaba Ángel.

Al darme la vuelta para descubrirla, vi cómo un cuchillo se dirigía hacia mí. Me desdoblé de nuevo, casi por instinto, y el puñal se perdió en la calle.

Busqué con la mirada a Ángel y la vi, de pie justo en el lugar del que procedía la daga voladora. Estupefacta porque aquello solo podía significar que mi nueva amiga me había atacado, recorrí la calle con la mirada en busca de nuestros dos asaltantes.

Los hombres se encontraban en el mismo lugar donde yo los había dejado.

–¡Te lo dije! –gritó uno de ellos. Su voz me resultó familiar y, atónita, vi cómo se deshacía de la capucha que lo había mantenido oculto hasta entonces.

Era Lobo, sonriendo orgulloso como si hubiese ganado una apuesta. Su compañero se quitó también la capucha y descubrí a Grillo, con gesto vencido pero también alegre. Volví la mirada hacia Ángel en busca de una explicación, pero su rostro era también divertido mientras observaba a sus dos cómplices.

Me sentí ridícula al instante. Había temido por mi vida, había temido por la vida de Ángel. No entendía lo que pasaba, pero tampoco lo pensé dos veces antes de salir corriendo hacia la bocacalle que se encontraba junto a mí. Todo el cuerpo me dolía mientras me adentraba en la oscuridad de la ciudad de cristal, pero la rabia, el miedo y mi total incomprensión compensaban el sufrimiento físico. ¿Por qué se habían lanzado contra mí? ¿Qué significaba aquel asalto? ¿Habían decidido eliminarme porque era un estorbo? ¿Y Ángel? ¡Me había lanzado una de sus dagas después de haber estado riendo conmigo!

Cuando ya no podía más, me detuve para recobrar el aliento. Los pulmones me pinchaban como agujas y el corazón bombeaba a tal velocidad que me era imposible oír nada más. Me doblé sobre mí misma y apoyé las manos en mis rodillas para recuperar las fuerzas. Las ideas martilleaban en mi cabeza al ritmo de mis pulsaciones. Vencida, me agaché hasta sentarme en el suelo.

–¿Eriane? –me sobresaltó la voz de Grillo que, junto a mí, alargaba una mano para tocarme. En el mismo instante en que sus dedos debían rozar mi piel, yo estaba ya sentada a la suficiente distancia como para mantenerme fuera de su alcance. Grillo alcanzó solo un calco de mí. Lo observé con rabia mientras me abrazaba el pecho para tranquilizar mi respiración–. Eriane... No tienes que tener miedo...

–¡Queríais matarme! –grité acusadora.

–¡No grites! –susurró gesticulando con las manos para que bajase la voz–. Si me dejas acercarme, te lo explico.

No respondí. Mantuve firme mi mirada de fiera y Grillo se fue acercando poco a poco. Se detuvo a unos pasos, lo suficientemente lejos como para respetar mi espacio y lo suficientemente cerca como para que le escuchase sin tener que gritar.

–Vas a despertar a todo el vecindario –me amonestó frunciendo el ceño–. Deja de comportarte como una niña y escúchame.

Si hubiese tenido una piedra, un cuchillo o un jarrón de barro, se lo habría tirado a la cabeza. Entonces no conocía lo suficiente a Grillo como para medirme las fuerzas, pero parecía realmente enfadado por mi comportamiento. Aunque, claro, yo también lo estaba, y me parecía justo que sufriese, como poco, la mitad de lo que estaba sufriendo yo. Bufé como única respuesta y endurecí mi gesto.

–Era necesario –explicó apretando los dientes–. Estábamos probando tu poder.

–¡Estabais atacándome con espadas! –espeté tratando de contener mis ganas de gritar–. ¡Ángel me ha tirado un cuchillo! ¡Si no me hubiese apartado...! ¡Creí que yo le gustaba!

–¡Solo tratábamos de descubrir en qué se basa tu capacidad para desdoblarte! –insistió Grillo dando un paso hacia mí.

–¿Y se basa en que intentéis matarme? –le increpé con rabia.

–Por lo que nos habías contado, solo reaccionas en situaciones límite, así que teníamos que hacerte creer que estabas en peligro... –me atajó rápidamente.

–¡Oh, qué listos! –mi corazón todavía estaba acelerado y, aunque lo que decía tenía cierto sentido, también me parecía una completa estupidez–. ¿Y si no hubiese funcionado? ¿Una menos?

–¡Estás exagerando! –se rio él por fin.

–¡Ángel me tiró un cuchillo! –insistí.

–¿Te olvidas de mi poder? –se desesperó Grillo acercándose a mí, y aunque sentía que no iba a poder moverme jamás, me levanté de un salto–. ¡Habría parado el cuchillo antes de que te hiriese! –exclamó al tiempo que alargaba una mano en mi dirección y hacía que mi trenza pelirroja se levantase por encima de mi cabeza sin siquiera tocarme.

Nunca le había pegado a nadie, ni siquiera me había peleado con los hijos de mis vecinos cuando era pequeña, pero en aquel momento me sentí realmente preparada para hacerlo. Golpeé a Grillo en la mejilla con todas mis fuerzas y, junto a la satisfacción de pillarlo por sorpresa, me asaltó el horrible dolor de mis dedos. Gemí y dos lagrimones se escaparon de mis ojos mientras protegía mi mano. Grillo me miraba con los ojos como platos y se acariciaba la mejilla, que se le había puesto roja.

–¡Idiota! –me soltó cuando se recompuso–. ¡Encima te habrás partido algún dedo!

Aquel incidente se convirtió en mi primera pelea como salteadora y en un motivo de burla contra Grillo.

Volví con él a la casa de cristal, donde Ángel y Lobo nos esperaban preocupados. La mujer se disculpó conmigo repetidas veces y Lobo se excusó alabando mi atuendo. Yo me había relajado y me sentía un poco avergonzada por la escena posterior al asalto, así que todos tratamos de no darle demasiada importancia al asunto.

Descubrí entonces que el poder de Ángel no residía solo en la capacidad para el vuelo, que había perdido junto con sus alas, sino que podía curar con sus manos y comprender los sentimientos de los demás a través del tacto.

–Es a riesgo de mi propia energía –me comentó mientras arreglaba mis dedos rotos–, pero después del susto que te hemos dado, es lo menos que puedo hacer.

Ángel podía sanar, pero al hacerlo gastaba su propio aliento vital, y si la herida era muy grande, podía tardar días en recobrar sus fuerzas. Noté que, al tiempo que curaba los huesos de mi mano, hacía que mis agujetas disminuyesen un poco.

Lobo, una vez que los ánimos se hubieron templado, me explicó que la idea de probar mi poder había sido suya y también compartió con los demás sus impresiones a ese respecto.

–Es increíble –decía emocionado–. ¿Habéis visto cuando, después del primer desdoblamiento, se multiplicó a tan solo unos centímetros de sí misma?

–En ese momento eran tres –comentó Ángel–. Todavía seguía su primer cuerpo junto a mí cuando la atacasteis.

–¿En cuántas personas podrás desdoblarte? –me preguntó Grillo en un intento de hacer las paces. Era el único al que no había terminado de perdonar, aunque él ya parecía dispuesto a olvidar mi arrebato de furia.

–No lo sé.

–¿Cómo estás de cansada? –inquirió Lobo–. ¿Crees que podrías intentar desdoblarte ahora? –elevó las manos en señal de rendición bajo mi mirada amenazante y comenzó a reír–. ¡Sin presión! ¡Sin espadas!

Aunque me sentía exhausta, intenté satisfacer sus deseos, pero no lo conseguí de ninguna de las maneras posibles, ni cerrando los ojos ni concentrándome en materializarme en otro lado de la habitación. Comenzó a dolerme la cabeza y decidí que, por aquel día, era mejor dejarlo.

–Creo que lo hago sin pensar –confesé derrotada.

–Fuiste increíblemente rápida con el cuchillo –señaló Ángel.

–Menos mal... –me quejé mordaz, y todos se rieron a mi costa.

Sentada en aquella habitación, escuchando las muestras de admiración de mis nuevos compañeros, me pareció que el incidente del asalto sorpresa había estado justificado y me permití el lujo, incluso, de sentirme orgullosa de mí misma. Grillo me había explicado que siempre se elegía a los salteadores por sus habilidades especiales y, al parecer, yo no iba a romper la tradición. Aunque no pudiese controlar aquel extraño poder, por ahora me había salvado en más de una ocasión.

–Bueno, ya veremos cómo lo arreglamos –concluyó Lobo–. Ahora, a descansar, y mañana, Eriane, ya que con ese nuevo atuendo no pareces un saco de patatas, iremos a conseguirte una espada.

4

Para los salteadores hay dos normas básicas de supervivencia: tener una libreta de tópicos y conocer caminos. Los caminos son rutas establecidas partiendo de tópicos para acceder a mundos paralelos a través de diferentes saltos. Cuando un salteador descubre un nuevo camino, le da un nombre y se esfuerza en no olvidarlo nunca. No todos los salteadores conocen los mismos caminos; de hecho, si trabajas en solitario y quieres tener éxito en tu misión, cuantos menos compañeros conozcan los caminos que frecuentas, más posibilidades tendrás de ser el primero en llegar a los sitios. Y a Lobo nunca le gustó ser el último.

Quizá por su sorprendente capacidad para escuchar entre las realidades, Lobo había descubierto infinidad de caminos. Todos los papeles que había visto desplegados sobre la mesa no eran más que los diferentes mapas que a lo largo de su vida, como constelaciones, Lobo había ido realizando con los caminos que hallaba. Sabía todos los que eran conocidos por otros salteadores y siempre trataba de evitarlos, pero para llevar a cabo la misión que aquel día nos ocupaba, nos veíamos obligados a transitar una de las rutas más famosas: el Camino de la Espada.

Aunque solo se necesitaban dos saltos para acceder al cuadro que conducía al lugar donde Lobo quería llevarme para conseguir mi propia arma, íbamos a tener que realizar muchos más si queríamos librarnos de nuestros perseguidores. Como la mayoría de los caminos, nuestra ruta comenzaba en un tópico de los más concurridos, puesto que conducía directamente a las puertas de un imponente museo que albergaba infinidad de obras desde las que viajar.

–Desde allí se puede ir a casi cualquier sitio y momento en aquel mundo –explicó Grillo mordisqueando un fruto malva mientras me explicaban nuestro plan–. Pero es que además puedes saltar a nuevas realidades. Contiene cuadros increíbles.

Aprovechar aquella diversidad era lo que Lobo pretendía. La idea no parecía muy complicada, pero entrañaba enormes riesgos. Debíamos dividirnos: Grillo y yo correríamos hacia uno de los laterales del museo y Lobo y Ángel tratarían de entrar directamente por la puerta principal. Cuando tuviésemos a todos los salteadores dentro del edificio, buscándonos, aprovecharíamos la oportunidad para saltar a uno de los cuadros. No a cualquiera de ellos: Lobo nos había descrito bastante bien el paisaje en el que debíamos sumergirnos.

–Son muchos años jugando a este juego –explicó con cierta melancolía en la voz–. He descubierto algunas conexiones que los demás desconocen y ese museo está lleno de pasadizos entre cuadros.

Al parecer, Ángel y él saltarían a otra de las obras del museo que estaba conectada con la misma realidad que representaba el cuadro al que Grillo y yo debíamos saltar.

–Apareceréis dentro de una casa y nosotros os esperaremos en la puerta –continuó explicando Lobo–. Entonces Eriane vendrá conmigo y vosotros dos deberéis escapar hasta alejar a los salteadores para que no nos molesten.

El plan debía funcionar si éramos lo suficientemente rápidos y no nos veíamos obligados a utilizar las armas. Yo intenté explicar que no necesitábamos montar tanto jaleo solo por una espada y que, como de todos modos no tenía ni idea de luchar, podía apañarme con alguno de sus puñales mientras me iban enseñando. Pero mi idea no fue aceptada con demasiada alegría y, cuando vi que todos mis argumentos caían en saco roto, terminé por aceptar. Como siempre, la palabra de Lobo era la que más pesaba.

En aquel momento yo no era capaz de entender tanto revuelo por una espada, aunque sí que era consciente de que necesitaba aprender a defenderme si iba a quedarme con ellos.

–Eriane –me había dicho Ángel muy seria–, debes saber que tienes opción. No estás obligada a seguir esta vida, podemos encontrar un mundo parecido al tuyo; podrías incluso quedarte a vivir aquí, en esta ciudad. Esta casa es uno de nuestros refugios más seguros. Tienes derecho a pensarlo, no debes seguirnos por la fuerza. Esta no es una vida fácil, no sé si se la desearía a mi peor enemigo.

Después de lo que había vivido con ellos en... ¿dos días?, ¿tres? –habíamos saltado tantas veces del día a la noche, de la noche al día, que era incapaz de controlar el paso del tiempo–, debía plantearme si quería o no continuar con esa vida que me ofrecían. Mi corta experiencia había sido suficiente para hacerme consciente del enorme riesgo que entrañaba aquella existencia violenta de saltos y batallas. Además, no podía olvidar que había caído en el equipo más débil y que esos tres salteadores solo buscaban volver al principio del laberinto en el que se hallaban perdidos, para dar con el cuadro de Venus o para encontrar la venganza que consolase sus almas. ¿Eran mis lazos lo suficientemente fuertes? ¿Le debía yo, acaso, la misma fidelidad a Lobo que mis dos compañeros? No. Como Ángel decía, yo era libre.

Y a pesar de eso, yo solo me hacía una pregunta: ¿podría llevar una vida normal después de todo lo que había descubierto? ¿Podría conformarme?

–Voy con vosotros –respondí, y Lobo suspiró como si le hubiesen quitado un peso de encima.

–¡Eso es lo que quería escuchar! –rio Grillo levantándose de un salto y buscando algo en sus bolsillos–. Toma –me dijo tendiéndome su libreta de tópicos–. Si vas a ser un salteador, vas a necesitarla.

Lo miré sorprendida, incapaz de alcanzar el pequeño librito forrado de cuero negro.

–Grillo, yo no puedo aceptarlo... ¿Qué harás tú? –su respuesta fue de nuevo la risa, al tiempo que sacaba de su chaqueta otra libreta idéntica a la que me tendía.

–Por eso me retrasé en el desierto registrando a aquel masturzo –explicó con orgullo moviendo mi libreta para que la cogiese–. Pensé que necesitarías una de estas, y como no se pueden comprar en las tiendas...

Ángel lo miró con suspicacia y sonrió. Tomé el pequeño libro y desaté el cordón que lo mantenía cerrado. Era realmente asombroso. Las páginas no eran mucho más grandes que la palma de mi mano y, aun así, ocultaban en sus hojas cantidad de pequeños cuadros. Acerqué a mis ojos las miniaturas tratando de desentrañar los dibujos que guardaban dentro de los minúsculos marcos de madera, casi tan delgada como las hojas de papel.

–¿Cómo los distinguís? –pregunté sorprendida.

–Acabas aprendiéndotelos de memoria –explicó Lobo–, pero puedes comenzar por fijarte en el color o la forma de los marcos: siempre dan alguna pista.

–Creo que seré incapaz de usar la libreta sola –murmuré, un poco sobrecogida por la situación.

–Tiempo al tiempo –me aconsejó Ángel, sonriendo con dulzura.

–¿Qué significa este punto rojo? –pregunté al reparar en que, junto a uno de los marcos, habían dibujado con tinta roja una marca.

–No es nada –respondió Grillo con tono serio al tiempo que tomaba la libreta de mis manos, la cerraba y me la cambiaba por la que él se había quedado. Miré a Ángel y Lobo buscando alguna explicación, pero los dos parecían concentrados en otra cosa–. Esta es la tuya. Perdóname, me había confundido al entregártela.

–¿Sabes que es la tuya porque le has pintado puntos rojos? –inquirí llena de curiosidad.

–Más o menos –cedió entre dientes–, pero ahora concéntrate si quieres aprender algo de los salteadores.

Grillo buscó entre sus cosas una pequeña lupa y se entretuvo en describirme algunos de los tópicos más importantes mientras Lobo y Ángel terminaban de concretar el plan. Yo no necesitaba saber mucho más, simplemente debía obedecer a Lobo y, en caso de que algo saliese mal, debía saltar a un tópico que representaba un salón enorme donde se celebraba una fiesta de disfraces.

–Podrás camuflarte y, siendo una dama, muchos caballeros estarán dispuestos a defenderte si algún salteador te ataca –me aclaró Grillo–. Solo tienes que fingir que no sabes lo que está pasando y, si logras desmayarte en brazos de un hombre lo suficientemente fuerte, estarás salvada hasta que vayamos a buscarte.

A mí la idea no me parecía tan buena como a él, pero intenté confiar en que el plan inicial saliese a la perfección.

Lobo había decidido retrasar un día nuestra partida para que yo me recuperase un poco de mis agujetas. Ángel colaboraba con pequeñas sesiones de sanación, para recuperar pronto la energía que invertía en curarme, pero aun así mi cuerpo continuaba quejándose a cada instante, y el nerviosismo que me invadía pensando en nuestra próxima aventura no ayudaba demasiado.

–Bébete esto –me dijo Grillo cuando Lobo y Ángel se fueron a acostarse.

–¿Qué es? –pregunté desconfiada.

–¿Va a ser siempre así? –rio divertido levantando las cejas.

–¿Qué? –me sorprendí sin comprenderlo.

–Que si siempre vas a dudar de mí –se burló–. ¡Yo te salvé de la muerte! –canturreó en tono teatral mientras me acercaba la taza de cristal para que oliese su contenido.

–Creo que podría darte otro puñetazo –sonreí, agarrando el recipiente antes de que me lo volcase en lo alto con sus estúpidos movimientos.

Se sentó junto a mí y apoyó la espalda en la pared.

–Es una infusión. Te relajará –me explicó abandonando el tono de burla–. La ha preparado Lobo. Dice que estás demasiado nerviosa como para descansar.

Comencé a beber el líquido caliente. El sabor me gustaba, pero no confiaba demasiado en que aquella sopa de hierbas consiguiese tranquilizarme. Caí rendida casi en el acto y Grillo tuvo que subirme en brazos a la cama colgada del techo.

–¡Corre más! –me gritaba Grillo por lo menos dos metros por delante de mí, mientras tratábamos de escapar de un salteador que nos había seguido nada más aparecer delante del museo.

–¡No puedo! –farfullé intentando esforzarme al máximo, pero mis piernas no me obedecían. Habíamos iniciado el Camino de la Espada y ya había descubierto que me costaría otro buen puñado de días con agujetas, eso si conseguíamos sobrevivir.

Grillo llegó a la entrada lateral del edificio y abrió la puerta, sosteniéndola para que pasase. La cerró justo en el momento en que el salteador nos daba alcance y salió disparado a mi encuentro.

Nunca en mi vida había estado en un museo y jamás había contemplado tantos cuadros juntos. Comparada con aquellas salas, la sala de las meriendas del palacio de los Calaned parecía una ridiculez. Había grupos de personas contemplando las obras en apacible calma cuando irrumpimos con nuestra carrera desesperada. Un hombre intentó interponerse en nuestro camino para llamarnos la atención, pero no teníamos tiempo que perder y Grillo lo apartó de un manotazo. Hasta ahora, el plan había salido bien. La mayoría de nuestros perseguidores se habían lanzado a por Ángel y Lobo; nosotros no lo teníamos tan difícil. Solo debíamos conseguir la ventaja suficiente para que, cuando nuestro perseguidor entrase en la sala donde estaba el cuadro que buscábamos, no supiese adónde habíamos saltado.

Me había cubierto el pelo con un pañuelo y había dado la vuelta a mi chaqueta para que no me reconociesen. Lobo había insistido mucho en que nadie debía recordarme: tenía que pasar plenamente inadvertida.

Yo no sabía cómo pretendía que lo hiciese si iba con Grillo y aquel salteador prácticamente nos estaba obligando a detenernos y luchar.

–¡Eriane! –bufó desesperado mi compañero al tiempo que se paraba en seco para esperarme.

Giré la cabeza para ver si me seguía y observé cómo alargaba la mano y utilizaba su poder para lanzar a nuestro perseguidor a unos metros por detrás.

–¡No te pares! –me increpó de nuevo.

Escuchamos jaleo en la zona de las escaleras y enseguida supuse que era producido por Ángel y Lobo, y su particular persecución. Comenzaba a dudar que fuésemos a conseguirlo. De nuevo sentía aquel agudo e incontrolable dolor en los pulmones y un pinchazo terrible en el costado.

Grillo torció hacia uno de los pasillos, resbalando levemente, y chocó contra una de las paredes. Frené un poco para no caerme encima de él y me agarró del brazo, tirando de mí. Entramos como un torbellino en una sala diminuta donde solo cinco cuadros adornaban las paredes. Reconocí en el acto la pintura que Lobo nos había descrito y, sin pensármelo dos veces, salté al interior del cuadro arrastrando a Grillo conmigo.

Aparecimos en una habitación humilde, donde unas muchachas preparaban un guiso que olía terriblemente bien. Las dos jóvenes gritaron sobresaltadas y huyeron despavoridas.

–¡Buen salto! –me premió Grillo sin detenerse un solo segundo, arrastrándome de nuevo a la carrera.

Comenzamos a buscar las escaleras que nos conducirían a la planta baja, cuando sonó un estruendo a nuestra espalda.

–¡Ya están aquí! –indicó mi compañero acelerando aún más el paso. El salteador que nos seguía nos había encontrado.

Afortunadamente, la escalera conducía a la entrada principal de la casa, donde Lobo y Ángel aparecieron en cuanto abrimos la puerta. No tuve que pensarlo: me lancé contra Lobo y, en el mismo momento en que puse mi mano sobre él, saltamos. Grillo y Ángel tendrían que apañárselas por su cuenta.

Desorientada, me di cuenta de que habíamos aparecido de nuevo a las puertas del museo. Lobo respondió antes de que yo hiciese mi pregunta y se lanzó a la carrera:

–¡Date prisa! Todos los salteadores están dentro de los cuadros buscándonos. Tardarán unos minutos en volver a este tópico.

Creí que jamás lograría recuperar el aliento. Lo seguí haciendo un esfuerzo sobrehumano y nos dirigimos a las escaleras centrales del museo. Subimos dos plantas en lo que fue, para mí, la mayor de las torturas. Lobo me iba señalando con antelación el camino que debíamos seguir, y volvíamos a dejar atrás las quejas de las personas que habían acudido a disfrutar de una tranquila mañana de museo.

–¡Ese! –gritó señalando un magnífico paisaje donde árboles rosados iban perdiendo sus hojas sobre un suelo verde y mullido.

Saltamos cada uno por su lado. Debí caer mal, porque me tropecé y rodé por aquel campo. Todos mis sentidos se despertaron al olor de las diminutas flores de los árboles. La temperatura era excelente y una suave brisa mecía las ramas.

–¡Vamos! –me ordenó Lobo levantándome con un solo movimiento–. No tenemos tiempo –me insistió comenzando a correr de nuevo–. ¿Te has hecho daño?

Como era incapaz de pronunciar ningún sonido sin que me estallasen los pulmones, negué cansinamente con la cabeza al tiempo que lo seguía. No había nada más que árboles a nuestro alrededor y eso me hizo prever que la carrera sería larga. El cansancio me desorientaba, seguía a Lobo como un perro ciego... Parecía que las cosas estaban saliendo bien.

Comenzamos a subir una loma bastante empinada, por lo que los árboles rosados nos impedían ver nada de lo que teníamos más arriba. Cuando creí que iba a desmayarme de puro agotamiento, Lobo se detuvo.

–Ahora viene la parte complicada del plan –me confesó al tiempo que él también recuperaba el aliento. Lo miré desesperada–. No te preocupes, va a ser coser y cantar, ¿de acuerdo? –asentí e hice el amago de sentarme en el suelo. No podía más, pero él me sujetó por los hombros y clavó en mí su profunda mirada. Me sonrió con camaradería–. En la cima de esta loma hay un pequeño templo. El edificio puede sorprenderte, pero no te detengas a contemplarlo. Solo tiene una habitación en su interior y en ella hay un único cuadro. Siempre hay un salteador custodiándolo –indicó, y se me encogió el estómago–. Que esto salga bien depende de que él solo me vea a mí y pueda distraerlo el tiempo necesario para que tú saltes sola al mundo que hay más allá de la pintura.

Me puse pálida al instante. ¿Sola? ¿De eso iba el plan? ¿Tenía que saltar sola?

–No puedo darte más explicaciones ahora –confesó con preocupación–. Te prometo que tarde o temprano iremos a recogerte. Quizá te parezca que pasa una eternidad, pero puedes confiar en mi palabra: te prometo que iré a por ti cueste lo que cueste.

Asentí, aunque sentía que el terror estaba a punto de paralizarme. ¿Qué significaba aquello de que irían a por mí? ¿Acaso pensaban abandonarme?

–Vas a aparecer en medio de una multitud que se dirige a unos templos en la cima de una montaña –continuó–. Es importante que te mezcles entre la gente para no llamar la atención. Hay túnicas tendidas junto al río –explicó, aunque yo no entendía de qué me estaba hablando–. Toma una y cubre tus ropas con ella. Nadie se dará cuenta. Es fundamental que no olvides nada de esto. Sigue a la procesión y, cuando llegues a los templos, guarda la cola para acercarte al gran maestro –mi gesto debía ser bastante elocuente–. ¡Sé que ahora no lo entiendes, pero debes confiar en mí! Espera tu turno y, cuando estés frente a él, míralo a los ojos y dile: «He seguido el Camino de la Espada, maestro» –repitió la frase mirándome con vehemencia, como si estuviese suplicándome que lo comprendiese todo.

–«He seguido el Camino de la Espada, maestro» –murmuré asintiendo–. Creo que voy a vomitar.

Lobo se rio entre dientes y me apretó los hombros.

–Confío en ti –dijo–. Ahora sigue entre los árboles unos veinte pasos hacia la derecha y después continúa ascendiendo. No hagas ruido, no hace falta que corras, ¿de acuerdo? Cuando escuches las espadas, porque las escucharás, lánzate al interior del edificio y salta al cuadro. Eriane, ahora no lo entiendes, pero todos dependemos de ti.

No. Definitivamente, en aquel momento era incapaz de entender nada. Mi mente solo repasaba el plan de Lobo mientras avanzaba sola entre los árboles. Mi corazón latía a mil por hora y no era precisamente por el esfuerzo. Tenía miedo, no sé si más del que había experimentado hasta entonces, pero intentaba controlarlo porque sabía que, si cedía, sería incapaz de moverme.

De pronto, escuché el ruido del acero al chocar. ¡Lobo había llegado mucho antes que yo! La pelea debía haberse desatado. Me apresuré a recorrer los metros que me separaban de aquel sonido y comencé a ver un extraño tejado sobre las ramas de los árboles. Era verde y se elevaba hacia lo alto, gigantesco comparado con el edificio que guarecía. Ni siquiera tuve tiempo de mirar hacia el lugar donde las armas chocaban entre sí: en cuanto divisé la base del templo, corrí agotando el aliento que me quedaba y, tras adentrarme en la habitación de madera, salté al cuadro que Lobo me había indicado.

Seguí todos los pasos, uno por uno, intentando no pensar en nada, comportándome simplemente como se esperaba de mí. Al saltar me encontré en medio de una multitud que me miraba extrañada, así que agaché la cabeza e intenté buscar el río que Lobo me había indicado. Lo divisé subida sobre unos toneles: era tal la afluencia de gente que casi resultaba imposible llegar hasta él. Traté de localizar, también desde allí, las ropas, para no perder tiempo recorriendo la orilla arriba y abajo infructuosamente. Cuando por fin di con el tendido, volví a mezclarme entre el gentío.

Todos vestían idénticas túnicas blancas, así que, mientras alcanzaba mi objetivo, me quité la chaqueta para que mi camisola pudiese confundirme entre la multitud. Aunque confiaba totalmente en el manejo de la espada de Lobo y en su capacidad para escapar, no podía quitarme de la cabeza la posibilidad de que el salteador que guardaba el cuadro hubiese vencido y estuviese buscándome.

Cuando alcancé las túnicas blancas que danzaban al sol movidas por el viento, me vestí rápidamente con una de ellas. Agradecí haber cubierto mi pelo aquella mañana, porque me delataría entre tantas cabelleras negras. Aun así, cogí uno de los fajines blancos y me lo anudé sobre el pañuelo que llevaba. El resto fue coser y cantar: solo tuve que adentrarme de nuevo entre la gente y dejarme guiar.

Atardecía cuando por fin me encontré cerca del templo. Me sentía agotada después de tantas horas en pie y sin alimentarme. Desde que Grillo había aparecido en mi celda, el tiempo había dejado de tener sentido para mí. Siendo salteador podía vivir continuamente a la luz del sol, saltando a cuadros en los que siempre fuese de día, pero aquello solo conseguía que viviese con la continua sensación de estar dentro de un sueño. Había caminando entre la multitud, bajo la inclemencia de un sol enorme y amarillo, y ahora, tan cerca ya de alcanzar la cima, me sentía mareada.

Intuí que la luna recorrería también el ancho cielo antes de que llegase mi turno de presentarme ante el maestro. Cuando estaba a punto de desvanecerme, sentí que una mano se posaba sobre mi brazo. Me aparté, repentinamente en guardia, temiendo que los salteadores enemigos me hubiesen descubierto, pero ante mí solo encontré una anciana de pelo blanco y el rostro surcado de arrugas. Sonreía cálidamente y me tendía un pedazo de pan con sus manos huesudas. La miré sin comprender y ella asintió repetidas veces. Llena de gratitud, acepté el mendrugo y asentí yo también como signo de reconocimiento. La anciana se quedó a mi lado mientras comía y después me ofreció agua en una extraña cantimplora que parecía estar hecha gracias al vaciado de alguna fruta. Me sentí muy reconfortada por la bondad de aquella mujer, y las horas de la noche pasaron rápidas mientras escuchaba sus lentas oraciones.

Cuando por fin amaneció, sentía que mi cuerpo se mantenía en pie por algún raro encantamiento. Me notaba pesada y, al mismo tiempo, frágil y volátil. Me había fundido con la multitud y mi cuerpo avanzaba hacia el interior del templo como en una antigua danza que se remontara al inicio de los tiempos. Por fin vi al maestro.

Se trataba de un anciano, absolutamente calvo, encorvado y ataviado con la misma túnica blanca que vestíamos todos. Estaba sentado sobre un escaño de madera decorado con motivos florales. Los visitantes se arrodillaban ante él y bajaban la cabeza hasta apoyar la frente en el suelo; después, él movía los labios diciendo algo y ellos volvían a levantarse. Los despedía con un movimiento de la mano y salían del templo por una puerta lateral desde la que entraba la luz del sol. La anciana me cedió su turno cuando llegó el momento. Intenté negarme a ese privilegio, pero ella me apretó la mano con ternura y obedecí.

Subí los escalones que me separaban del maestro como un espíritu errante y, cuando por fin me arrodillé, sentí que mi cuerpo no volvería a obedecerme jamás. Agaché la cabeza como había visto hacer y escuché al maestro hablarme, pero no entendí lo que decía. Aun así, volví a incorporarme para permanecer de rodillas ante él, imitando a los que me habían precedido.

Los ojos del maestro estaban velados, lo que me indicó que era ciego. Todo su cuerpo irradiaba una serenidad que envidié al instante, y a punto estuve de olvidar lo que Lobo me había dicho. A pesar de estar cansada, mi cuerpo se encontraba en paz, y la tentación de abandonarlo todo para seguir aquel estilo de vida, sosegado y tranquilo, era inmensa. Pero Lobo había dicho que dependían de mí, no podía fallarles.

–He seguido el Camino de la Espada, maestro –musité, temerosa de estar incumpliendo algún paso del ritual.

Noté el cambio que se producía en el cuerpo de aquel anciano. Por un momento me pareció que ya no era tan débil. Sus ojos blanquecinos se fijaron en mí, como si fuese capaz de ver más allá de su ceguera, y me sentí desnuda en su presencia. Sin pensarlo, volví a agachar mi cabeza hasta que mi frente rozó el suelo. No sé cuánto tiempo permanecí así antes de que unas manos tiraran de mí para levantarme. Dos muchachos me ayudaban a ponerme en pie. Miré al maestro en busca de una explicación. Como si hubiese notado que lo observaba, me sonrió y asintió complaciente.

Los dos jóvenes no parecían dispuestos a hacerme daño, así que, sin oponer resistencia, dejé que me guiasen, no hacia el exterior del templo donde iban todos los demás visitantes, sino en dirección a unas habitaciones interiores.

Mis sentidos estaban embotados por el agotamiento, pero me fijé en que atravesábamos un pasillo de madera que cruzaba un magnífico jardín con pequeños lagos y enormes árboles. La imagen de la amable anciana que me había dado pan volvió a mi cabeza mezclándose con el gesto divertido de Grillo. En aquel momento yo no era consciente, pero había empezado a delirar. El cansancio físico y emocional que sentía había llegado a sus límites. Tuve fiebre durante dos días completos, en los que siempre hubo alguien velándome y cubriendo mi frente con paños húmedos, pero solo recuerdo, de aquellas horas de convalecencia, el silencio y la quietud del sencillo aposento donde descansaba.

Cuando por fin recobré el sentido, solo fui capaz de preguntarme si aquello era lo que Lobo había esperado que pasase.

5

Las primeras semanas en el Santuario del Sauce fueron agotadoras. Nadie me explicó nada y, aunque después de recuperarme de mi fiebre intenté volver a ver al maestro para que me dijese qué estaba pasando, no me permitieron presentarme ante él.

El santuario ya no estaba tan concurrido como a mi llegada. El ritual de la luz había concluido y todos los fieles habían vuelto al cultivo de los campos, a sus tranquilas vidas. En el templo solo residían monjes como el maestro, dedicados a la contemplación y al manejo de la espada, y aprendices que habían sido aceptados por ellos para comenzar su formación espiritual y física. Yo entré a formar parte de este segundo grupo.

En cuanto recuperé la salud, un monje joven se presentó en mi habitación portando una bandeja de madera con dos cuencos pequeños. Al principio me costó trabajo familiarizarme con los sabores que la comida tenía en aquel mundo porque, aunque no eran demasiado extraños, mi paladar no estaba hecho a ellos. El monje no hablaba mi idioma, pero tuvimos que aprender a entendernos porque él fue el encargado de mi entrenamiento. Pronto comprendí que no era normal que una mujer se entregase a estos aprendizajes y que mi mentor, Lien Shu, no estaba demasiado entusiasmado con la idea de tener que enseñarme.

Me impuso una dura disciplina que me obligaba a despertarme antes del amanecer para sentarme en el porche del templo, con las piernas cruzadas, a reflexionar. Los primeros días yo me quedaba dormida en aquella postura, hasta que era castigada con un duro manotazo que me devolvía a la realidad. Aprendí que era mejor mantenerme despierta que recibir aquellos golpes. No sabía en qué se suponía que debía pensar durante aquel tiempo que se me hacía interminable, pero tampoco podía preguntarle a él porque no me comprendía. Me frustraba la incomunicación, pero poco a poco aprendí a tolerarla.

No tener a nadie con quien hablar me hacía sentirme muy sola, y aquel ritmo de vida pausado, al que me veía obligada a sumarme, solo despertaba en mí el anhelo del torbellino de aventuras que había vivido en pocos días siendo salteadora. Echaba de menos a Grillo, Lobo y Ángel. A veces sentía que esos días viviendo entre cuadros nunca habían existido y que yo había estado siempre en ese santuario silencioso.

Me costó semanas aprender a despejar mi mente de pensamientos durante aquellas meditaciones del amanecer, pero cuando lo conseguí comencé a agradecer esos momentos de paz y contemplación. El jardín me parecía un regalo para los sentidos y disfrutaba distinguiendo los pequeños cambios que el paso del tiempo obraba en la naturaleza.

Cuando el sol comenzaba a brillar con fuerza, Lien Shu me sometía a duros ejercicios físicos. El problema de comunicación quedaba solucionado en estos momentos porque, si él notaba que no estaba realizando correctamente lo que me había indicado a través de la mímica, me corregía propinándome otro manotazo o alcanzándome con una delgada vara que utilizaba para rectificar mis posturas. Los ejercicios se basaban en el dominio absoluto del cuerpo y, tras las primeras sesiones, volvieron a dolerme músculos que casi había olvidado.

Solo nos deteníamos para tomar un almuerzo frugal y después mi mentor volvía a someterme a una agotadora actividad física, basada en carreras interminables por los alrededores del santuario. Los paisajes eran magníficos, pero Lien Shu no me permitía perder tiempo contemplándolos y me sancionaba duramente si detenía la marcha. La primera vez me pareció justo que corriese conmigo, pero pronto me arrepentí de esa inocente alegría, cuando comprendí que él iba a marcar el ritmo de la marcha. Tardé cuatro semanas en alcanzar su velocidad y, cuando por fin lo logré, solo recibí como recompensa una sonrisa de satisfacción y una palmadita en la espalda. Pero no era como para no contentarse, puesto que mi mentor no solía ser demasiado comunicativo.

Al atardecer acudíamos a los rezos en el templo, y después podía retirarme a los baños para asearme y relajarme antes de la cena, bastante más abundante que los almuerzos. Antes de acostarme, me sentaba junto a mi instructor en la misma terraza en la que recibíamos el alba y él me leía poemas que yo no era capaz de entender, aunque disfrutaba con los sonidos que salían de su garganta y con la emoción que se desprendía de su voz.

Fueron unas semanas de esfuerzo físico y mental en las que mi espíritu se fue moldeando poco a poco en la aceptación serena de cada una de las cosas que acontecían. Así, mientras que al principio no podía dejar de observar el sendero deseando que llegase el momento en que Lobo apareciese para rescatarme de semejante suplico, pronto asumí que aquello era lo que se esperaba de mí y que tenía que concentrarme en cumplir lo mejor posible mis obligaciones.

Pasó la estación cálida sin que apenas me diese cuenta. Lien Shu había ido incrementando el nivel de exigencia de mi entrenamiento conforme yo iba progresando y había sumado también algunas tareas de servicio al santuario. Barrer o fregar las salas, recoger del jardín las hojas que iban cayendo de los árboles o airear las esteras donde dormíamos se fueron convirtiendo también en parte de mi vida cotidiana.

Cuando llegó el otoño, yo ya comprendía muchas de las expresiones que Lien Shu utilizaba para reprenderme y eso parecía alegrarlo, aunque todavía no me atrevía a responder usando aquel extraño idioma. Las temperaturas comenzaron a bajar y el ejercicio era lo único que me ayudaba a entrar en calor, porque no se me permitía usar mi chaqueta azul sobre la fina túnica blanca que vestía a diario. Fue en una de las sesiones en las que corríamos por el bosque cercano al santuario cuando otro monje se acercó a nosotros.

Lien Shu me indicó que me detuviese y juntos aguardamos la llegada de su compañero, que se arrodilló en señal de respeto. Mi instructor le dijo que podía levantarse e, inclinándose también en una breve reverencia, lo animó a hablar. El monje venía a buscarme. Al parecer, el maestro quería conversar conmigo.

Como ya he dicho, no había tenido oportunidad de hablar con aquel anciano ciego desde que había llegado al templo cuatro meses atrás, y me sorprendió que me mandase llamar. Me pregunté si acaso Lobo había vuelto a por mí, y no supe muy bien si alegrarme o no por la noticia.

Sabía ya que todo aprendiz, después del perfeccionamiento físico y del aprendizaje en la meditación, pasaba al manejo de la espada, y no se me había olvidado el motivo por el que yo estaba allí. Aunque me parecía lejana aquella vida de saltos entre cuadros, de persecuciones y de batallas, recordaba perfectamente que Lobo lo había puesto todo en peligro solo para que yo siguiera el Camino de la Espada. La única razón que tenía mi presencia en aquel mundo tranquilo era que aprendiese a luchar como un guerrero para que mi vida como salteador no se viese tan amenazada por los mil peligros que ya había conocido.

Mientras volvía al templo pensé que si Lobo había regresado para reclamarme, tendría que negarme a seguirlo, puesto que aún tenía mucho que aprender.

Me sorprendió ver al gran maestro sentado junto a uno de los estanques más hermosos del jardín, recibiendo el abrazo del sol del atardecer. Serené mi respiración para acercarme a él y, cuando estuve a su lado, me arrodillé hasta que mi frente tocó el suelo húmedo, siguiendo la tradición.

–Levántate, Cabello de Fuego –me indicó con una voz lenta y cálida. Me alegró volver a escuchar mi propio idioma, aunque se notaba que el maestro no lo dominaba muy bien. Cabello de Fuego debía ser la traducción a mi lengua del apodo con el que me había bautizado mi mentor, aquel que me lanzaba como un insulto cada vez que yo hacía algo mal. Pero sonaba como un halago en labios de aquel venerable anciano.

Obedecí con lentitud y volvieron a sorprenderme sus ojos velados. Recordé la primera vez que nos encontramos como si fuese parte de una visión misteriosa y, de nuevo, tuve la sensación de que el maestro, a pesar de estar ciego, era capaz de ver mucho de mí.

–Me habéis llamado –murmuré haciendo una nueva reverencia, y él sonrió.

–Has aprendido rápido –sonrió asintiendo.

–Lien Shu es un buen maestro –respondí con cierto orgullo.

–Un buen maestro, con un brazo largo –rio el anciano haciendo referencia a los muchos golpes que suponía que yo había recibido durante aquellos meses.

Asentí divertida y, al recordar que él no podía ver aquel gesto, respondí:

–Un brazo largo que me ha ayudado a ser más fuerte.

Ahora fue él el que asintió, contento por mi respuesta. Un pájaro se posó piando en las ramas de un árbol cercano y el anciano dirigió su mirada hacia él. Me sentía inquieta en su presencia: todavía no habíamos llegado a tocar el tema por el que me había llamado, pero había aprendido que aquellos monjes siempre empezaban las conversaciones charlando sobre temas banales. Suponía que era de mala educación adentrarse directamente en el asunto a tratar y esperé. Cuando el pájaro volvió a levantar el vuelo, el maestro se giró de nuevo hacia mí.

–Has aprendido a esperar también –comentó sonriendo de nuevo con calidez.

–Eso ha sido más difícil –concedí agachando la cabeza–. Mi cabeza siempre está llena de preguntas.

–Las preguntas son buenas. La prisa por encontrar respuestas es mala –sentenció–. ¿Tú tienes preguntas ahora?

–No tengo prisa –contesté porque sabía que era lo que se esperaba que dijese, y el monje se rio a carcajadas. Su alegría me hizo sentirme cómoda.

–Pero hay una pregunta importante: ¿por qué te he llamado? –dijo señalándome con un dedo delgado y tembloroso.

–No lo sé.

El maestro abrió las manos en señal de aprobación y asintió divertido. De pronto me di cuenta de que la veneración que todos le profesaban en el templo no estaba basada únicamente en su habilidad para la contemplación o en el buen manejo que hiciese de la espada. Aquel anciano era el gran maestro debido a su talante bondadoso y a la paz que era capaz de transmitir a todo el que estuviese en su presencia. Por eso, aunque el recuerdo de mi primer encuentro con él me hacía respetarlo, en aquel momento lo admiré aún más por su calidez.

–Sé que tú saltas –dijo cerrando de nuevo las manos y cubriendo una con la otra–. Tú has seguido el Camino de la Espada para encontrar la espada. A veces, otros como tú vienen al Santuario del Sauce para aprender el arte de la guerra. Muchos tienen prisa. Muchos quieren aprender rápido e irse pronto –hizo una pausa con el ceño levemente fruncido y después volvió a sonreírme con cierta ternura–. Sé que saltar es vivir mucho muy diferente. Muchos cambios. Saltar es no detenerse nunca. A veces, otros como tú vienen al Santuario del Sauce solo para parar y contemplar –señaló con la cabeza todo el jardín y seguí con mis ojos la dirección que me indicaba–. Eres joven.

–Únicamente he saltado sola aquí –concedí haciendo una leve reverencia. De pronto, a pesar de los meses pasados en el templo, a pesar de haber vivido algunos días con Lobo, Ángel y Grillo, me sentí totalmente desprotegida, abandonada a mi suerte. Una mota de polvo diminuta sobre el estanque.

El maestro asintió comprendiendo e hizo una señal en dirección a los edificios que se encontraban a mi espalda. Aguardé hasta que un monje menudo se acercó portando una espada de bambú, se arrodilló junto a mí y se la tendió al anciano sin levantar la cabeza. Después se retiró.

–Ya es la hora de la espada –me dijo ofreciéndome el arma delgada y ligera.

Si los meses del estío y el comienzo del otoño me habían parecido duros, aquellas primeras semanas de entrenamiento con la espada resultaron extenuantes. Lien Shu me obligaba a realizar movimientos repetitivos sosteniendo el arma y me corregía hasta la mínima inclinación incorrecta. Como él traía su propia espada de bambú a nuestras sesiones de adiestramiento, los manotazos que había recibido con anterioridad fueron sustituidos por los certeros golpes de su arma.

Mi cuerpo, desentrenado en el arte de la guerra, se había ilusionado estúpidamente al observar los primeros gestos que debía imitar; pero cuando las series de repetición superaban las dos centenas, mis músculos comenzaban a resentirse. Tuve que aprender a controlar el dolor con la mente. Si serenaba mi espíritu mientras realizaba las repeticiones, si dejaba de contarlas y me concentraba en someter cada célula de mi ser, el trabajo no resultaba tan arduo.

–Cabeza y brazo –repetía Lien Shu en su idioma cuando veía que yo comenzaba a flaquear.

Cabeza y brazo. Se convirtió en una especie de código entre los dos. Lo utilizaba tanto para explicarme el movimiento como para tranquilizarme cuando me observaba frustrada, incluso para gritarlo antes de golpearme en la cabeza con su espada. Cabeza y brazo.

Las primeras nieves llegaron antes de que me diese cuenta y Lien Shu me proporcionó una sobretúnica de tela recia con la que cubrirme para no congelarme. De todos modos, no conseguía que los pies me entrasen en calor, ya que al igual que no me dejaban utilizar mi chaqueta, tampoco me permitían usar mis botas, y solo calzaba unas extrañas zapatillas que no me protegían del frío.

Cuando comenzó a nevar cambiamos el jardín por una sala interior para los entrenamientos. Al principio lo agradecí, pero pronto eché de menos la calma que el exterior y la naturaleza que circundaba el santuario me proporcionaban. En aquella sala me era más difícil mantener la cabeza concentrada y el espíritu sereno, por lo que mi maestro se desesperaba.

Un día en que yo me encontraba especialmente susceptible por el agotamiento y el horrible clima, mi maestro decidió aumentar el número de repeticiones de un ejercicio que yo no lograba realizar a la perfección. Normalmente solía asumir sus correcciones sin rechistar, pero en aquel momento no fui capaz de controlarme.

–¡No! ¡No más! –me quejé burdamente en su idioma.

–¿No más? –repitió, y después siguió hablando con una perorata de la que solo entendí «cabeza y brazo» y «castigo». Parecía realmente enfadado porque le hubiese llevado la contraria y, como veía que yo no estaba dispuesta a ceder, dio un paso hacia mí para propinarme el coscorrón de rigor.

Pero al ver que se aproximaba, me coloqué en posición de guardia con mi espada. Lien Shu frunció el ceño, disgustado, y me di cuenta de que solo había conseguido enfadarlo aún más. Se detuvo a unos pasos de mí y observé que retiraba el pie derecho hacia atrás y adoptaba una posición claramente amenazadora.

–No más –repetí tentando a la suerte. Y, efectivamente, no hizo falta nada más.

Lien Shu se lanzó contra mí sin pensarlo dos veces. Conseguí resistir el primer envite, pero como todavía no me había adiestrado en el combate cuerpo a cuerpo, su segundo movimiento cayó sobre mí en forma de golpe seco en el costado. Traté de adoptar la posición ofensiva, pero eso solo tuvo como consecuencia un ataque aún más fuerte contra mi hombro izquierdo. Apreté los dientes enfadada, porque esa vez me había hecho verdadero daño, y me lancé sobre él olvidando toda la técnica. Solo quería, fuese como fuese, propinarle un buen golpe en plena cabeza.

Recibí su quinta estocada en el estómago y preví que iría acompañada de otra bastante dura contra mi espalda, porque mi maestro había adoptado una posición que habíamos estado practicando hacía poco tiempo. Ni siquiera me hizo falta pensarlo demasiado, fue una decisión de segundos: únicamente movida por el deseo, transporté mi cuerpo a unos metros de él. Por primera vez pude observar la huella que dejaba de mí misma cuando realizaba aquella dislocación que todavía no era capaz de comprender ni controlar. Sentí cierto orgullo cuando me di cuenta de que había interpretado bien el movimiento de Lien Shu, al ver cómo su espada atravesaba mi imagen por la zona de la espalda.

La sorpresa de mi instructor fue evidente. Se detuvo en el acto, bajando su arma, y me buscó por la sala con los ojos abiertos como platos. Cuando dio conmigo, su expresión se volvió dura al instante. Fue tan contundente al ordenarme que soltase el arma y me pusiese a realizar repeticiones de los ejercicios más básicos como castigo, que no pude hacer otra cosa que obedecer avergonzada, aunque sentía mi cuerpo totalmente dolorido por sus golpes. Es más, incluso cuando él abandonó la habitación, hecho una furia, yo continué esforzándome como si Lien Shu siguiese allí.

Debía llevar trescientos movimientos cuando escuché que alguien entraba en la sala. Reconocí en el acto que no era mi instructor solo por el sonido de sus pisadas, pero no tenté a la suerte y continué concentrada en mi ejercicio.

En ese momento vi cómo el venerable maestro se situaba ante mí y, sin pensarlo dos veces, me lancé en una reverencia formal ante el anciano ciego. Dejé mi frente apoyada en el suelo al tiempo que trataba de recuperar mi respiración, que se había desbocado al pensar que el maestro se sentiría decepcionado por mi comportamiento. Habían pasado meses desde nuestro encuentro y no esperaba volver a verlo hasta que mi manejo de la espada fuese perfecto. Mi corazón latía a mil por hora a causa de la vergüenza.

Escuché cómo el maestro se sentaba con parsimonia frente a mí y, tras un silencio que se me hizo eterno, me dio permiso para levantar la cabeza, pero fui incapaz de mirarlo a los ojos.

–Tu rubor es acertado –comenzó con su voz calma–, no tu miedo.

Me atreví a dirigirle la mirada y recibí una sonrisa conciliadora.

–Lien Shu está muy disgustado –siguió frunciendo un poco el ceño–. Tú has desafiado a tu maestro de dos formas. Una tiene castigo morado –indicó señalando con su frente mi hombro. Aparté la tela de la túnica que me cubría y descubrí un profundo cardenal que amenazaba con llegarme hasta la clavícula–. Otra tiene castigo de viejo.

Lo miré sin comprender. ¿Se refería a que él mismo iba a darme mi merecido por haberme desplazado durante mi entrenamiento solo para librarme de un golpe de Lien Shu?

–Mañana entrenar por la mañana, mucho y bien con Lien Shu –afirmó muy serio–. Por la tarde entrenar mucho y mejor con viejo maestro –continuó mientras asentía sonriente.

Si me había sentido avergonzada hasta entonces, en ese momento me sentí mucho peor por obligar a aquel anciano a perder su tiempo conmigo. Aunque mi castigo parecía más bien un premio.

Mi vida en el Santuario del Sauce cambió radicalmente desde aquel día. El entrenamiento con Lien Shu fue compensado por largas horas de meditación con el venerable maestro.

–Tu cuerpo es la espada y tu mente es el hombre –me dijo el anciano la primera tarde que me dedicó–. Sin hombre, la espada solo es madera. La espada necesita una persona que la enseñe a bailar. Tu cuerpo es una espada única con poder sorprendente, tú necesitas mente fuerte para mover cuerpo muchas veces.

Me pidió, como había hecho Lobo en su momento, que le mostrase cómo me multiplicaba en el espacio, pero, aunque había aprendido a concentrarme durante todos aquellos meses de duro entrenamiento y de meditación, no sabía cómo lograrlo sin sentirme asustada o bajo presión. Se lo expliqué al maestro y él, únicamente, me respondió:

–Asustado, el animal se hace daño a sí mismo, no piensa.

Muchas veces, nuestros encuentros se basaban sencillamente en la reflexión sobre determinado elemento de la naturaleza; otras me pedía que buscase dentro de mí la respuesta a las preguntas que me formulaba, y de vez en cuando me explicaba cosas que él había aprendido a través de la meditación. Poco a poco, nuestras sesiones se iban reduciendo a la contemplación, donde casi era tan importante la respiración como el control del cuerpo.

Necesité un mes entero para conseguir levantarme sola del suelo tras permanecer sentada y quieta desde el almuerzo hasta el anochecer. Al principio requería la ayuda de un joven monje, que venía solo a acompañarme hasta mi habitación, mientras yo observaba muda de asombro que el viejo maestro se alzaba sin complicaciones.

Cuando llevaba una semana levantándome sin ayuda, el maestro me dijo:

–Tienes que utilizar tu mente como un artista utiliza su pincel. Piensa en pintar tu cuerpo lejos.

Ojalá el aprendizaje de la meditación hubiese seguido el ritmo que el de la espada. Lien Shu había perdonado ya mi indisciplina y yo me afanaba todo lo posible en complacerlo. Llevábamos semanas practicando la lucha cuerpo a cuerpo. Cada vez controlaba más mis músculos y aprendía a adelantarme a los movimientos de mi maestro. Incluso este había consentido que me enfrentase a los aprendices de otros monjes, idea que había tenido mucho éxito porque había favorecido que todos nos esforzásemos más solo por defender el orgullo de nuestros instructores. En los primeros encuentros era vencida en tres movimientos, pero conforme pasaron los días conseguí aguantar hasta siete envites de los aprendices de más nivel, e incluso vencía a algunos de los que se encontraban en mi misma posición.

Aunque no podía sentirme igual de satisfecha con el control de mi mente. Había esperado que el venerable maestro tuviese alguna enseñanza mágica que me permitiese encontrar la manera de desdoblarme en el espacio, pero tuve que conformarme con sus escuetas frases sobre la meditación y aprender a ejercitar aún más la paciencia.

La primavera explotaba alegre en los campos y en los jardines del santuario sin que yo hubiese logrado ningún progreso aparente en mi dominio espiritual, así que el maestro decidió cambiar su táctica. Me retiraron todos los alimentos y el agua, aunque no modificaron mis horarios de entrenamiento. Mientras estaba sentada meditando con el maestro durante el primer día del ayuno, unos jóvenes aprendices trajeron una bandeja en la que descansaba un ave asada con hierbas que desprendía un olor increíble. Mi estómago rugió instantáneamente y observé cómo los aprendices dejaban el manjar a cinco metros de nosotros sobre el suelo reverdecido.

–Ve y come –dijo el maestro, pero cuando fui a levantarme me detuvo con su mano–. Así no –dijo, y entendí rápidamente a qué se refería.

Aquella primera tarde, el hambre nubló todo el control que tenía sobre mí misma. Antes de acostarme, me dieron agua para que no me deshidratase, pero nada más.

La tercera mañana que pasaba en ayuno no fui capaz de enfrentarme con la espada a los otros aprendices, y Lien Shu no insistió demasiado. Nos sentamos a meditar en el porche del templo y aparecieron dos nuevos jóvenes portando otra suculenta comida que dejaron en el mismo sitio de siempre, a cinco pasos. El hambre se había convertido en una necesidad serena dentro de mí, pero ya no me impedía pensar. No era consciente del paso de las horas mientras concentraba mi mente en desdoblar mi cuerpo, pero noté que había llegado la tarde porque el venerable maestro se sentó a mi otro lado. Aun así, Lien Shu no me abandonó.

Cuando cayó la noche y un monje intentó ayudarme a levantarme, me negué en redondo. Ninguno de mis dos compañeros se levantó, ambos se quedaron conmigo. Yo había notado, al atardecer, que me encontraba muy cerca de hallar la respuesta que tantos días llevaba buscando, pero no sabía cómo acceder a ella.

Cerré los ojos para ayudar a mi mente a serenarse y controlé mi respiración hasta que se hizo casi inexistente. Entonces, cuando estaba a punto de perder el aliento, lo descubrí, como si fuese lo más sencillo del mundo, como si fuese un trabajo de niños. Allí estaba, frente a mí, la absoluta certeza, el secreto del movimiento de mi cuerpo en el espacio, al alcance de mi mano. Abrí los ojos, sorprendida por mi propio descubrimiento, y miré la comida que todavía descansaba sobre el suelo.

–Ahora estoy preparada, maestro –indiqué con solemnidad.

–Entonces, ve –sonrió el anciano, y lo obedecí en el acto.

Aquel primer paso supuso el principio de infinidad de progresos. Me parecía imposible no haber dado antes con aquel detalle tan sencillo que me permitía moverme en el espacio y, tras varios días en los que me estuve recuperando del ayuno, volví a reunirme con el venerable maestro para perfeccionar la técnica.

–Cuando lo entendí, me pareció fácil –le dije.

–Cuando uno aprende, siempre parece fácil.

Con la llegada del verano ya sabía trasladar mi cuerpo a cualquier sitio que desease; es más, había aprendido a lanzar imágenes de mí misma que podían estar desempeñando diferentes labores. Una de mis huellas podía estar tumbada en la hierba mientras otra subía las escaleras y una tercera imitaba los movimientos de la lucha. ¡Era fascinante!

El maestro estaba muy contento con mi progreso y pronto limitó nuestras sesiones de meditación para que yo siguiese practicando con la espada. Cuando nos encontrábamos, él me pedía que realizase cada vez acciones más arriesgadas o ponía a prueba mi capacidad para despistarle.

–Tu poder no es solo un juego –decía–. Aprende a aprovecharlo para engañar al enemigo y ayudar al amigo.

Y en eso se basaban todas nuestras sesiones. Lien Shu aceptó, cabizbajo, enseñarme a luchar al tiempo que yo utilizaba mi capacidad para desaparecer durante el combate. Desde que me dieron permiso para hacer trampas, ganaba todos los enfrentamientos, hasta si mis oponentes eran maestros del santuario.

Al anciano le divertían estos encuentros y solía venir a presenciarlos siempre que sus ocupaciones se lo permitían. Pero se acercaba de nuevo el ritual de la luz, y el Santuario del Sauce debía prepararse para recibir a la multitud de fieles que vendría, como cada año, a recibir la bendición del venerable maestro.

Yo también me vi inmersa en los preparativos, y pronto toda la vida en el templo cambió. Las sesiones de entrenamiento fueron sustituidas por comités de limpieza, abastecimiento y poda. Todo debía estar perfecto para aquella fecha y, aunque yo trataba de utilizar mi poder para escaquearme de ciertas obligaciones, la verdad es que me sentía honrada por poder colaborar tan vivamente en la que ya sentía que era mi casa.

Parecía mentira que solo hubiese pasado un año desde mi llegada al santuario. Me pregunté si habría cambiado tanto por fuera como por dentro: mi cuerpo se había fortalecido, mi carne, hasta entonces flácida y delicada, era ahora musculosa y atlética, eso podía notarlo yo misma cuando veía a mis imágenes, pero no podía dejar de inquietarme la idea de que ahora era una nueva persona. Definitivamente, ya no era la chica que aceptaba los caprichos de su señora; de hecho, aquella vida me parecía ya tan lejana que a veces pensaba que era parte de los recuerdos de otra mujer. En ocasiones ni siquiera era capaz de convencerme de la existencia de Lobo, Grillo y Ángel. Aquella historia de los salteadores me parecía también una invención cuando me hallaba meditando al amanecer o me dedicaba a las tareas de limpieza.

–¿Quién soy? –le pregunté al maestro durante uno de los momentos de contemplación que compartíamos al final del día.

–Para responder a esa pregunta no sirve solo un año –contestó el anciano con su talante risueño.

–Maestro, ¿usted ha encontrado esa respuesta?

–A veces siento que aún no –concedió con sus ojos blancos fijos en el horizonte–. Por eso sigo vivo.

El festival de la luz dio comienzo con los bailes conmemorativos que los monjes realizaban ante el maestro. Yo misma participé en algunos de ellos ataviada con mi túnica blanca y danzando con el resto de aprendices, realizando movimientos que estaban a un paso de ser los propios del combate.

Los primeros campesinos comenzaron a llegar al templo el primer día del festival, pero hasta el tercero no presentaba el santuario el mismo aspecto que tenía cuando yo había llegado. De nuevo, filas interminables de fieles subían por el camino de montaña y se adentraban en el templo para saludar al maestro y recibir su bendición. Cantaban algunos de los cánticos que yo ya había aprendido durante las horas de oración con los sacerdotes del santuario, aquellos mantras tranquilos que me habían ayudado a serenarme el día de mi llegada.

–Todo parece repetirse –le comenté a Lien Shu mientras recibíamos de manos de los campesinos que se adentraban en el templo pequeñas figuras votivas que adornarían los altares durante todo el año. Yo ya me manejaba con aquel idioma que tantos dolores de cabeza me había causado.

–La vida son círculos –respondió mi mentor al tiempo que me reprendía con la mirada por buscar un momento de cháchara durante el trabajo.

Ahora entendía la devoción febril de los fieles, era capaz de compartir aquella religiosidad festiva y agradecida, aquel fervor hacia el venerable anciano que regía el santuario. Me sentía en casa y quizá por eso no fui capaz de reaccionar cuando escuché mi nombre:

–Eriane –murmuró Grillo alargando su mano para agarrar mi brazo.

Al principio no lo reconocí. Ni siquiera relacioné aquel nombre conmigo. Me había acostumbrado a ser Cabello de Fuego. Debí mirarlo con extrañeza.

–Soy yo, Grillo –explicó con preocupación.

Lien Shu me preguntó en su lengua qué ocurría y yo le respondí escuetamente que aún no lo sabía.

–Hemos venido a por ti –explicó Grillo con premura–. Lobo y Ángel nos aguardan en un tópico. Llegarán salteadores de un momento a otro. Tenemos que marcharnos.

Entonces fui consciente de lo que pasaba. Miré a Lien Shu con amargura y después busqué con la vista el cuerpo del maestro sobre el escaño. Se había terminado. El entrenamiento, la paz, la tranquila serenidad del santuario.

Sin pensarlo dos veces, me desdoblé. Dejé a Grillo tratando de comunicarse con mi sombra mientras Lien Shu fruncía las cejas con desagrado. Solo esperaba que los fieles estuviesen lo suficientemente concentrados en su oración como para no reparar en mí cuando aparecí arrodillada junto al maestro. Él percibió mi presencia en el acto. Apoyé mi frente contra el suelo con los ojos anegados en lágrimas. De pronto recordé que no lloraba desde que Ángel me había abrazado junto a la hoguera, en el desierto, mi primera noche como salteadora. Sentía mi espíritu anegado por la tristeza de la repentina despedida.

–Me voy –musité sin levantar la cabeza, sabiendo que él iba a escucharme.

El maestro apoyó su mano sobre mi nuca en un gesto cariñoso para que levantase la mirada. Su rostro era sereno y dulce.

–Has llegado al final del Camino de la Espada –sonrió–. Ahora salta, es tu naturaleza.

–Podría quedarme –sollocé, expresando la idea que llevaba tanto tiempo barajando–. Todavía no sé quién soy.

–Tus respuestas no están con nosotros –contestó conciliador–. Uno nunca termina de conocer su verdadero poder. Salta, Cabello de Fuego.

Volví a desdoblarme. Sabía que no podía estar huyendo demasiado tiempo, pero necesitaba serenarme. Aparecí en el jardín interior que estaba cerca de la habitación en la que había dormido durante mi estancia. Todo me parecía tan familiar que marcharme me resultaba prácticamente imposible. Ahora debía volver con tres extraños con los que solo había convivido unos pocos días; en cambio, en aquel santuario había pasado un año entero de mi vida y la opción de quedarme era casi inexistente. Suspiré y concentré mi espíritu para afrontar aquel cambio con entereza y serenidad. Para algo había estado tanto tiempo sentada con la mente en blanco.

Me dirigí con paso quedo hacia mi cuarto para recoger mis cosas. Lien Shu me aguardaba en la puerta. Cuando me acerqué, hizo una reverencia. Le respondí de igual manera y sentí de nuevo ganas de llorar. Él alargó un dedo para recoger la única lágrima que dejé escapar y sonrió, algo raro en él.

–Cabeza y cuerpo –bromeó, también emocionado.

Asentí, porque era incapaz de hablar, y estrechamos nuestras manos en señal de respeto y afecto.

–Círculos –dijo–, quizá volveremos a vernos.

–Círculos –respondí con un susurro, y observé cómo Lien Shu se marchaba atravesando el jardín para volver a prestar su servicio en el festival de la luz.

Entré en mi habitación cabizbaja, por eso no vi a Grillo a la primera.

–Tu maestro me ha dicho que seguramente vendrías aquí y he decidido esperarte –comentó con tono serio–. Eriane, sé que es difícil, pero tenemos prisa.

No le respondí. Me dirigí al rincón donde mis ropas habían permanecido dobladas durante todo un año. Sobre ellas había una espada enfundada. La reconocí de inmediato: había luchado con ella durante mis últimos enfrentamientos con los monjes del templo, formaba parte de la colección de espadas del santuario. Me sentí inmensamente agradecida a Lien Shu y al maestro por semejante regalo. Así aquel lugar iría siempre conmigo. Descubrí también que mi ropa había sido lavada y perfumada, como si todos supiesen ya que iba a marcharme, y esa idea me entristeció, porque habría deseado tener más tiempo para despedirme.

–Te aseguro que te entiendo –volvió a hablar Grillo–. Yo también he vivido aquí, ¿sabes? También aprendí el manejo de la espada y el dominio de mi poder –no sé por qué la información no me sorprendió demasiado, más bien me molestó que intentase comparar su experiencia con la mía, puesto que había aprendido que cada vida era única e inigualable. A pesar de todo, me consoló un poco escucharlo–. Cámbiate, esa túnica no te favorece –bromeó–. Te espero fuera.

No tardé demasiado en volver con Grillo, ataviada con mi casaca azul celeste, enfundada en mis botas y con la espada adornando mi cinturón. Salté con él, como me había indicado el maestro, sintiendo que la ropa me molestaba, aferrando la empuñadura de mi arma como si aquello pudiese, de alguna manera, mantenerme allí.

Salté hacia mi nueva vida, en busca de mi nuevo yo.

6

–¡La pequeña ha vuelto a casa! –gritó Lobo con una carcajada al tiempo que evitaba la estocada de un salteador que se lanzaba sobre él como una fiera.

Respondí con media sonrisa. No imaginaba que me pudiese alegrar tanto volver a ver a aquel extraño equipo. Ángel combatía, grácil, contra un muchacho que no aparentaba ser mayor que yo, y Grillo se lanzó emocionado al encuentro de una mujer que acababa de aparecer frente a nosotros.

Nunca había estado en aquel sitio, pero como habíamos saltado a través de la libreta de tópicos, suponía que era un punto caliente del que nos costaría trabajo escapar.

La violencia de la escaramuza me resultaba despreciable tras los últimos meses de vida serena. El olor de la sangre de un salteador muerto me parecía insoportable, y la velocidad caótica con la que sucedía todo alteraba mi espíritu. Me esforcé por controlar mi respiración.

Observé la fiereza de mis compañeros, su afán de supervivencia salpicado de cierto talante festivo, como si aquella batalla mantuviese sus corazones vivos, como si fuese divertido. ¿Quiénes eran?

Ángel despachó a su contrincante dejándolo inconsciente con un golpe en la cabeza y se volvió hacia mí mostrando la mejor de sus sonrisas. Intenté corresponderla. Supongo que notó algo en mi gesto, porque corrió a mi encuentro y alargó su mano para tocarme. Clavó sus ojos en mí con cierta tristeza cuando nuestras pieles entraron en contacto.

–Pasará –prometió acariciándome el rostro con sus manos delicadas.

Pero más salteadores estaban acudiendo a nuestro encuentro, y se olvidó de mí para buscar en la libreta de tópicos.

–¡Vamos! –gritó Lobo, y Grillo lanzó a su oponente unos metros por detrás de él utilizando su poder; después se volvió hacia el adversario de Lobo e hizo lo mismo.

Libres los dos, corrieron hacia nosotras. Ángel había encontrado el lugar preciso en la libreta de tópicos.

–Supongo que ya no te cansará tanto correr –bromeó Lobo justo antes de que iniciásemos un nuevo salto, y no se equivocaba.

El tópico que Ángel había elegido tampoco me resultaba familiar. Aparecimos en medio de un mercado en que bellas señoritas paseaban con sombrillas para protegerse del sol, mientras elegían los productos en los vistosos puestos. Grillo agarró unos quitasoles de un tenderete cercano y nos los tendió para que nos camuflásemos con ellos. Supuse que tenían ya todos los movimientos estudiados cuando Lobo y Ángel se dividieron en diferentes direcciones dejándonos solos a Grillo y a mí.

–Es más fácil llegar por separado –me explicó Grillo mientras me ofrecía caballerosamente el brazo y me tendía una sombrilla para que yo la sostuviese cubriéndonos–. Pasea con naturalidad.

Al pasar junto a otro puesto, se hizo con un alto sombrero negro que se colocó en la cabeza con descaro. Su gesto teatral me hizo sonreír.

–Eso está mucho mejor –aseguró guiando nuestros pasos hacia un restaurante concurrido–. Sé que es difícil dejar el santuario, pero te aseguro que después de haber conocido esta vida, cualquier otra solo satisface temporalmente. Créeme, he pasado allí largos periodos en varias ocasiones.

Cruzamos el restaurante entre las mesas atestadas y tomamos una puerta que daba a las cocinas. Uno de los cocineros nos gritó una buena serie de improperios mientras Grillo mantenía la pose elegante y me guiaba hacia una puerta que conducía a un estrecho callejón.

Cuando salíamos a otra de las calles, noté que aceleraba el paso sensiblemente, lo suficiente como para que yo lo percibiese, pero lo justo para que nadie más se diese cuenta de nuestra prisa.

–¿Qué ocurre? –le pregunté, presumiendo que la carrera comenzaría en breve.

–Tenemos compañía –me indicó con rapidez–. Son tres, así que no nos conviene que nos alcancen. Creo que todavía no tienen muy claro si me conocen o no: eres un buen complemento para el despiste...

–Gracias –lo interrumpí agria, y se rio entre dientes.

–Creo recordar que hay un edificio magnífico al doblar la calle –continuó–. Quizá allí podamos despistarlos. Aunque, si quieres, podemos detenernos y luchar. No sé cuánto deseas mostrar tus nuevas dotes de guerrera –bromeó ácido.

–Prefiero no luchar –respondí con sequedad.

La verdad es que me había resultado muy violento nuestro reencuentro. La lucha entre salteadores carecía de la elegancia y la sutilidad que había aprendido en el Santuario del Sauce. Aquel juego sucio donde solo deseabas acabar cuanto antes con la vida de tu adversario sin admirar sus habilidades, sin respetarlo, distaba mucho de lo que yo había vivido durante el último año. Además, la idea de matar a alguien me resultaba turbadora. ¿Podría yo segar una vida? ¿Qué derecho tenía?

Grillo me observó detenidamente mientras doblábamos la esquina. Sonrió con calidez y me apretó cariñosamente el brazo que sostenía.

–Pasará –dijo, casi en el mismo tono que Ángel había usado–. ¡Ahora corre!

Comencé a seguirlo y, al reconocer el sentido de nuestra carrera, decidí trasladarme en el espacio para no agotar mis fuerzas. Lo esperé mientras abría la puerta del edificio hacia el que él corría enérgicamente.

–¡Tramposa! –jadeó al llegar a mi altura.

–Las damas primero –bromeé cediéndole el paso y cerrando la puerta tras de mí.

–Mira, la cosa está así –explicó rápidamente con el aliento entrecortado en cuanto estuvimos en el vestíbulo del edificio–. Ángel y Lobo nos esperan en una taberna a las afueras de la ciudad. El tabernero cree que Lobo es un sicario temible y le guarda, de vez en cuando, algunas mercancías en las bodegas. Una de esas mercancías es una pequeña lámina enmarcada que muestra una villa de campo bastante agradable. Es uno de nuestros refugios. La idea es reunirnos allí, pero antes tenemos que deshacernos de estos tres salteadores.

–Puedo distraerlos con una de mis imágenes –indiqué pensando que aquello era fácil–, con varias en realidad.

–El problema es que no queremos que nadie te recuerde –me respondió–. Debes pasar inadvertida, así que mandar tus imá... ¡Corre!

La puerta estaba a punto de abrirse. Grillo me guio hacia unas escaleras que descendían al sótano. Lo seguí y, tras cruzar algunas habitaciones en penumbra, salimos por una estrecha ventana que daba a un callejón sin salida.

–¿Puedes saltar el muro? –me preguntó dispuesto a prestarme su ayuda, pero aquello ya no era un trabajo difícil para mí. Simplemente, trasladé mi cuerpo al otro lado.

Lo escuché farfullar y después bajar por el muro hasta llegar a mi lado.

–Creo que no me caes tan bien desde que haces esos truquitos –se quejó iniciando de nuevo la carrera, pero se detuvo en el acto cuando un salteador apareció al final de la calle, impidiéndonos la salida.

–No es la primera vez que nos vemos, Grillo –se burló aquel tipo desenfundando una espada corta–, y sabes que a mí nadie me la juega dos veces –después lanzó un grito, avisando a sus compañeros de que estábamos allí–. ¿Tienes una muñequita? No sabíamos nada de eso... Seguro que Gustard pagará bien por esta nueva información... o no... claro, si está muerta...

Grillo se tensó notablemente y desenfundó su arma.

–Eriane, no nos queda más remedio –susurró–. Nadie debe saber quién eres, ni mucho menos de qué eres capaz.

–Te oigo, Grillo –respondió el salteador mientras sus compañeros nos cortaban el paso–. ¿Debo suponer que intentas asustarme?

Hice caso omiso a las palabras de aquel hombre y asentí mirando a mi compañero.

–No basta con que los dejes inconscientes –me indicó mirándome con vehemencia.

–Tu muñequita nunca ha matado a nadie, Grillo –se burló de nuevo el salteador–. ¿Probamos suerte?

–Lee la mente –continuó diciéndome Grillo, sin hacerle caso–. No lo escuches, sé rápida, tenemos prisa.

–Uhhh, la chica va a ser rápida... –volvió a bromear aquel hombre, imitando una voz asustada al tiempo que movía las manos como si temblara.

Mi talante solía ser pacífico. Normalmente asumía las situaciones que se presentaban sin plantearme cambiarlas. Había aceptado que mi madre hubiese decidido ponerme a trabajar en casa de los Calaned porque no encontraba marido, había aceptado cada una de las ridículas peticiones de Arlinda porque ese era mi destino, más tarde había aceptado que un desconocido surgiese de la nada y me condujese a una persecución saltando de cuadro en cuadro, había incluso asumido que esa era la vida que debía vivir a partir de ese momento. Después había sido paciente y había admitido que me abandonasen en un santuario lleno de monjes que no conocían mi idioma. Más aún: cuando por fin había sentido que me encontraba donde quería estar, habían venido a reclamarme y yo no había opuesto resistencia. Es decir, no era normal en mí quejarme o luchar contra mi destino. Era una persona que se conformaba con las cartas que le tocaba jugar.

Pero en aquel momento, escuchando a aquel imbécil hablar de mí como si yo no estuviese presente, siendo tan terriblemente descortés, mis nervios se desataron. Quizá todo tenía que ver con la educación que los monjes demostraban en el Santuario del Sauce, quizá con todo aquel sistema protocolario de reverencias y corrección. No importaba: la verdad es que estaba deseando que comenzase la acción para dar una lección de modales a aquel lector de mentes de pacotilla.

–Bien, compañeros –dijo el salteador con una enorme sonrisa–, creo que la muñequita quiere jugar.

Desenfundé mi espada al tiempo que me trasladaba detrás del jefecillo. Solo logré confundirle un instante, porque siguió la dirección de mis ideas y se giró para encontrarse conmigo y mi feroz ataque. Sus compañeros gritaron sorprendidos, pero el salteador paró el golpe con su arma. Algo en su capacidad para predecir mis movimientos me resultó tentador: sentía que por fin tenía un contrincante. Y casi sin darme cuenta, como si se tratase de un entrenamiento más, comencé a divertirme.

Los otros dos salteadores se conformaron con Grillo, quizá porque les pareció más fácil alcanzarlo, puesto que yo no paraba de aparecer y desaparecer. Nuestras armas chocaban de vez en cuando, pero principalmente parecía que nos habíamos visto inmersos en un genuino baile donde el mejor era el más rápido en encontrar al otro. Cuando Grillo se deshizo del primer salteador, me di cuenta de que aquella batalla podía llevarme siglos si no hacía algo para acortarla. Un poco desilusionada, dejé de jugar.

Solo había estado mostrándole una de mis imágenes al lector de mentes, así que se lo había puesto bastante fácil: era blanco o negro. Pero me había aburrido del escondite y quería probarme. Lancé cinco copias de mí misma que se disponían a atacarlo desde diferentes flancos y logré despistarlo lo suficiente como para herirlo en el brazo desarmado. Me insultó con mucha grosería, pero pronto aprendió a reconocer cuál de las cabezas era la pensante. Así que, simplemente, dejé de pensar. Las prácticas de meditación seguían estando muy frescas en mi mente y no necesitaba mantener las ideas en movimiento para que mi cabeza funcionase. En un solo ataque lo golpeé en la coronilla con la parte ancha de la hoja, y después lo derribé lanzando mi pierna contra sus rodillas. Cayó al suelo, desorientado y llevándose las manos adonde le había propinado mi envite.

Grillo se deshizo en ese mismo momento del segundo salteador. Recuperando la postura y utilizando dos imágenes para engañar a mi adversario, me lancé contra él y dejé la punta de mi espada descansando sobre su nuez. Ni siquiera sentía la respiración acelerada. Solo tenía que apretar un poco y el lector de mentes estaría muerto. Así yo volvería a ser inexistente en aquel mundo de saltos y cuadros.

–Tu muñequita no puede matarme –sonrió el hombre con un gemido, a pesar de estar en una posición de desventaja. Parecía que aquello le brindaba un triunfo moral sobre mí que yo, todavía, era incapaz de entender.

–Pero yo sí –respondió Grillo seccionándole la yugular sin pensarlo.

La villa campestre era una hermosa construcción señorial no demasiado grande. Solo tenía dos plantas con habitaciones pequeñas, pero muy bien decoradas con telas y tapices de escenas tranquilas en tonos pastel. Estaba rodeada por una gran extensión de césped y, a la izquierda del terreno, un paseo de eucaliptos conducía hacia un pequeño lago en el que había dos barcas. Lobo me explicó que a lo largo de toda su vida había ido adquiriendo pequeños cuadros como el que nos había ayudado a saltar a aquella realidad y los había ido repartiendo por distintos lugares para asegurarse refugios en caso de problemas.

–Ya había iniciado mi colección de madrigueras antes de que las cosas comenzasen a ir mal con Gustard –comentó–. Aprendes a no confiar en nadie y... bueno, simplemente quise cubrirme las espaldas.

–Pero nos las enseñas a nosotros –señalé mientras repasaba algunos de los planos que había sobre la mesa.

–Sí, debo estar perdiendo la cabeza –rio Lobo quitándole hierro al asunto.

Llevábamos una semana encerrados en aquella pacífica realidad preparando el próximo movimiento, del que yo era una pieza clave. Entendí pronto por qué Grillo me había dicho que era fundamental que nadie me reconociese, que nadie supiese de mi existencia.

Al parecer habían estado trabajado en aquel plan desde que me retiré al Santuario del Sauce. Lobo, al descubrir mi poder, había visto en mí una oportunidad para lograr acercarse a su único objetivo: Venus. Pero, claro está, él no me lo planteó así. Cuando Grillo se cruzó en mi vida, lo hacía huyendo de una cita que llevaban muchísimo tiempo preparando. Podía recordar que habían encontrado un contacto en la casa de uno de los tres señores de los salteadores, concretamente en casa de Cleo, la mujer más poderosa en aquella sociedad de ladrones. El contacto parecía tener información vital sobre el paradero del cuadro de Venus, y eso hacía que el encuentro con él fuese vital, pero todo se había estropeado. Grillo había sido descubierto y había puesto en peligro a la fuente. A pesar de eso, teníamos una segunda oportunidad, oportunidad que yo protagonizaría convirtiéndome en el salteador elegido para citarse de nuevo con aquel contacto. El problema fundamental radicaba en que la cita debía comenzar en la mansión de la propia Cleo, dado que la fuente no tenía libertad para ausentarse de su puesto después de haberse arriesgado en el encuentro previo con Grillo.

Algo que jugaba a nuestro favor era el hecho de que la vida de los salteadores valía bien poco para sus señores y esto hacía que constantemente estuviesen renovando sus filas de seguidores y servidores. Solo con las personas que habían matado Lobo y los suyos desde que yo había entrado en sus vidas, podría custodiarse un castillo. Todo esto favorecía que los centinelas de las tres mansiones también fuesen cambiando, ya que los salteadores de mayor rango preferían dedicarse a la caza de tesoros y, lógicamente, a la del propio Lobo. Por eso eran los salteadores más novatos los que se dedicaban a la vigilancia de los palacios de los grandes señores.

En eso se basaba nuestro plan, en la confianza que depositábamos en que los guardianes del palacio de la gran señora fuesen principiantes que no me conociesen. Así podría colarme entre sus filas sin llamar la atención. A pesar de eso, para saltarme esa primera barrera, Ángel ya tenía una táctica preparada.

Mi salvaguarda para conservar la vida en el palacio de Cleo y ser identificada por nuestro contacto era un medallón del que ya había oído hablar la primera noche de mi vida como salteador. Grillo lo sacó de uno de sus innumerables bolsillos para mostrármelo. Era bastante grande, dorado, con dibujos en verde simulando agua en el centro y ribeteado con pequeñas perlas. No me parecía demasiado bonito.

–Es una reliquia –explicó Ángel quitándoselo a Grillo de las manos y sosteniéndolo a la luz–. No imaginas la de sangre que se ha derramado por él. Formaba parte de mi mundo.

No dio ningún dato más acerca de la historia del medallón, pero noté que le inspiraba al mismo tiempo respeto y una honda tristeza.

Lobo me explicó que durante mi ausencia habían confirmado que la fuente seguía esperando, y Ángel me confesó su plan. La idea era que yo, una desconocida para el resto de salteadores, entrase en el tópico que mostraba el palacio de Cleo aprovechando mis poderes para desdoblarme y, de ese modo, despistar a los guardias. Después solo tenía que seguir un recorrido concreto hasta llegar a un cuadro que mostraba el dibujo de un mono en la tercera planta. Allí debía aguardarme el contacto. A partir de ahí no debía preocuparme, porque quienquiera que fuese se encargaría de protegerme.

–Además, con tu increíble habilidad para aparecer y desaparecer –sonrió Lobo con ilusión, como si tratase de convencerme con caramelos–, no correrás ningún peligro.

Así que llevábamos una semana preparando el golpe. Grillo, que conocía al detalle la mansión de la gran señora, me dibujó algunos mapas para que aprendiese el recorrido que debía seguir y, aparte de memorizar ese papel, tuve que memorizar también algunos caminos para escapar en caso de que algo no funcionase. Caminos que llevaban directamente a otros refugios de Lobo.

–Pero no debes preocuparte –aseguraba constantemente–. Todo irá bien.

Ángel terminó de colocarme el disfraz que debía utilizar para saltar a la mansión de Cleo. Se trataba de una túnica blanca semejante a la que había usado en el Santuario del Sauce, pero llevaba una capucha que me cubría la cara. La idea era que yo pareciese un fantasma o algo por el estilo. Se suponía que, en el mismo momento en que mis pies tocasen el suelo, debía trasladarme a otro lugar, lejos de allí, para deshacerme del disfraz y colarme en el edificio.

–El interior del palacio siempre está tan lleno de visitantes que es imposible que nadie dude de que has pasado el control de bienvenida –aseguró Grillo.

Todos trataban de tranquilizarme con frases esperanzadoras, golpecitos cariñosos en la espalda o miradas serenas, pero lo cierto era que yo no sentía ninguna inquietud. Aunque el plan no era sencillo, mi anonimato me protegía, y si eso no era suficiente, siempre podría desdoblarme hasta encontrar el momento justo que me permitiese saltar hacia uno de los caminos que conducían a refugios de Lobo.

La idea del disfraz me parecía un poco ridícula, pero Ángel insistía en que era en parte para despistar y en parte para mantener mi anonimato todo lo posible.

–Una vez dentro de la casa, si alguien te pregunta, solo tienes que decir que eres novata –me aconsejó Lobo–. Se burlarán un poco de ti, pero te dejarán en paz. Y si se ponen muy pesados, ya sabes...

Asentí enfundada en mi traje de fantasma. No quería alargar más aquel momento, deseaba saltar cuanto antes.

–¿Tenéis algún consejo más o puedo irme? –pregunté con voz cansina.

–El pájaro quiere salir del nido –bromeó Ángel dándole un codazo a Lobo, que me miraba con la frente perlada de sudor.

–Pues echa a volar, gorrión –me dijo él con una sonrisa, aunque su voz delataba que no se sentía tan despreocupado–. Dependemos de ti.

–Tranquilo –sonreí, asegurándome de que la capucha estaba en su sitio.

Fui consciente de que todos estaban más inquietos que yo. Suspiré profundamente y, sin darle más vueltas, salté al tópico que representaba la mansión de la gran señora.

Cruzar la barrera de seguridad fue coser y cantar. Nada más sentir que mis pies tocaban el suelo, me desdoblé para esconderme junto a unos setos esculpidos que custodiaban la puerta principal de la mansión. Pude escuchar el susurro de sorpresa de uno de los guardias cuando creyó ver algo a su derecha y descubrió que no había nadie.

–¿Has visto eso? –gritó al guardia que se encontraba a diez pasos de él.

–¿El qué? –le respondió, indiferente, su compañero.

–¿No lo has visto? –dudó el salteador, y la conversación quedó ahí.

Confiaba en que la anécdota no despertase el interés suficiente como para poner la casa patas arriba buscando un fantasma o un visitante no deseado.

Oculta junto a la entrada, solo tuve que deshacerme de la túnica y la capucha y esconderlas dentro de uno de los enormes maceteros. Saqué de un bolsillo el medallón que me había dado Grillo y me lo colgué al cuello.

No tardé en darme cuenta de que la gran señora Cleo no se privaba de ningún placer. El edificio presentaba un aspecto majestuoso que habría hecho sonrojar a cualquiera de los reyes de mi mundo de origen. La fachada estaba salpicada de enormes ventanales pintados de blanco que resaltaban sobre la pared de piedra roja, y a través de ellos podía ver caros cortinajes y algunas lámparas de cristal impresionantes. La puerta principal estaba abierta dejando a la vista un amplio recibidor rodeado de vanos. Recordé el plano que Grillo me había dibujado y volví a desdoblarme para adentrarme en la mansión. Quería evitar que cualquiera de los salteadores que se ocupaban de la seguridad del perímetro reparase en mi presencia en las escaleras de acceso.

Nada más aparecerme en el vestíbulo, una pareja de muchachos entró por una de las puertas y se dirigió al jardín, de donde yo venía. Me saludaron brevemente, como si fuese normal encontrar desconocidos en aquel lugar, y respondí con cortesía mientras iniciaba mi paseo. Primero tenía que tomar la tercera puerta por la izquierda.

Me concentré en recordar cada uno de los pasos que debía seguir e intenté relajarme para aparentar normalidad. Volví a cruzarme con diferentes salteadores mientras atravesaba el corredor, pero nadie se interesaba en mí.

Me fascinaba la enorme colección de arte de la dueña de la mansión. Todas las paredes estaban cubiertas de cuadros: había más que en aquel museo al que salté con Lobo y los demás cuando comencé el Camino de la Espada. Algunas de las imágenes que veía me resultaban inquietantes, pues representaban mundos de los que no tenía ninguna conciencia. Pensé en que Cleo tenía su propia libreta de tópicos estampada en las paredes y entendí aquello que en su momento me comentase Grillo acerca de la posesión de mundos. Si querías acceder a alguno de aquellos lugares, antes tenías que superar la barrera de guardias de Cleo, es decir, obtener su beneplácito.

Los pasillos me condujeron hacia una habitación al fondo de la casa donde tenía que encontrar una puerta falsa. Era una pequeña sala de estar aparentemente en desuso, con una sencilla ventana a la calle que daba a la zona de detrás del jardín. Conforme me acercaba a aquel lugar había ido disminuyendo el número de salteadores con los que me encontraba, así que me sentía lo bastante tranquila como para dedicar el tiempo que fuese necesario a encontrar la puerta. Grillo me había explicado que estaba detrás de un mullido sofá con estampados naranjas, y lo localicé en el acto. Cuando lo estaba rodeando para acceder a su parte trasera, escuché unos pasos que se acercaban.

Tenía tiempo suficiente como para tratar de ocultarme, pero sabía que, en tal caso, también podría ser descubierta, así que, sin pensarlo demasiado, me senté en el sofá, crucé las piernas y me puse a mirar por la ventana distraídamente.

–¡Oh! No sabía que había nadie aquí –se sobresaltó un muchacho delgado, no mucho mayor que yo, con el pelo teñido de morado y el mentón anguloso. Iba elegantemente ataviado con un traje de chaqueta negro.

–Perdona –respondí, descruzando las piernas y haciendo amago de levantarme–, estaba intentando relajarme un poco.

–¡Oh, no, no te preocupes! –me contuvo el chico haciendo una señal para que no me levantase. Me miró como si me conociese de algo, como si formase parte de un recuerdo prácticamente olvidado. Pero pronto sonrió despreocupado–. Es solo que nadie suele usar esta habitación... Me extrañó.

–¡Cuánto lo siento! –fingí mostrándome avergonzada–. Soy nueva, ¿sabes?, y tengo la cabeza que me va a estallar. No sabía dónde meterme para quitarme un poco de en medio y comencé a deambular por los pasillos y... bueno... el resto ya lo sabes.

–Tranquila, de verdad –insistió él con educación–. Entiendo lo que dices. Los primeros saltos lo dejan a uno un poco mareado, ¿verdad?

–¡Ni que lo digas! –sonreí cordial al tiempo que sondeaba mis recuerdos buscándolo, porque seguía manteniendo conmigo una actitud que denotaba familiaridad.

Para mi disgusto, el muchacho tomó asiento, animado por la conversación. Me daba miedo mantener una charla que pudiese delatarme, pero tampoco sabía cómo interrumpir aquello sin parecer descortés o llamar demasiado su atención.

–¿Tú también estás buscando un poco de paz? –pregunté tratando de convertirlo en el centro de nuestro diálogo para no tener que responder preguntas sobre mí–. ¿Eres novato, como yo?

Algo de lo que dije le hizo reírse.

–¡Qué va! Comencé a saltar casi antes que a andar –me indicó–. Soy el hijo de Cleo, de ella sí has oído hablar, ¿verdad?

Bien, no hacía falta que nadie me dijese que estaba en un verdadero aprieto. Si él me descubría, sería como si lo hubiese hecho su propia madre. No quería tener que abortar el plan sin haber conseguido dar con el contacto que necesitábamos.

–Claro, la gran señora... –respondí para ganar tiempo mientras calculaba mis posibilidades de librarme de él y volver más tarde–. Bonita casa, por cierto.

–Gracias –se rio él. Parecía encontrarse bastante a gusto, y eso no me convenía–. Supongo que no conocerás la historia de este edificio, ¿verdad? –como negué con la cabeza, él continuó hablando–. Verás, mi madre encargó a un artista que pintase esta mansión y así crease un mundo único donde ella fuese la reina y señora.

¿Intentaba impresionarme? La verdad es que lo estaba consiguiendo. No imaginaba que el poder de los señores llegase hasta esos límites. ¿También Gustard y Firel tendrían sus propias realidades paralelas exclusivamente creadas para ellos? Si era así, los tres señores habían creado no fortalezas, sino mundos inexpugnables.

Mi asombro pareció agradar a mi acompañante, lo que le dio alas para describirme algunos detalles más de la gran casona y del poder de su madre, aunque la mayoría eran datos que ya conocía. Seguía dándole vueltas a la manera de terminar con aquella conversación y largarme, para regresar más tarde, cuando escuché que la pared crujía detrás de mí. Intenté disimular, pero el hijo de Cleo miró sobre mi hombro, así que seguí su mirada con curiosidad.

Una jovencita de unos quince años, ataviada con un sencillo vestido largo en tonos tristes, apareció haciendo uso de la pared falsa. Aparentemente sobresaltada por nuestra presencia allí, se sonrojó en el acto.

–¡Juselle! –la saludó mi compañero con alegría.

–Iba a buscarlo, señor –respondió la chica, indicándome por su tono respetuoso que debía formar parte del servicio de la casa–. Su madre lo mandó llamar. Siento haberlo interrumpido en su charla con la señori... –Juselle clavó sus ojos en el medallón que colgaba de mi pecho e interrumpió su discurso momentáneamente.

Mi pulso se disparó en el acto. Si había reconocido el colgante, aquella chiquilla era mi contacto.

–¿Te encuentras bien, Juselle? –preguntó el hijo de la gran señora incorporándose.

–Sí, perdón, señor –aseguró ella recobrándose–. Solo acabo de recordar que tenía que recoger unas cosas de las cocinas y ya que estoy aquí abajo...

La muchacha atravesó la habitación dejando la puerta falsa abierta y se dirigió hacia la salida.

–No se le olvide al señor que su madre siente mucha urgencia por verlo –recordó mientras salía.

El corazón estaba a punto de saltarme del pecho. ¿Me había reconocido? ¿Había reconocido el medallón? ¿Era mi contacto o simplemente era alguien que tenía detalles sobre aquel encuentro secreto e iba a denunciarme? Sin pensarlo, me incorporé y me puse de pie como mi compañero.

–Si tenéis que marcharos –comenté utilizando el mismo tono de cortesía que había usado la chiquilla–, no os preocupéis por mí. Creo que voy a volver al trabajo... Ha sido un placer conocerlo.

–¡El placer ha sido mío! –respondió él con una amplia sonrisa–. Y no me trates como el servicio o pasarás a formar parte de él –bromeó dirigiéndose a la puerta falsa–. Puedes llamarme Sombra –se presentó entonces.

–Yo soy Eriane –respondí sin darme cuenta de utilizar un nombre falso, porque tenía verdadera prisa en alcanzar a la joven Juselle.

–¿Eriane? Es un nombre extraño para un salteador –se extrañó–. Bueno, espero que volvamos a vernos y, ¡ah!, el detalle de esta puerta secreta queda entre nosotros, ¿de acuerdo? –indicó guiñándome un ojo.

–Claro, claro... –aseguré, concentrada en salir de allí.

En cuanto desapareció detrás de la pared, lancé mi cuerpo a la salida de la habitación para dar antes con la criada. Cuando me aparecí en mitad del pasillo, escuché un grito asustado. Me giré hacia unos cortinajes y observé que Juselle se encontraba escondida allí.

–¡Me has dado un susto de muerte! –se quejó tratándome con confianza, como si nos conociésemos desde siempre.

–¿Eres tú? –pregunté como una estúpida.

–Creo que ya lo he dejado bastante claro con mi total falta de disimulo ahí dentro, ¿no? –volvió a reprenderme con descaro–. ¡Llevo meses esperándote junto al cuadro del mono de la tercera planta y te sientas a charlar nada más y nada menos que con Sombra!

La chiquilla siguió farfullando un rato, poniéndome al día de lo que había supuesto para ella tener que abandonar sus obligaciones solo por esperarme. Su vida era ya bastante complicada antes de que le ordenasen que aguardase en una esquina a que apareciese llevando ese medallón, aseguraba.

–¿Pero tú no eres el contacto? –inquirí sin comprender.

–¿El contacto? ¿El contacto? –casi gritó en el pasillo vacío haciéndome mirar a todos lados–. ¡Qué ganas tengo de librarme de ti, de ese medallón y de este maldito trabajo! ¡Con lo feliz que era yo en la cocina! ¡Ya verás tú quién es el contacto!

7

Seguí a Juselle a través de diferentes pasadizos secretos, que conectaban habitaciones de la casa, hasta acceder a la tercera planta. La chiquilla continuó repitiendo durante todo el trayecto aquella sarta de quejas con las que ya me había recibido y yo aproveché que no precisaba de mis respuestas para intentar memorizar el camino por el que me llevaba. No sabía si volvería alguna vez a aquella mansión, pero suponía que la información podía ser de interés para Lobo y los suyos. Trataba de concentrarme en detalles únicos de las habitaciones o en cuadros concretos que pudiesen servir como marca del pasadizo.

Al final llegamos a una pequeña sala sin ventanas, con las paredes empapeladas con motivos florales y el suelo cubierto por una alfombra cara. La única manera de salir de allí era utilizando la misma puerta secreta por la que habíamos entrado. Miré la lámpara de araña que colgaba del techo y pensé que, pese a aquella magnífica decoración, no podía dejar de sentir que me encontraba en una cárcel.

–Espera aquí –me ordenó la muchacha–. Ni se te ocurra moverte –puntualizó antes de cerrar la puerta falsa y dejarme sola en aquella sala.

Me senté en una butaca tapizada en tonos verdes y traté de recordar todo el camino que habíamos seguido. La mansión presentaba una estructura casi laberíntica. ¿Cuánta gente conocería aquellos rincones? ¿Serían de uso exclusivo de la familia y el servicio? Me pregunté si también Juselle sería salteadora o si solo era una simple criada. Me inquietaba aquella chiquilla parlanchina y me di cuenta de que la razón era simplemente que me recordaba mi vieja vida, aquella que ahora me parecía tan lejana y ajena a mí. ¿Qué habría sido de Arlinda? ¿Quién estaría desempeñando mi trabajo en la mansión de los Calaned?

Aquella soledad invitaba a que la cabeza fantasease con demasiadas ideas, así que me levanté de la butaca, me senté en el suelo y traté de dejar mi mente en blanco tal y como había aprendido en el Santuario del Sauce. No tenía sentido perder el tiempo con semejantes cavilaciones: solo servían para desgastarme.

No debía llevar demasiado meditando con los ojos cerrados cuando volví a escuchar las pisadas de Juselle en el corredor. Noté que venía sola, así que aspiré profundamente. Mi contacto se estaba haciendo desear. La muchacha irrumpió en la habitación llenándolo todo de ruido.

–Tienes que ponerte esto –me explicó tendiéndome un hato de ropa muy bien doblada–. Date prisa.

–¿Pero mi contacto? –dudé levantándome.

–Mira, yo no te puedo responder a ninguna pregunta, ¿vale? –se quejó Juselle, insistiendo en que cogiese la ropa–. Solo haz caso, pórtate bien y así pronto estarás con tu contacto y yo podré ir a darme un baño. ¡Todos felices! ¿De acuerdo?

No sabía si me molestaba que una chiquilla me hablase como si fuese mi madre, pero decidí que era mejor no decir nada. Agarré la ropa y ella se dio la vuelta para preservar mi intimidad.

Tenía que ponerme prendas que habrían escandalizado hasta al más impúdico en mi mundo de origen. Juselle me había traído un vestido de verano, de tela ligera y tirantes, que dejaba al descubierto mis rodillas, y unas sandalias de cuero.

–¿No hay nada más?

–Utiliza la bolsa de tela para meter tu ropa –me indicó moviendo la cabeza negativamente–. No creo que vuelvas aquí. ¡Ah, y haz el favor de esconder tu espada!

La obedecí, sintiéndome ridícula con aquel atuendo, y la miré inquisitiva. Juselle me recorrió de pies a cabeza con la mirada, como si estuviese evaluándome. Primero clavó sus ojos en la empuñadura de mi arma que asomaba en la mochila, chascó la lengua y contempló mi rostro.

–¡Qué pálida estás! –se quejó mientras buscaba en el bolsillo de su delantal–. Las órdenes son que saltes a este parque –me dijo enseñándome un pequeño marco con una acuarela magnífica–. Tienes que encontrar una fuente con unos delfines, y frente a ella hay un pequeño kiosco con mesas. No te preocupes: el contacto reconocerá el vestido.

–¿Qué son delfines? –pregunté sin comprenderla.

–¡Oh, dioses! –bufó–. Salta y nada más.

Un aire cálido me recorrió cuando aparecí en aquel mundo. Lo primero que percibí fue el ruido, el tremendo ruido que lo inundaba todo. Al mirar el pequeño cuadro, jamás habría imaginado que aquel fuese su sonido. Me giré para descubrir el lugar del que procedía aquel estruendo y observé patidifusa extrañas máquinas que se movían a gran velocidad alrededor del parque en el que me encontraba. ¿Cómo se podía vivir con aquel sonido infernal? Observé los pájaros que se posaban en el suelo y los árboles que crecían sobre mi cabeza. ¿Cuáles eran las reglas de aquel extraño mundo?

Traté de concentrarme en lo que tenía que hacer. Miré a mi alrededor en busca de una fuente y me pareció verla al fondo de la arboleda. Hacía un gran día y me habría gustado tener la oportunidad de disfrutarlo, pero las máquinas que seguían recorriendo incansables el perímetro del parque no dejaban de inquietarme. Me sentía incómoda en aquella realidad. Deseaba salir de allí cuanto antes.

La fuente lanzaba chorros de agua y su ruido trataba de competir con el de las máquinas, pero no lo conseguía. ¿Qué habrían pensado los monjes del Santuario del Sauce de haber visto aquel lugar? Rodeé la gran fuente, con las enormes esculturas de unos animales alargados parecidos a los peces, pero mucho más grandes, que debían ser los delfines, y busqué el kiosco que me había indicado Juselle. No tardé en encontrarlo.

Se trataba de una caseta con telas a rayas que formaban toldos para proteger del sol. Tenía mesitas pequeñas y redondas delante, rodeadas de extrañas sillas de un material que desconocía, y cubiertas con cojines con el mismo estampado de las lonas del kiosco. Me sorprendía el atuendo de las personas que se hallaban sentadas en las mesas consumiendo bebidas que no había visto en mi vida. Las mujeres iban prácticamente desnudas, enseñando las piernas e incluso usando vestidos que no tenían siquiera tirantes, mostrando sus hombros descubiertos. Los hombres utilizaban ridículos pantalones cortos que dejaban a la vista sus piernas velludas.

–¡Querida! –escuché que me llamaba una mujer levantando la mano para hacerse notar entre la gente. Estaba sentada en una de las mesas. Lo primero en lo que reparé fue en que era descaradamente hermosa. Comprobé que se dirigía a mí y me acerqué tímidamente–. ¿Eriane, verdad? –preguntó cuando estuve junto a ella, y asentí con la cabeza, intentando concentrarme–. Bien, siéntate, querida. Mi hijo me comunicó tu nombre.

¿Su hijo? La miré con los ojos como platos. Si no erraba en mis apreciaciones, aquella mujer morena y atractiva que tenía ante mí no era otra que Cleo, la gran señora de los salteadores. Siempre la había imaginado como una mujer mayor con gesto severo. En cambio, Cleo desprendía juventud y sensualidad por cada uno de sus poros, sus rasgos eran envidiables y su sonrisa tenía algo que me hacía sentirme absolutamente rendida a su voluntad. Vestía un simple vestido blanco de tirantes, y unos pendientes plateados en forma de aros le enmarcaban el rostro, haciendo aún más evidente la perfección de sus proporciones. ¿Cleo era mi contacto?

–Bien, supongo que estás un poco desconcertada –rio divertida al tiempo que levantaba una mano y, al gesto, un hombre vestido de negro y con un delantal blanco se acercaba portando una bandeja. Cleo le pidió algo que no entendí y el camarero se fue, dejándonos de nuevo a solas–. ¿Cómo está Lobo? –se interesó volviéndose hacia mí–. Esperaba ver a Grillo, pero Sombra me dijo que había estado con una guapa muchacha pelirroja en la sala de los tapices, así que supuse que si alguien fisgoneaba por esa habitación tan apartada y que conducía directamente al cuadro del mono de la tercera planta, debía tratarse de mi contacto. Eres muy joven, ¿de dónde te ha sacado Lobo? –Cleo no me daba demasiado tiempo para responder a sus preguntas, me evaluaba como si fuese un nuevo espectáculo y charlaba con despreocupación–. No es tonto ese traidor, ahora entiendo el interés de mi hijo. ¿Cuántos años tienes? ¡Da igual! Una mujer nunca reconoce su edad, ¿verdad? –se rio–. Has tenido suerte, yo también habría querido tener tus años cuando me convertí en salteadora, aunque tampoco era mucho más vieja. ¿Me devuelves mi medallón?

La miré sin comprender. Me sentía totalmente abrumada por toda la información de la que Cleo iba deshaciéndose, pero entonces me acordé de la joya por la que Juselle me había reconocido y la busqué en mi bolsa para tendérsela.

–¿Te sientes muy incómoda con esta ropa? –me preguntó Cleo, de nuevo sin darme tiempo a responder–. Sé que este mundo puede ser alarmante. ¿Has notado el ruido? ¡No sé cómo pueden vivir aquí! –se quejó mirando a su alrededor–. Pero la temperatura es excelente y esta realidad tiene muchas ventajas, aunque no lo parezca. ¡Pero dime! ¿Cómo está ese viejo Lobo?

Cleo se quedó en silencio por fin, al tiempo que el camarero ponía delante de mí un vaso alargado con una bebida naranja prácticamente helada.

–Está bien –respondí con parquedad, no sabía qué otra cosa decirle.

–¿Bien? ¿Eso es todo?

–No sé... –me encogí de hombros. La verdad es que no sabía qué podía decirle, no conocía demasiado a Lobo como para evaluar sus emociones o su situación. Además, no tenía claro que pudiese confiar en ella.

–¿No sé? ¡Menudo contacto! –se quejó recostándose en la silla y estirando las piernas por debajo de la mesa–. ¿No te ha dado ningún mensaje para mí?

–Es que no sabíamos que el contacto era usted –traté de explicar, avergonzada.

–¡Ese Lobo sigue siendo igual de tonto! –suspiró–. ¿De verdad pensaba que podía tener chivatos en mi casa? Elijo muy bien a mis salteadores. Sé quién entra y quién sale de mis terrenos. Por cierto, ¿cómo te has saltado la barrera? Nadie me ha informado... –Cleo me miró con los ojos entrecerrados, como si pudiese leer a través de mí.

Lobo y los demás se habían empeñado bastante en que nadie me reconociese, en que nadie supiese de lo que era capaz, pero ahora me veía en la tesitura de tener que responder a las preguntas de uno de los tres grandes gobernantes del mundo de los salteadores. ¿Qué podía hacer? Todavía no había conseguido ni un ápice de la información necesaria sobre Venus para poder volver sintiéndome orgullosa de mí misma y ya tenía que regalar datos. Decidí mentir en parte.

–Consigo desdoblar mi cuerpo –expliqué–. Creo una imagen igual a mí y me transporto hacia otro sitio.

–¿Una imagen? –preguntó, emocionada con la información–. ¿Solo una?

–Sí... Pero es suficiente, ¿no? –inquirí con inocencia.

–Eres lista –se rio Cleo con una carcajada divertida–. Supongo que es normal que me mientas, no sé lo que te han contado. Mi hijo dijo que eras nueva, pero eso también podía ser una mentira. ¿Qué me respondes a esto?

–Novísima –confesé sonrojándome un poco.

–Pero llevas espada, así que supongo que algo de adiestramiento has recibido, ¿no? –continuó señalando la empuñadura de mi arma con la cabeza, y asentí–. ¿Estás segura de que no estás en el bando equivocado?

Cleo apoyó los codos sobre la mesa y se acercó a mí, observándome con mucho interés.

–La aventura que Lobo se trae entre manos no puede salir bien –me dijo–, es una hormiga luchando contra titanes. ¿Sabes lo que es un titán? –volví a asentir y ella continuó–. La información que tengo para darte es muy simple: Gustard ya sabe dónde está el cuadro de Venus o, por lo menos, se encuentra muy cerca de averiguarlo. Creo que tiene un problema de fechas, pero solo tiene que dedicarse a esperar con paciencia para dar con él. Sé que ya ha desplegado una red de salteadores custodiando los caminos abiertos que conducen al mundo donde se creó la pintura. Lobo no tiene nada que hacer. Dile que el Camino del Faro conduce directamente a un enlace con la realidad que tanto desea. Su cabecita se servirá en un gran banquete –sonrió Cleo alargando una mano para acariciar mi mentón–. Eres muy bonita, Eriane. ¿Por qué no te quedas en el bando vencedor? Siempre hay trabajo para salteadores con tu habilidad en mi casa, no le debes nada a nadie.

Observé a Cleo con interés. Me sentía halagada por su trato. Podría mentir, podría contar que no me sedujo su propuesta, pero la verdad es que, mientras ella me miraba, las dudas se hicieron con el centro de mi estómago. Ángel ya me había dicho que yo había caído en el bando perdedor, ya me había advertido que podía decir que no a aquella vida. Y Cleo me tentaba ahora con una promesa de victoria a largo plazo, con salvarme el cuello.

–Porque tú también caerás, pequeña Eriane, si sigues jugando con los malos –continuó, dulce–, y será una pena, ¿sabes? Será una pena perder a alguien como tú.

Sus ojos seguían clavándose en mí con tanta intensidad que sentí vértigo. Afortunadamente, en aquel momento, alguien nos interrumpió. El hijo de la gran señora, Sombra, se había acercado a nosotras sin que yo me diese cuenta. Cleo pareció disgustada por la interrupción y se alejó de mí después de acariciarme de nuevo la mejilla. En cuanto me separé de la profunda mirada de Cleo, noté que mis dudas se disipaban un poco y comencé a recordar el motivo por el que estaba allí.

–Madre –dijo el muchacho de pelo morado junto a nosotras. Noté en el acto que su actitud hacia mí había cambiado: parecía estar tenso–. Creo que se te ha acabado el tiempo de jugar. Preguntan por ti, uno de los guardias se ha empeñado en que ha visto un fantasma en el jardín. Al parecer, alguien se ha saltado la barrera de seguridad –dijo, volviéndose hacia mí con mirada dura.

–El deber es el deber –sonrió Cleo levantándose con gracilidad–. No te preocupes por la bebida, querida, ya está todo pagado. ¡Ay, Sombra! –se rio abrazándose a su hijo y mirándome con cariño–. He intentado convencerla de que juegue en el bando ganador, pero todavía no se deja. ¿Verdad que puede venir con nosotros siempre que no sea demasiado tarde? –preguntó con tono infantil, sin esperar respuesta.

Me sentí obligada a levantarme yo también. Sombra evitaba mirarme y la situación parecía divertir bastante a Cleo.

–Gracias por la información –dije haciendo una leve reverencia, como había aprendido en el templo.

–Dale a Lobo saludos de mi parte –contestó Cleo con despreocupación–. Y espero volver a verte, querida. Esperamos volver a verla, ¿verdad, Sombra?

–Seguro que volvemos a cruzarnos –respondió el muchacho con dureza, y eso arrancó nuevas carcajadas a su madre por la amenaza que guardaban sus palabras.

–No seas así con la chica, cariño, no tiene la culpa de que ellos la encontraran antes –bromeó la gran señora de los salteadores, reprendiendo con ironía a su hijo–. ¡Hasta la vista, Eriane, sé buena chica y cámbiate de bando!

Los observé marcharse hacia unos árboles del parque. Cleo tuvo la ocurrencia de volverse a saludarme antes de desaparecer. Sentí un nudo en el estómago y me quedé sola en aquel mundo lleno de ruido.

Utilizar una de las vías de escape para volver al refugio de Lobo, fue mucho más fácil saltando sola. Yo seguía siendo una desconocida y eso me brindaba increíbles oportunidades. Me preguntaba cuánto tardaría Sombra en describirme entre los suyos, ya que había dejado bien claro que su opinión sobre mí ya no era la misma que había tenido en el pequeño salón. Me inquietaba el rencor que había despertado en él y me dije que tenía que preguntarle a Grillo si lo conocía. Los salteadores que andaban vigilando el tópico que usé no debieron concederme la mínima importancia, porque nadie me molestó, así que, en lugar de salir a la carrera nada más saltar, me mimeticé entre la multitud y busqué el camino. De todos modos, me desdoblé en más de una ocasión para cubrirme las espaldas y despistar a posibles perseguidores. Me resultó tan fácil que hasta me pareció ridículo.

–¡Bonito vestido! –rugió Lobo emocionado en cuanto me vio aparecer en el jardín, frente a la pequeña caseta desde la que había partido. Había estado esperándome sentado en los escalones desde el mismo instante en que me marché, y se levantó como un torbellino viniendo a mi encuentro–. ¡Dame una buena noticia, gorrión!

Ángel y Grillo salieron a la carrera al escuchar los gritos de Lobo, y yo los recibí con una amplia sonrisa.

–¿Te encontraste con el contacto? –inquirió Grillo preocupado, mirándome con vehemencia.

–¡No os vais a creer quién era el contacto! –grité, llevada por la emoción–. ¡La mismísima Cleo!

Desgrané, detalle a detalle, cómo Juselle me había guiado hasta la habitación secreta en la que me había obligado a cambiarme y cómo después había saltado a una realidad donde se suponía que debía encontrarme con mi contacto. Recordé el molesto ruido que llenaba aquel lugar y les hablé de las máquinas extrañas que había visto moverse junto a la fuente.

–Los llaman automóviles –explicó Grillo.

–¿Automóviles? –me extrañé.

–No la interrumpas –rogó Lobo, y continué mi historia.

Noté cómo, poco a poco, mis compañeros se iban inquietando conforme describía mi encuentro con Cleo y nuestra conversación. Intenté no obviar nada de lo que había dicho o de lo que me habían transmitido sus gestos.

–Dijo que el Camino del Faro conduce directamente a la realidad donde está el cuadro –expliqué por fin, comunicando la información que tanto deseaban conocer–. Al parecer, Gustard está a punto de dar con él. Comentó algo así como que tenía un problema de fechas.

El rostro de Lobo se convirtió en una máscara de pesar, y miré a Ángel y a Grillo intentando entender por qué las noticias eran tan tristes.

–¿Qué ocurre? –pregunté, preocupada.

Me explicaron que el Camino del Faro comenzaba precisamente en la mansión de Gustard, y eso significaba que llevaban dando vueltas innecesarias probando nuevos y arriesgados caminos para nada.

–¿Delante de nuestras narices tanto tiempo? –susurró Lobo mientras Ángel seguía exponiéndome la situación.

Al parecer, el problema no era únicamente que tuviesen vetada aquella realidad por encontrarse el cuadro donde se encontraba, sino que el momento histórico que representaba el cuadro no tenía por qué coincidir con el momento histórico en que se pintase la Venus.

–Quizá ni siquiera exista en el marco temporal que representa el cuadro de Gustard –comentó Grillo–. Entonces tendríamos que esperar.

–Dijeron algo de que tenían a varios salteadores esperando en aquella realidad –comenté–. ¿Cómo llegaste la primera vez al cuadro de Venus? –pregunté a Lobo.

–Se dieron una serie de coincidencias –me explicó cabizbajo–. Estaba buscando una joya para Gustard y era una pieza muy codiciada entre el resto de salteadores porque nuestro señor le había puesto un precio bastante alto.

Al parecer, Lobo intentaba adelantarse a los demás utilizando algunos de los caminos que había descubierto durante sus andanzas. Arriesgándose a equivocarse, probó si encontraba una conexión entre diferentes obras que conducían a un viejo museo.

–Ni siquiera sé cómo llegué a esos cuadros –me contó–. Llevaba saltando varios días sin parar, una auténtica locura. Como no tenía que preocuparme por usar los tópicos, me arriesgaba mucho más a la hora de saltar de una obra a otra. El museo no me sonaba de nada y las pinturas que albergaba me eran totalmente desconocidas, entonces descubrí el cuadro de... –pareció tropezarse con la palabra y negó con la cabeza–. Descubrí el cuadro y salté.

Yo ya sabía que el manto con el que iban a cubrir a Venus le pareció una pieza lo suficientemente atractiva como para arriesgar su misión inicial.

–Si hubiese sabido que la realidad en que se encuentra ese museo, si hubiese sabido que ella estaba tan solo a dos saltos de Gustard... –murmuró agarrándose la cabeza.

El silencio se hizo entre nosotros. Nunca había visto a Lobo encogerse sobre sí mismo de aquella manera. Mi cabeza tampoco era capaz de imaginar el dolor que esa información podía producirle: yo jamás había sido contagiada por el veneno del amor. Aún no era capaz de entenderlo, pero su pena me parecía demasiado profunda. Un miedo irracional a su pesar se fue desarrollando en mí, que todavía no conocía todas las debilidades del alma humana. Ángel me miró y miró a Lobo, cerró los ojos y posó sus dedos sobre el antebrazo desnudo de su compañero. Grillo atrajo mi atención rápidamente:

–¿Qué le contaste tú a Cleo?

Hice un esfuerzo por atenderle y dejar de mirar a Lobo y Ángel.

–¿Yo? –me sorprendí–. Nada, ¿qué le iba a contar?

–Verás, Cleo es un poco especial, ya lo habrás notado –explicó Grillo–. Suele ser capaz de convencer a los demás de que hagan lo que ella quiera, no sé si me explico. Podríamos decir que igual que tú eres capaz de desdoblarte en diferentes cuerpos, ella es capaz de utilizar la seducción para cegar a quienes la escuchan para que hagan todo lo que ella desee.

–Solo intentó convencerme de que me quedase con ella –dije, comprendiendo la gran atracción que Cleo había causado en mí–. Pero entonces nos interrumpió Sombra y...

–¿Sombra? –inquirió Lobo levantando la cabeza con preocupación, como si la mera mención de ese nombre fuese un problema más.

Asentí con la cabeza y volví a sentirme perdida en aquel mundo en el que nunca dejaba de aprender, en el que nunca dejaba de ser la última en enterarse del cuento. Grillo se dejó caer en el sofá pesadamente y Ángel clavó sus ojos en él, como si ahora tuviese que multiplicarse para atender a sus dos amigos y serenarlos con su poder tranquilizador.

–¿Qué pasa? –inquirí, frustrada.

–Que te lo cuente Grillo –bufó Lobo mirando a su compañero–. No soy el único aquí que tiene viejas rencillas.

–Digamos que éramos amigos y ya no –sentenció Grillo dejando bien claro que no tenía intención de contar nada más–. ¿Estuviste mucho tiempo con él?

–Bueno... –dudé, pero al final relaté nuestro primer encuentro y cómo había acudido a buscar a su madre. Intenté obviar el tono que Cleo había utilizado para hablarle a su hijo de mí, pero Ángel me miró levantando una ceja, como si supiese que me estaba guardando información.

–¡No puede ser, Eriane! –se quejó la mujer soltando a Lobo y alargando una mano hacia mí, pero me desdoblé a tiempo para evitar que me tocase–. ¡Eriane!

–¿Qué pasa? –se preocupó Grillo.

–Le ha gustado a Sombra –respondió Ángel con sencillez.

–¡No! –negué rotundamente volviendo hacia el sitio donde había estado sentada. Grillo tenía los labios apretados y clavaba sus ojos en la pared sin decir nada.

–¡Vaya, Eriane, ahora sí que la has hecho buena! –me acusó Lobo levantándose y saliendo de la habitación–. Voy a rastrear a ese renacuajo, seguro que te ha seguido.

–Es imposible, nadie me ha seguido –aseguré.

–Le dicen Sombra porque se hace invisible –explicó Ángel–. Puede haberte seguido hasta aquí.

Lobo pasó la tarde fuera, escuchando entre los mundos. Andaba de un lado para otro como un león enjaulado, y verlo así me hacía sentir infinitamente culpable. Todos habían esperado emocionados que la misión saliese bien, pero al parecer había sido un desastre. La información que yo había traído era desesperanzadora y, para colmo, había tropezado con el enemigo número uno de Grillo. ¡Necesitaba explicaciones! Volvía a sentirme fuera de juego.

No terminaba de entender nada, como si las vidas de mis compañeros fueran truculentas redes llenas de conflictos, venganzas y eternas enemistades. ¿Era esa la vida normal de los salteadores? ¿Siempre resultaría tan difícil aquel mundo? ¿Y qué pasaría si todo salía bien y encontrábamos a Venus? ¿Qué pasaría entonces conmigo? ¿Era solo un soldado más de una guerra que no comprendía? «No le debes nada a nadie», me había dicho Cleo.

Agobiada por la quietud que reinaba dentro de la casa y por la imagen de Lobo pasando una y otra vez por delante de las ventanas en su incansable caminata por el jardín, decidí salir a acompañarlo.

–¿Cómo va la cosa? –le pregunté a media voz, aún sintiéndome culpable, sentándome en los escalones frente a la casa.

–Lo escucho al otro lado –me respondió con frustración sin dejar de moverse–. Ronda la taberna donde está el cuadro, pero todavía no ha entrado a preguntar. Se ve que lo has despistado sin querer en algún momento.

–Me desdoblé varias veces por si acaso.

–Eres una chica lista –sonrió Lobo. Pareció dar vueltas a una idea y por fin se detuvo y se acercó para sentarse a mi lado–. Has hecho un buen trabajo y te estoy muy agradecido, Eriane.

Su sinceridad me abrumó y no pude evitar sonrojarme. No recordaba que nadie me hubiese dado las gracias jamás. Asentí como única respuesta porque no sabía qué se suponía que debía decirle.

–Aunque nos hayas traído malas noticias, por lo menos sabemos algo más –explicó Lobo tratando de hacerme sentir mejor. Pensé en el esfuerzo que hacía para abandonar sus pensamientos y concentrarse en los míos. A su lado, mis inquietudes parecían ridículas–. Y eso me lleva a un punto muy importante con respecto a ti, señorita.

Lo miré sin comprender.

–Tenemos que cambiarte el nombre –me dijo con una honda sonrisa.

–Sombra me dijo que no tenía nombre de salteador –recordé, y noté que, al pronunciar el nombre del hijo de Cleo, Lobo había fruncido el ceño.

–Bueno, ya te habrás dado cuenta de que usamos nombres en clave, ¿no? ¿O de verdad pensabas que mis padres me habían puesto por nombre Lobo?

Me encogí de hombros porque era una información a la que tampoco había dado demasiada importancia. Es cierto que al principio me habían sorprendido sus apodos, pero aquel detalle no era nada comparado con su capacidad para saltar de una realidad a otra. Lobo estaba a punto de comenzar a hablar de nuevo cuando sentí que todo su cuerpo se tensaba. Sus ojos se clavaron en el vacío de la noche que iba cayendo sobre nosotros.

–¿Qué ocurre? –inquirí, alarmada por su tensión, poniéndome en pie.

De pronto reparé en que no llevaba mi espada encima y eso me hizo sentir desprotegida.

Lobo movió la cabeza y se levantó también.

–Que hay que volver a volar, Fénix –me dijo con media sonrisa triste–. Tu Sombra está bajando a la bodega.

–¿Fénix? –pregunté levantando una ceja.

–Fue idea de Grillo, pregúntale a él.

8

–¿Por qué Fénix? –inquirí a Grillo en cuanto me aparecí en el interior de la casa buscando mi espada.

–¿Qué? –se extrañó por mi agitación.

–Sombra va a saltar de un momento a otro –respondí con prisa, mientras sacaba mis ropas de la mochila que me había dado Juselle y comenzaba a cambiarme sin preocuparme de la presencia de Grillo–. Date la vuelta y explícame por qué has elegido llamarme Fénix.

–¿Sombra está a punto de llegar y quieres que te dé explicaciones? –contestó desenfundando su espada.

Lobo entró en la habitación con la espada en alto. Ángel lo acompañaba portando sus mortíferas dagas; parecía abrumada por la preocupación. Terminé de abrocharme la camisa y me enfundé la chaqueta azul. Guardé la libreta de tópicos en mi bolsillo y observé mi propia arma.

–Bueno, ¿me lo vas a decir o no? –inquirí a Grillo de nuevo.

–¡En cinco segundos lo tenemos en lo alto! –gritó Lobo mirando también por la ventana.

–¿Qué te tiene que decir? –preguntó Ángel.

–¡Grillo, apaga las luces! –rugió Lobo.

–¡Me ha puesto de nombre Fénix! –exclamé en cuanto se hizo la oscuridad, y mi grito fue lo último que se escuchó en la casa.

Nos quedamos en silencio observando el jardín vacío. Ángel me había dicho que Sombra tenía el poder de hacerse invisible. Pensé que sería un enemigo imbatible, segando vidas con una facilidad casi cómica. Recordé la imagen del lector de mentes en el callejón y la espada de Grillo acabando con su existencia con una ferocidad demasiado sencilla. Yo todavía no había manchado mi espada de sangre.

–Viene hacia aquí –susurró Lobo–. Fénix, ¿conoces el Camino del Nenúfar?

Negué con la cabeza, intentando familiarizarme con aquel apodo, y Lobo blasfemó por lo bajo.

–¿Grillo? –inquirió.

–Sí –respondió el muchacho, y me fijé en que, bajo aquella luz de luna, su flequillo blanco parecía refulgir, dotando a su mirada de un matiz desconcertante.

–Tú la llevas: ni se te ocurra hacer ninguna tontería –ordenó Lobo–. En cuanto entre, saltamos. ¿Ángel?

–Estoy lista.

Lobo asintió y señaló la puerta de la habitación, que había quedado entreabierta. Observé cómo se movían sigilosamente para tomar posiciones a un lado y a otro de la entrada. Supuse que Sombra debía estar a punto de entrar y me pregunté cómo demonios íbamos a enfrentarnos a un enemigo invisible. Lobo era el único capaz de escucharlo, y contuve el aliento para que mi propia respiración no ocultase los ruidos de la casa.

Grillo se acercó a mí y sentí su hombro junto al mío. ¿Qué habría pasado entre él y el hijo de Cleo? ¿Qué enemistad era aquella que lo hacía prepararse para la batalla con tanto deseo? ¿Tanto se odiaban como para que Sombra decidiese venir solo en nuestra busca?

Lobo se había puesto justo detrás de la puerta. De pronto, la empujó con todas sus fuerzas. Un ruido nos reveló que había golpeado a Sombra, pero no podíamos saber si lo había derribado.

–¡Vamos! –gritó Lobo, y Ángel, que había abierto la libreta de tópicos, se lanzó contra él y lo tocó. Justo cuando saltaban a otro mundo, escuché a Grillo gritar alguna imprecación incomprensible.

–Grillo... –rogué esperando que él ya hubiese encontrado el tópico al que debíamos saltar, pero ni siquiera había sacado la libreta. En ese momento, la puerta se abrió y supuse que Sombra estaba entrando en la habitación.

Traté de imaginarlo. ¿Qué arma llevaría? ¿Habría desenfundado su espada? ¿Cómo sería su ataque? Comencé a concentrarme y, sin pensármelo dos veces, lancé infinitas imágenes de mí misma para ocupar toda la habitación y me situé delante de Grillo.

–¿Qué demonios haces? –me increpó mi amigo.

–Elige el maldito tópico y vámonos de aquí –le grité observando cómo mis imágenes se deshacían mientras Sombra las atravesaba. Venía hacia nosotros despacio, condenadamente despacio.

Grillo no parecía dispuesto a hacerme caso y trató de apartarme de su camino. Ahora que, gracias a mi truco, veía por dónde andaba su adversario, quería lanzarse sobre él. Sombra también había descubierto mi trampa y decidió materializarse. La mirada que se dirigieron habría sido capaz de envenenar a cualquier criatura hasta acabar con su vida. Se detuvieron, cada uno de ellos a un metro de mí, que me había quedado en el centro de la habitación, sintiendo que me atravesaban lazos de hierro por la tensión que ambos desprendían. Hice desaparecer mis imágenes.

–Apártate, Eriane –me ordenó Sombra entre dientes.

–Llámala Fénix –respondió tajante Grillo.

–Muy apropiado... –ironizó Sombra elevando el mentón.

Ninguno de los tres nos movíamos. Sabía que el mínimo intento de sacar mi libreta de tópicos y obligar a Grillo a saltar podría hacer que Sombra se volviese invisible y se lanzase sobre nosotros en un ataque mortal.

–Apártate, Fénix –me ordenó esta vez Grillo.

De pronto, ambos me parecieron igual de desconocidos y me sentí desbordada por la rabia. Todo el mundo me daba órdenes y se comportaba como si yo solo fuese un divertimento en aquel mundo extraño. No lo pensé demasiado. Levanté las manos lentamente en señal de derrota para que pensasen que iba a retirarme, pero justo en aquel momento me desdoblé y me lancé contra Sombra sin darle tiempo a hacerse invisible.

Paró mi espada con facilidad y me miró a los ojos, sorprendido. Escuché que Grillo me gritaba, pero yo ya había iniciado la pelea. Sombra comenzó su contraataque lanzándome una estocada al hombro izquierdo, y lo recibí volviendo a desdoblarme para atacarlo por su flanco descubierto. En cuanto me aparecí para herirlo, sentí que una fuerza brutal me lanzaba contra la pared.

Me golpeé contra un aparador en las costillas y por un instante perdí el aliento. Iba a quedarme un buen moratón por ese golpe. Miré a Grillo con rabia, comprendiendo que había sido él quien me había lanzado fuera de la pelea utilizando su poder.

–Eso no ha sido muy educado –le espetó Sombra con el ceño fruncido.

–No me creo que vayamos a jugar otra vez a este juego –escupió Grillo.

Llena de ira, volví a desdoblarme para situarme entre los dos. En cuanto lo hice, Sombra se volvió invisible. Contuve el aliento y volví a mandar mis copias por toda la habitación al tiempo que Grillo me atacaba de nuevo, lanzándome esta vez contra una mullida butaca que paró mi caída. Grité frustrada, sintiendo que los ojos estaban a punto de llenárseme de lágrimas, y cuando iba a desdoblarme para situarme junto a él, noté el filo helado de una daga contra mi garganta.

–Tú no me ves –dijo una voz sobre mi hombro, y mi amigo volvió la cabeza hacia mí a través de todas mis copias, que desaparecieron en el acto–, pero tengo una bonita daga besando el cuello de la muchacha. Espera, quizá te guste verlo –continuó, y se hizo visible tras de mí al tiempo que, manteniendo su arma en mi piel, me besaba en el cuello.

Grillo levantó una mano y forzó a Sombra a apartar el cuchillo de mí haciendo uso de su poder. Desaparecí y me situé junto a Grillo, que volvía a utilizar su fuerza para atacar a Sombra mientras este se hacía invisible. Escuché que chocaba contra la pared, pero ya no podía verlo, y aproveché el momento para sacar mi libreta de tópicos. Aquello había llegado demasiado lejos. Sombra debió de verme realizar el movimiento, porque apartó el sillón de un golpe y se materializó. Entonces Grillo se lanzó contra él con la espada en alto. Ni siquiera elegí el tópico: antes de que la espada de mi amigo cayese sobre Sombra, me desdoblé a su lado y lo obligué a saltar, no sabía adónde.

–¡Eres imbécil! –le grité en mitad de una calle atestada de gente–. ¡Lobo quería que saltásemos!

–¡Cállate, Fénix! –bramó Grillo apartándome con brusquedad y mirando hacia los lados.

–¡Cállate tú, maldito imbécil! –chillé sin ser capaz de encontrar otro insulto. Me sentía tan enfadada, tan terriblemente enfadada y defraudada, que no era capaz de pensar. Me dolían las costillas por el golpe que me había dado contra el aparador, estaba convencida de que me había roto alguna.

–¡Dame eso! –respondió arrebatándome la libreta de tópicos y buscando rápidamente–. No tienes ni idea de nada –escupió.

–¿Cómo me voy a enterar de algo si nadie me informa? –grité de nuevo.

Algunas personas se volvían a mirarnos y, al ver nuestras armas desenfundadas, comenzaron a hacernos corro.

–Lo que nos faltaba –rugió Grillo–. ¡No tenemos nada que vender, señores! –increpó a la multitud sin dejar de buscar en la libreta de tópicos. Me dieron ganas de abofetearlo–. ¡Joder, ya están aquí!

De entre la muchedumbre surgieron dos mujeres armadas que se lanzaron sobre nosotros. Debían ser las guardianas de aquel tópico. Nuestra aparición no había pasado inadvertida al adornarla con una discusión a gritos en el centro de la calle. Antes de que parase el golpe de la primera salteadora, Grillo encontró la página adecuada y me tocó el hombro.

Saltamos a otra realidad. Estábamos en mitad de la nada, o eso me parecía.

Me volví contra Grillo y le apunté con mi espada.

–¿A qué estás jugando? –grité.

–En dos segundos tenemos a cinco salteadores en lo alto, ¿de acuerdo? –me respondió apartando mi espada con la suya, pero el gesto me desesperó y lo forcé a adoptar una postura defensiva porque lancé un golpe contra su arma–. ¡Fénix, tengo que buscar el tópico adecuado!

–¡No vuelvas a llamarme Fénix hasta que no me expliques por qué ese nombre! –amenacé.

–¡Es una tontería! –se impacientó pasando páginas.

Rugí desesperada y di una patada en el suelo. Necesitaba serenarme. Grillo encontró lo que buscaba cuando unos gritos nos avisaron de que los salteadores que custodiaban ese tópico nos habían avistado.

–Vamos –me ordenó apartando su espada, y me acerqué para tocarlo.

Un vértigo estremecedor se hizo conmigo en cuanto sentí que era incapaz de poner los pies en la tierra. Mis pulmones comenzaron a tragar agua. Me hundía irremisiblemente sin saber dónde estaba o cómo encontrar un punto de apoyo. Noté que una mano tiraba de mí y saqué la cabeza de la masa húmeda que trataba de reclamarme. Debíamos haber saltado a una marina.

–¡Nada! –me gritó Grillo, y sentí que los ojos me escocían. En cuanto me soltó, volví a hundirme. No sabía nadar.

Grillo pareció entender el mensaje. Se sumergió para agarrarme de nuevo y tirar de mí hacia la superficie. No sé cómo llegamos a la orilla, pero salí gateando del mar escupiendo agua y tosiendo. Comenzó a diluviar.

–Levántate, vamos –me pidió Grillo tendiéndome una mano. La rechacé con un gesto y me apoyé en mi espada para usarla como bastón y así encontrar fuerzas para incorporarme, pero se hundió en la arena. Blasfemé y me erguí a duras penas, notando el agua del mar yendo y viniendo contra mis tobillos.

Estaba completamente empapada. Enfundé mi arma y miré a Grillo con odio. No sé qué le hizo tanta gracia, pero comenzó a reírse, primero quedamente y luego a carcajadas, mientras me observaba, absolutamente cubierta de agua y arena, con el pelo pegado a la cara por el chaparrón que nos estaba cayendo. Mi primer impulso fue lanzarme contra él con los puños cerrados para propinarle unos buenos golpes, pero esquivó el primero y encajó el segundo en el hombro sin dejar de reír. Al final, yo también sentí que las ganas de luchar me abandonaban y comencé a reírme. Mi tercer golpe lo detuvo con su mano. Yo ya no tenía fuerza para hacerle demasiado daño y me desestabilizó su gesto. Agarrándome, me atrajo hacia sí y me abrazó, refugiándome en su pecho mientras seguíamos riendo. Ahora, cada vez más despacio.

Algo nuevo estaba pasando. Nos quedamos en silencio, recuperando el aliento, y reparé en que sincronizábamos nuestras respiraciones. Una nueva tensión estaba naciendo entre nosotros. Levanté la vista para mirar a Grillo. Y estuvimos así no sé cuánto tiempo, quizá solo unos segundos, quizá varios años, hasta que me sonrió con calidez haciéndome sonrojar.

–Perdóname –dijo–. No sé en lo que estaba pensando. Sombra me hace perder los papeles –explicó, sin deshacer su abrazo.

–Nos pusiste en peligro –le increpé, recobrando parte de mi enfado.

–Siento haberte lanzado contra la pared –se disculpó, sincero.

–Me has dado un buen golpe –recordé, y le propiné un leve puñetazo en las costillas–. Me duele al respirar.

–Eso es por tragar agua de mar.

Grillo volvió a reírse y me soltó. Cuando lo hizo, noté cierta desazón en el estómago, me sentí decepcionada y no sabía por qué.

–¿Por qué pones esa cara triste? –se burló, y reparé en que no había sido capaz de ocultar mis emociones.

–No estoy triste, solo estoy enfadada –respondí rápido, apartándome de él porque ahora tampoco entendía demasiado bien lo que estaba pasando–. Te has comportado como un auténtico idiota –intenté contraatacar bajo el diluvio, pero Grillo dio un paso hacia mí con una mirada extraña–. ¿Qué haces? –me alarmé, y él se rio entre dientes, situándose a mi altura.

–¿Qué te pasa? –inquirió con ironía.

–¿Qué te pasa a ti? –me quejé tratando de zafarme de él, pero volvió a rodearme por la cintura.

–Ahora puedes desdoblarte –comenzó a decir al tiempo que se acercaba, hasta que nuestros ojos estuvieron a la mínima distancia– o puedes esperar a ver qué pasa –sonrió.

Aquella fue la primera vez que me besaron. Y experimenté la misma sensación que al caer en medio del mar.

Recorrimos unos cuantos kilómetros de playa bajo el peor de los diluvios. Grillo me explicó que por eso era tan fácil despistar a los salteadores en aquel tópico: si había vigías esperando la llegada de visitantes, la lluvia les impediría verlos, y si alguien nos había descubierto, tampoco sería capaz de seguir nuestras huellas debido a las inclemencias del tiempo.

Yo todavía sentía mi cuerpo patas arriba, y no precisamente por el cansancio o los saltos. Mi cabeza daba vueltas y me fastidiaba que Grillo fuese capaz de comportarse con total normalidad. Jamás había bebido alcohol, pero supuse que aquella sensación debía ser muy parecida a la de andar borracha. Después de besarme, Grillo me había apartado el pelo de la cara y se había reído.

–Vamos –había dicho–, esto no estaba dentro del plan.

Y había comenzado a andar como si no hubiese pasado nada. Desesperada por mi incapacidad para dominar aquella situación, hice uso de mis aprendizajes de meditación en el Santuario del Sauce y liberé mi mente de cualquier tribulación. Ahora lo importante era llegar al refugio.

Alcanzamos un camino entre la selva que se extendía al otro lado de la playa y comenzamos a ascender poco a poco por un terreno que ya habría sido dificultoso sin lluvia. De vez en cuando me desdoblaba para adelantarme unos pasos, pero tampoco servía de mucho con aquella tempestad. La leve pendiente se fue convirtiendo en una cuesta escarpada.

–Ya queda poco, Fénix... –prometió Grillo subido a un risco.

–Te he dicho que no me llames así hasta que no me lo expliques –refunfuñé, pero no me respondió.

Saliendo de la frondosidad de la selva, llegamos a la cima de unos acantilados. Bajo nuestros pies, más allá de un camino que parecía mucho peor que el que ya habíamos recorrido, se hallaba un enorme barco encallado. Grillo lo señaló con la cabeza y comenzó el descenso.

Para cuando llegamos al casco de la enorme nave, mis ropas pesaban una barbaridad y mi cabeza daba vueltas por el esfuerzo.

–¡El cuadro hacia el refugio está dentro! –me gritó Grillo para hacerse escuchar sobre la tormenta, que arreciaba–. ¡Solo nos queda el último esfuerzo para subir!

Lo miré agotada, miré la cubierta por encima de nuestras cabezas y observé la violencia de las olas. Di dos golpecitos cariñosos a Grillo en el hombro y me desdoblé para aparecerme ya en lo alto del barco. Casi pude escuchar el gruñido de frustración de mi amigo, pero no me inquietó demasiado. Busqué un lugar para refugiarme mientras él trepaba aquella mole.

No tardé mucho en dar con el camarote principal, y me dejé caer en una bonita silla de madera. Me parecía increíble llevar tanto tiempo sin dormir. Era consciente de que si dejaba de concentrarme en mantener mi mente serena, la cantidad de preguntas que me asaltarían me harían enloquecer. Echaba realmente de menos la vida en el templo, echaba de menos al maestro y a Lien Shu.

–Tramposa –se quejó Grillo cuando dio conmigo.

–No... Lo mío es pura supervivencia... –me estiré en la silla.

Grillo se puso a revolver entre los armarios hasta que sacó un marco pequeño que había estado oculto en el interior de un grueso libro.

–Vamos a entrar en calor –me dijo haciéndome un gesto para que me levantase y lo acompañase al refugio de Lobo.

–Necesito respuestas... –suspiré agarrándome la cabeza con las manos–. Creo que me vais a volver loca entre todos.

Escuché que Grillo se acercaba riendo por lo bajo y me tocaba en el hombro. Saltamos y caí sentada, tal como estaba, en un prado verde bañado por el sol. El cambio de temperatura me sobresaltó y me tumbé en la hierba sin pensarlo dos veces.

–Fénix, por favor... –rogó Grillo de pie a mi lado, y me hice un ovillo para empezar a dormir allí mismo.

–No sé quién es esa –susurré.

–Deja de comportarte como una niña pequeña, no es propio de ti –se rio agarrándome de un brazo e intentando tirar de mí.

–Nada es propio de mí, porque no sé quién soy –me quejé–. ¿Quién eres tú?

–¿Te estás volviendo loca? –se burló, probando a levantarme de nuevo.

–No lo sé, si así me das un poco de información... –sonreí tirando de él para que no consiguiese su objetivo–. Si me explicas por qué ese nombre que me has buscado, prometo moverme.

–¿Te lo puedo explicar mientras andamos hacia la casa? –sugirió señalando una humilde construcción de madera que se veía al fondo del valle.

–¿Me lo prometes? –inquirí poco convencida.

–Por favor...

Me levanté a duras penas. Bajo aquel sol era aún más incómodo moverse con la ropa empapada. Me sentía fatal, quería dormir y asearme y comer y recibir información y dormir y besar a Grillo de nuevo. Y no sabía concretamente en qué orden quería que todo aquello pasase.

Grillo agarró mi mano y tiró de mí para que fuese más deprisa.

–Empieza –me quejé.

–Es una tontería... –comentó, y noté que enrojecía. Nunca lo había visto en aquella tesitura, así que me hizo gracia.

–Si lo prefieres puedes hablarme de Sombra –ataqué, y enseguida endureció el gesto y apretó los labios–. Vale, mejor me explicas mi nombre –me corregí.

–Como tienes el pelo rojo, pareces de fuego –comenzó a explicar–, y es increíble la sensación que produces cuando desapareces de un lugar y una espada cae sobre tu imagen partiéndola por la mitad: es como si volvieses a nacer indefinidamente, como el Fénix.

Me gustó su explicación y rememoré que Lien Shu siempre me había llamado Cabello de Fuego durante mi aprendizaje en el santuario.

–¿Y por qué dijo Sombra que era muy apropiado? –recordé de golpe.

Grillo se encogió de hombros por toda respuesta, volviendo a adoptar un gesto bastante enfadado.

–Algún día me lo vas a tener que contar –puntualicé cuando alcanzábamos la casa.

–Con lo temeraria que te estás volviendo –se burló–, lo mismo te juegas la cabeza antes.

–Resucitaré –bromeé empujándolo levemente.

La cabaña era bastante acogedora. No aparentaba ser muy grande, pero salía humo por la chimenea y eso auguraba buena temperatura; además, un aroma a comida recién hecha prometía que el refugio no iba a estar nada mal. No veía la hora de quitarme aquella ropa empapada.

Antes de abrir la puerta, nos recibió desde el interior una conversación que no pudo sino sorprenderme:

–¿Qué esperanzas tenemos? –susurraba Ángel.

–Sabes que no tienes por qué seguir en esto –respondió Lobo con prisa, como si supiese que pronto llegaríamos a la habitación que ocupaban y quisiese zanjar la conversación.

Miré a Grillo, pero su gesto era una máscara desprovista de sentimientos. No parecía dispuesto a mostrarme ningún tipo de complicidad en aquel momento; más bien intentaba, como yo, escuchar algo más de aquel diálogo.

–Y tú sabes muy bien por qué estoy aquí –decía Ángel con vehemencia.

–¿Por qué te sigues maltratando de esta manera? –rogó Lobo en el preciso momento en que entramos en el pequeño cuarto, y ambos se separaron.

Me percaté de que Ángel tenía los ojos húmedos. Los dos estaban cubiertos con extraños atuendos y sus ropas colgaban por la habitación, también empapadas.

–¡Eres idiota! –gritó Lobo señalando a Grillo con un dedo en cuanto atravesó la puerta.

Inmediatamente reparé en que seguíamos con las manos entrelazadas y, soltándolo, corroboré:

–¡Eso mismo le he dicho yo quinientas veces ya!

9

Desperté mientras todos dormían. La noche había caído sobre nosotros en aquella realidad y las ascuas rojas de una lumbre iluminaban la habitación. No sabía en qué momento me había quedado dormida, aunque recordaba que me había quitado la ropa empapada y me había sentado a comer junto al fuego, escuchando la discusión entre Lobo y Grillo. Sentía los músculos doloridos. Me incorporé y observé que Lobo y los demás estaban repartidos por el suelo durmiendo en jergones. Noté que mi estómago se estremecía al mirar a Grillo. Pensé en la manera en la que él me había besado y enrojecí en el acto compitiendo con el calor de las ascuas. ¿Qué se suponía que significaba aquello? Y ahora, ¿qué se suponía que yo debía hacer? El corazón comenzó a latirme a mil por hora sin que me diese cuenta. Me concentré en respirar hondo. No importaba, aquello no importaba en ese momento. Inspiré profundamente. Volví a hacer uso de las técnicas de relajación que había aprendido con Lien Shu y decidí que los nervios que sentía eran, simplemente, un hambre atroz.

Me desdoblé junto a la chimenea para no hacer ningún ruido y descubrí restos de sopa todavía calientes. Los cuencos de la cena seguían sobre la mesa. Tres de los tazones estaban sucios y se repartían por la superficie de madera pisando trozos de papel y planos. En aquello debían haber estado invirtiendo el tiempo mis compañeros. Volviendo a usar mi poder, agarré el tazón limpio, lo llené y me senté a la mesa tratando de desentrañar el significado de aquellos documentos.

Pensé que Lobo y los demás habrían estado planeando nuestra próxima jugada. Un escalofrío me recorrió la espalda al recordar el modo en que se habían enfrentado Grillo y Sombra. Me pregunté cómo sería un enfrentamiento entre Gustard y Lobo. Entonces reparé en los retazos de conversación que habíamos escuchado al llegar a la cabaña y me inquietó el papel de Ángel en toda aquella historia. La observé, con su semblante dulce y su cabello rubio ondeando descuidadamente alrededor de su cuello. ¿Cómo sería la cicatriz de sus alas en la espalda? ¿Qué supondría para ella no poder volver a volar jamás?

El amanecer me descubrió leyendo los mapas sobre la mesa. La mayoría eran descripciones de caminos. Me llamaron la atención todos los que hacían referencia a la casa de Cleo; eran innumerables, al igual que también lo eran los que hacían mención a las mansiones de los otros dos grandes señores. Intenté formarme una idea mental del aspecto de Gustard y Firel, consciente de cómo me había equivocado con la poderosísima Cleo, aquella mujer desconcertante.

Escuché un ruido de mantas y observé que Grillo se removía inquieto en su lecho, con el ceño fruncido, perdido entre extraños sueños o quizá pesadillas. Pareció quedar en calma y yo aproveché para alejarlo de mi pensamiento. Miré de nuevo hacia Ángel en busca de paz. Me sobresalté al descubrir que tenía los ojos abiertos clavados en mí. Sonrió ampliamente y se incorporó para venir a sentarse conmigo.

–Buenos días, madrugadora –susurró acomodándose tan cerca de mí que casi podía sentir su respiración. Agradecí la calidez del gesto–. ¿Muchas preguntas?

–Creo que no tengo otra cosa... –sonreí apoyando mi cabeza sobre su hombro. Ángel me acarició el pelo como mi madre había hecho tantas veces cuando era una niña, y la ternura del recuerdo me pareció parte de una historia demasiado lejana para ser cierta.

Repartí sobre la mesa los trozos de papel que había estado ojeando y señalé el nombre de Cleo trazando círculos a su alrededor con mi dedo.

–No entiendo por qué es ella la que nos da la información –confesé, verbalizando una idea que me había estado rondando la cabeza desde que había visto a la gran señora en aquel mundo lleno de ruido–. ¿Por qué traiciona a todos los demás?

Lobo gruñó en su jergón, y Ángel le dirigió una cálida mirada que no hizo sino encender un nuevo interrogante en mi imaginación. La mujer me miró con una leve sonrisa y los ojos teñidos de tristeza, pero fingí que no había notado nada.

–Es una larga historia –explicó haciendo referencia a Cleo–, y yo no tengo todos los datos, ¿de acuerdo? Sobre todo porque los grandes señores se esfuerzan bastante en no dejarnos conocer detalles de la primera edad de los salteadores, cuando solo eran ellos tres.

Según me contó Ángel, al principio Cleo y Gustard mantuvieron una estrecha relación como pareja, y Firel, aburrido por la soledad que esa situación le deparaba, decidió convertir a un nuevo salteador. Aquel gesto solo tuvo como consecuencia que los demás también sintiesen deseos de arrastrar a esa vida a más personas.

–En los inicios, solo los hombres podían ser salteadores –expuso Ángel–. En esa época, Cleo rescató a Sombra de una realidad lejana de la que poco sé.

Al escuchar el nombre de Sombra, mi gesto se despertó ávido de información, pero Ángel no pareció dispuesta a detenerse en aquel detalle.

–¿Entonces no es su hijo natural? –inquirí.

–Fénix, cariño, es imposible que un salteador engendre una nueva vida –confesó Ángel, entristecida–. Nuestros cuerpos se han paralizado en la edad a la que nos convirtieron. No envejecerás jamás, pero tampoco podrás tener hijos.

La noticia no me resultó tan preocupante. Yo jamás me había planteado la idea de formar una familia; ya había aceptado, cuando mi madre me puso a trabajar en la mansión de los Calaned, que nunca tendría hijos. Descubrir que aquella posibilidad quedaba físicamente anulada no me inquietaba en absoluto. Ángel pareció extrañada ante mi serenidad, pero no dijo nada.

–Sombra es la primera persona a la que Cleo convirtió en salteador, por eso lo llama hijo –continuó explicándome–. Su relación es muy estrecha y se profesan un amor muy profundo.

Gustard también convirtió a más hombres en salteadores y eso no influyó en su relación con Cleo, hasta el día en que esta descubrió, casi por casualidad, que el gran señor con el que compartía lecho se estaba procurando algo así como una colección de amantes a las que iba transformando, en secreto, en nuevas salteadoras.

–Así entramos las mujeres en este juego –se burló Ángel–, a través del amor.

Me incomodó un poco que, al hacer aquella afirmación, dirigiese su mirada a Grillo con picardía, pero intenté mantener la cabeza fría para que el rubor no asaltase mis mejillas.

–Desde entonces Cleo ha ido buscando la manera de devolverle a Gustard la jugada, así que cabe suponer que solo nos haya facilitado la información en un acto de despecho –concluyó Ángel con sencillez.

–¿No podría ser una trampa? –inquirí, preocupada.

–Por supuesto –concedió–, eso es algo que siempre tenemos que tener en cuenta.

Lobo volvió a gruñir, dándose la vuelta en su jergón, y Ángel apretó los labios, contrariada.

–¡Ya sé que no estás durmiendo! –le espetó, pero no lo suficientemente alto como para despertar a Grillo–. Así que deja de hacerte el listo.

Escuché la risa seca de Lobo más allá de las mantas y sonreí. Me fascinaba la relación de fidelidad entre aquellos tres salteadores y, conforme más datos tenía, más complicado me resultaba todo.

Lobo no tardó en confirmar con un hondo bostezo que ya estaba dispuesto a levantarse, y dio una patada a Grillo para que se despertase también. Supuse que la brusquedad con la que lo trataba sería por la estupidez que el muchacho había demostrado al ponernos en peligro intentando enfrentarse a Sombra. Escuché el quejido de Grillo y me descubrí confundida al no saber si situarme de su parte o de la de Lobo. ¿Por qué me sentía tan estúpida?

Con su flequillo blanco centelleando a la luz del sol que ya entraba por las ventanas de la casa, Grillo se abalanzó sobre

Lobo en una pelea amistosa que acabó con mi amigo sujeto bajo el brazo del enorme salteador mientras le iba recordando lo flaco que estaba y lo necesario que sería que nos preparase el desayuno a todos.

–¡Me rindo, me rindo! –se reía Grillo, rojo como un tomate.

El ambiente distendido se fue deshaciendo mientras terminábamos los huevos revueltos que Grillo nos había preparado a todos. El ceño de Lobo se fue frunciendo mientras el tiempo pasaba, y nos contagió su inquietud.

–Fénix –me dijo sacándome de mi ensimismamiento–, ayer te quedaste dormida y te perdiste el siguiente punto del plan.

–Prometo que no lo hago adrede –intenté bromear, pero solo recibí media sonrisa.

–Pero antes de exponértelo quiero decir algo a todos –confesó Lobo con solemnidad.

–Es una estupidez –lo interrumpió Ángel levantándose y recogiendo los platos de la mesa con cierta violencia.

–Lobo, ya sabes lo que pienso del tema –se quejó Grillo recostándose en la silla.

–¡Me da igual! ¡Quiero decirlo y lo diré! –se quejó el enorme salteador con voz ronca, dando un golpe en la mesa. Ángel chascó la lengua y Grillo se encogió de hombros–. Todos sabéis que lo que viene ahora no es nada divertido; de hecho, lo que viene ahora seguramente sea un camino bien directo hacia una muerte tortuosa.

–¡Me encanta lo positivo que eres! –exclamó Ángel volviendo a sentarse, pero Lobo la ignoró por completo.

–Nadie está obligado a seguir con esto. Es mi guerra. Es una guerra personal que no os afecta para nada –puntualizó, recalcando cada una de las palabras–. No estáis obligados a seguirme. Así que quiero que toméis una decisión fríamente.

–Bla, bla, bla, bla... –parloteó Grillo–. Venga, ya lo has dicho, ¿cuál es el siguiente punto?

–El camino que tenemos que empezar no es tan... –intentó continuar con la conversación Ángel reorganizando los papeles para obviar el tema que Lobo había sacado a relucir, pero el salteador no parecía muy dispuesto a dejar pasar la oportunidad.

–¡No estoy bromeando! –gritó volviendo a golpear la mesa, y todos nos sobresaltamos.

Se hizo el silencio en la pequeña habitación. Lobo tenía el gesto muy serio y en sus ojos podía leerse la preocupación que lo embargaba. No estaba soltándonos un discurso, y me di cuenta de que deseaba que alguno le diese la razón, que lo dejásemos solo en su guerra. Me inquietó aquella emoción y, sobrecogiéndome, asaltaron mi imaginación todos y cada uno de los momentos en los que, desde que había conocido a aquel extraño grupo, había estado a punto de perder la vida. Es más, pensé en todas las vidas que se habían esfumado desde que me había tropezado con ellos. Lobo no estaba jugando, Lobo nos estaba pidiendo que fuésemos sensatos.

–Te lo dije ayer y voy a repetirlo –respondió Ángel con tono firme apretando los puños–: yo voy contigo.

–No me lo pienso perder, Lobo –se encogió de hombros Grillo.

–No es un juego más –le espetó Lobo.

–Siempre ha sido solo eso –sentenció el muchacho sosteniéndole la mirada.

Entonces el jefe de aquella extraña manada se volvió hacia mí. En demasiadas ocasiones desde que había empezado a ser salteadora me había planteado que aquel camino requería increíbles sacrificios; no estaba tan lejos en mi memoria el deseo que había sentido de quedarme en el Santuario del Sauce, tampoco habían pasado tantas horas desde que Cleo me había propuesto una vida mucho más cómoda. ¿Qué le debía yo a nadie? Ese habría sido el planteamiento de cualquier otra persona.

–Me quedo –afirmé, sintiendo que, al pronunciarlas, las palabras cobraban el sentido de una promesa inquebrantable.

Lobo se encogió sobre sí mismo con tristeza, pero, sin saber muy bien por qué, ya no había vuelta atrás para mí.

Me encontraba agachada tras unos arbustos para no ser descubierta, preguntándome cuánto tiempo más tendría que pasar en aquella posición que estaba haciendo que se me durmiesen las piernas. Allí empezaba la siguiente parte de nuestro plan.

Lobo había decidido que era imposible plantarse en los jardines de Gustard y saltarnos la barrera de seguridad, tal como yo lo había hecho en la mansión de Cleo, para encontrar el cuadro que iniciaba el Camino del Faro. Eso sería lanzarse a una muerte segura, pero lo que estaba claro era que no teníamos otra manera de llegar a la realidad de Venus si no era a través del cuadro que Gustard custodiaba.

–Tenemos que llegar hasta Rim Cartiam –había explicado Ángel tendiéndome un plano en el que se describía el Camino del Lienzo–. Tan solo él puede ayudarnos a alcanzar nuestro destino.

Rim Cartiam era el pintor que había creado los magníficos cuadros que representaban las mansiones de los tres señores de los salteadores y él mismo había hecho a mano cada una de las libretas de tópicos.

–Solo se puede saltar a través de pinturas originales –me explicó Grillo–. Si son reproducciones o copias de otros autores, es imposible cruzar a la realidad original.

Aquel detalle me era desconocido. Aunque sabía que solo se podía saltar a través de cuadros enmarcados, no tenía idea del problema que entrañaba la originalidad de la obra.

Rim Cartiam era toda una personalidad en el mundo de los salteadores, pero solo recibía órdenes de los grandes señores. Durante siglos había trabajado para ellos, puesto que lo habían convertido en un salteador más (de hecho, uno de los primeros) y no podía envejecer. Firel lo eligió como el primer hombre al que transformar. Rim Cartiam, a pesar de que podría haber dedicado su vida a las innumerables posibilidades que el ser salteador le ofrecía, había decidido quedarse en una de sus propias obras, donde se dedicaba a sus cuadros sin otra preocupación que la de conseguir diseñar el mundo perfecto.

–Es un idealista, un verdadero artista –explicó Ángel.

–Está como una cabra –apostilló Grillo–. Lleva no sé cuánto tiempo trabajando en un lienzo monstruoso en el que intenta plasmar una realidad única y original. Se siente un dios.

Y aquella obsesión había sido la que Lobo había utilizado en una ocasión para conseguir un pequeño favor de Rim Cartiam.

–Podemos decir que mi libreta tiene unos cuantos tópicos más que las de los demás salteadores –confesó mostrándome las últimas páginas de su pequeña libreta. En efecto, si la comparaba con la mía, allí había cinco cuadros extra.

Lobo lo había sobornado entregándole un material único para pintar su mundo perfecto. Así había conseguido lo que deseaba. Rim Cartiam estaba tan cegado con su obra que era capaz de traicionar a los grandes señores si el precio era lo suficientemente alto. Y en eso consistía nuestro plan: en ofrecerle algo que él desease lo bastante como para dibujar para nosotros.

–La única manera de entrar en la mansión de Gustard y salir con vida es aparecer en la misma habitación donde está el enlace hacia el Camino del Faro –había expuesto Lobo–, y Rim Cartiam conoce las salas de ese palacio a la perfección. Si pintase para nosotros esas cuatro paredes, sería saltar y saltar. Nadie tendría por qué vernos.

Estaba claro que el plan tenía algunas lagunas, la fundamental era la que nos ocupaba en aquel mismo momento, la que me estaba obligando a permanecer agazapada tras unos arbustos con el cuerpo agarrotado.

Habíamos saltado cuatro veces hasta llegar a aquella realidad en la que nos encontrábamos. Necesitábamos conseguir un preciado mineral que Rim Cartiam valoraría sobradamente, puesto que con él podía lograr una pigmentación azul perfecta para el cielo del mundo que estaba creando. El problema, el gran problema, residía en que esa piedra cian era un dios venerado por una antigua tribu indígena, que custodiaba con sus mejores hombres el enorme volcán donde se producía aquel mineral.

Miré a Grillo, agachado en una posición similar a la mía unos metros más allá, oteando la falda del monte con sus ojos grises. Apoyaba una de sus manos en la tierra y la otra en la misma empuñadura de su arma. Ángel se encontraba a mi derecha, oculta también, y Lobo debía estar un poco más lejos, aunque desde mi posición me resultaba imposible verlo. De nuevo todo dependía de mi habilidad para desdoblarme. Pensé en lo terriblemente arriesgada que resultaba aquella aventura. No era normal que Lobo proyectase algo con tan poca precisión. Ellos distraerían a la guardia lanzándose a un ataque escandaloso, y yo me aparecería en la entrada, que debía quedar libre de guardia, para entrar en el volcán.

–No tenemos planos del interior, Fénix –me confesó Lobo mientras me explicaba su idea–, pero confiamos en ti. Reconocerás el mineral enseguida: se encuentra en una gran cueva, forma parte de todas las paredes o, por lo menos, eso he oído decir.

–O sea, que me juego el cuello sin tener ni idea de adónde voy... –respondí sencillamente.

–Por segunda vez –asintió el salteador, y Grillo frunció el ceño.

Grillo no parecía muy conforme con el nuevo plan, aunque no teníamos más opciones. Notaba que su natural despreocupación había desaparecido en parte desde el momento en el que yo había vuelto a convertirme en una pieza clave para la consecución de nuestro objetivo. Anteriormente nunca le había importado que la misión dependiese de mí, y no entendía por qué había cambiado a ese respecto.

La montaña refulgía en el atardecer. Los indígenas eran hombres con la piel negra decorada en azul con pinturas circulares, ataviados con escasas ropas. Portaban largas lanzas y llevaban cuchillos afilados enfundados en estrechos cinturones de cuero trenzado. Emanaban un poder antiguo que llegaba a sobrecogerme. Todo aquel lugar tenía algo mágico y sereno que me hacía recordar la espiritualidad del Santuario del Sauce. Alterar esa tranquilidad e irrumpir en su terreno sagrado para cometer un robo no me agradaba demasiado, pero tenía que hacerlo. Por Lobo.

La señal de Lobo rompió la quietud de la noche y los ojos de Grillo se clavaron en los míos. Todo mi cuerpo se estremeció al tiempo que Grillo salía de su escondite y se lanzaba, junto con Ángel y Lobo, sobre el primero de los guardianes del volcán.

Esperé, cegada por la violencia de la batalla, a que la puerta de entrada quedase vacía, y entonces me desdoblé lanzándome a un plan que, a partir de ese momento, estaba en blanco.

Me mimeticé con las sombras de la cueva en cuanto me adentré en el volcán. Escuché pasos a la carrera y me oculté entre las rocas mientras veía que varios indígenas más salían armados al exterior. Las paredes brillaban tenuemente con pinturas azules y plateadas, pero no había antorchas que iluminasen el interior. Anduve lentamente y en silencio, con cuidado de no tropezarme con nadie, guiada solo por mi intuición.

Sentía que mi corazón latía de una forma desconocida mientras recorría los corredores de piedra. Me extrañó que no hiciese un calor insoportable en el vientre del volcán, pero la verdadera sorpresa me asaltó cuando el camino me condujo directamente a un puente sobre un río de lava azul. Agazapada entre las piedras, observé el paso estrecho en la enorme caverna. Parecía que había aberturas en toda la pared rocosa. ¿Cuántos miembros de aquella tribu estarían custodiando ese puente? ¿Cuántos de ellos acertarían a verme si decidía arriesgarme a atravesar aquella sala? No sabía si mis pasos me habían guiado por el camino correcto, no tenía claro que aquella dirección fuese la acertada, pero algo dentro de mí comenzaba a exigirme que avanzase, que atravesase el paso sobre el río.

Evalué mis posibilidades. No parecía haber nadie allí, no escuchaba pisadas por el corredor y no se veían signos de vida en aquella enorme cueva. Empecé a temblar sin ser capaz de explicarme lo que me estaba pasando. Sudaba. De algún lugar recóndito surgió un sonido de tambores, un cantar sordo y absoluto que se fue haciendo con todos los rincones de la cueva como una sombra lejana que se cerniese sobre mí. Impulsada por una fuerza externa que parecía controlar todos mis deseos, salí de mi escondite.

Debía estar enferma: casi me costaba mantenerme en pie, las rodillas apenas me sostenían. Deseé desdoblarme, pero fui incapaz de conseguirlo. Me asusté, pero el miedo solo hacía que temblase más.

Sin saber cómo, me encontré cruzando el puente con pasos lentos, bamboleándome. Mi cabeza se llenó de imágenes en una mezcla ridícula que conjugaba mi presente y mi pasado: Arlinda, Lien Shu, Grillo, la tela con la que mi madre cubría mi pelo rojo, los cuadros, Cleo, la tormenta, la espada, el hambre, Lobo, mi padre zurciendo piel, antorchas, cristal, frío, sed, miedo, ruido, agua, luz, dunas, fuego, Sombra, yo...

Debí perder el sentido.

Me despertó el susurro monocorde de una voz. Un canto antiguo que me acariciaba la piel. Mi respiración era calmada y profunda, el miedo había desaparecido. Abrí los ojos. Yacía tumbada sobre una superficie helada, pero no me molestaba su frialdad. Me sentía extrañamente en paz. Había recuperado una serenidad de la que no disfrutaba desde que, en el Santuario del Sauce, me sentase a meditar con el anciano maestro.

Me encontraba en una gran caverna, cuyo techo se perdía en las sombras interminables de las rocas. Debía ser gigantesca, quizá tan enorme como la propia montaña. Las paredes refulgían con brillos azules, al igual que los corredores por los que había caminado. La canción continuaba llegando a mis oídos, y no era capaz de apreciar de dónde surgía. Tampoco era capaz de moverme, pero eso no me inquietaba.

Una mano cubierta de anillos cruzó por encima de mis ojos con un tintineo metálico y la canción se detuvo. En ese mismo momento, una convulsión me estremeció de pies a cabeza, obligándome a lanzar un grito agudo. Todo mi cuerpo se tensó con violencia al tiempo que un dolor inaudito se hacía con el centro de mi pecho. De nuevo la mano cruzó sobre mí y la tortura cesó al instante. Llené mis pulmones de aire, preparada para volver a gritar. Pero la canción se reinició, esta vez entonada por una voz diferente.

Comencé a notar que me restregaban la piel con un ungüento pegajoso, también helado. Me asusté cuando la mano volvió a aparecer sobre mí, pero esta vez solo se acercó a mi cara y extendió, también por mis pómulos, mi frente y mis labios, una pintura azul oscura, como la que los indígenas llevaban en la piel. Cuando terminaron de pintarme, la canción cesó de nuevo y me asaltó otra terrible punzada de dolor. Apreté los dientes intentando no gritar, pero fue imposible contener el quejido que se escapaba de lo más profundo de mi alma. La mano volvió a traer la paz y mis músculos se relajaron. Descubrí que estaba llorando al notar la humedad en mis oídos.

–La sangre de la tierra desata los demonios del alma –murmuró una voz junto a mí, tan cerca de mi oreja que casi podía sentir los labios moviéndose con rapidez sobre mi carne, y entonces observé, paralizada, que una de mis imágenes me miraba.

Una de mis copias, yo misma desdoblada sobre mi cuerpo, me observaba toda teñida de azul, casi desnuda, con la espada firmemente sujeta en las manos. Me di cuenta de que podía moverme y alargué una mano hacia su cara, pero la doble no desapareció, sino que recibió mi gesto con una mirada dura y se apartó de mí. Había sentido su piel en mis dedos.

Cuando salió de mi campo de visión, me incorporé sobrecogida y observé a mi alrededor. Varias indígenas, mujeres fuertes con el pelo trenzado y pintado de azul, me rodeaban. Yo estaba sentada sobre un extraño altar en lo que parecía ser el centro de la caverna, cuyas paredes quedaban a una distancia imposible.

¿Por qué no me atacaban? ¿Por qué me habían pintado el cuerpo? ¿Por qué mi doble me miraba desde la distancia, también dentro del círculo, adoptando una posición de combate?

–¿Cuál eres? –inquirió la voz de una indígena en la que no había reparado, pero la reconocí enseguida por los anillos que adornaban sus manos. Era una vieja mujer encorvada por la edad y ataviada con lo que parecía ser una túnica ritual.

–¿Qué? –inquirí tratando de poner mis ideas en orden.

–¿Cuál eres? –repitió–. ¿Quién eres?

Me levanté para ponerme de pie y me tambaleé desorientada. Sentía el cuerpo fatigado y la cabeza me daba vueltas.

–Quieres sangre de la tierra –espetó la anciana alzando hacia mí sus manos engalanadas–. ¡Lucha con los demonios de tu alma para conseguir la sangre de la tierra!

No lo entendí en aquel momento. Reaccioné como se esperaba de mí, en otra muestra más de mi capacidad de adaptación. Pero sin comprender nada: ni las palabras de aquella mujer, ni el hecho de que mi doble se mantuviese frente a mí, tampoco mi incapacidad para crear más imágenes, ni siquiera el que nadie me hubiese atacado por adentrarme en el volcán. Solo desenvainé mi espada y me encaré con mi copia. Las mujeres comenzaron a entonar de nuevo su canción, y salté hacia ella.

En el mismo momento en que nuestras espadas chocaron por primera vez, elevando un grito metálico en la gigantesca caverna, mi doble comenzó a hablar repitiendo sin parar:

–Soy Eriane –como si el simple hecho de decirlo la cubriese de autoridad o le otorgase la personalidad que yo tenía–. Soy Eriane.

De pronto, una idea tomó forma en mi cabeza con una clarividencia absoluta, como si se tratase de una revelación del mundo espiritual, con la misma naturalidad con la que aprendí a desdoblarme en el santuario. Si no la vencía, si no le daba muerte, aquella imagen se apoderaría de mí, me haría desaparecer como si yo jamás hubiese existido.

–¿Quién eres? –me gritó otra vez la anciana desde fuera del círculo que nos rodeaba.

10

Notaba los brazos cansados por el peso de mi espada. El sudor me resbalaba por la frente y me caía sobre los ojos teñido de azul, impidiéndome ver con claridad. Sentía la respiración pesada en mis pulmones agotados. Mi doble no cesaba en su ataque, no parecía cansarse.

Afortunadamente era capaz de adelantarme a mis propios movimientos y, durante la lucha, iba corrigiendo posturas que reconocía como incorrectas al verlas en mi copia. Su voz seguía siendo una punzada inquebrantable que no paraba de repetir mi viejo nombre haciéndolo suyo.

–Soy Eriane –aseguraba una y otra vez mientras nuestras armas chocaban elevando estallidos metálicos sobre el canto de las mujeres–. Soy Eriane.

Amagué un ataque hacia su cabeza, pero en el último instante reparé en que había desprotegido mi flanco izquierdo y su espada estaba a punto de alcanzarme. Finté hacia la derecha y paré su golpe al tiempo que ella recomponía su posición para volver a embestirme. Estábamos demasiado igualadas.

Mi mente intentaba encontrar la manera de conseguir ventaja, pero, al igual que yo parecía capaz de adivinar sus movimientos, ella era plenamente consciente de los míos. Si tan solo hubiese podido desdoblarme para distraerla... Pero seguía resultándome imposible, era incapaz de utilizar mi poder, como si se hallase todo concentrado en aquella copia corpórea que se abalanzaba sobre mí.

–Soy Eriane –gritó al parar uno de mis envites, y sus ojos, verdes como los míos, me hicieron recordar mi primera tierra, mi primer hogar.

La imagen me golpeó como un viento huracanado y la copia utilizó mi despiste para acceder en un rápido movimiento a mi cadera, desprotegida por mi duda. Pude saltar hacia atrás en el último momento y nuestros aceros volvieron a chocar, pero casi no logré contenerla. El recuerdo de mis padres me había cegado: la manera en que mi madre me recogía el cabello para no mostrar mis rizos pelirrojos, el olor del cuero del taller de mi padre, el aroma que los vestidos de Arlinda desprendían...

El canto de las mujeres me devolvió a la realidad justo a tiempo para detener el arma de mi contrincante. Me estaba obligando a retroceder sin piedad y en su rostro se dibujaba la imagen de la victoria. Volvió a repetir mi viejo nombre haciéndolo suyo y, dejando mi peso sobre el pie izquierdo, amagué una retirada de manera que, cuando su cuerpo se giró por el peso de la espada, cargué utilizando la inercia de mi arma en un movimiento ascendente. Esta vez fui yo la que la obligó a perder su posición.

Una idea había comenzado a forjarse en mí. Sí, ella podía ser Eriane, podía serlo todo el tiempo que quisiese, todo el tiempo que desease, porque yo ya no era aquella chica, yo ya no era esa persona de la que hacía alarde. Ahora era Fénix, significase eso lo que significase, durase el tiempo que durase. Y para poder serlo con libertad, para que mi alma no siguiese conectada con el pasado, tenía que vencerla.

–Soy Fénix –la increpé atacando de nuevo.

La sorpresa se dibujó en sus ojos.

–¡Soy Eriane! –rugió deteniendo mi espada, pero su voz ya no sonaba tan convencida.

–¡Fénix! –grité alcanzándola en el hombro.

Dudó. Tocó la herida que le acababa de hacer y elevó sus dedos manchados de sangre. ¿Era acaso mi sangre? Me sentí desconcertada. Mi doble comenzó a desvanecerse lentamente.

–No, tú eres Eriane –rogó–, nada de esto te pertenece, tú no debes luchar, tú no debes saltar... Tienes que volver a casa.

Parecía dispuesta a soltar su arma. Si se rendía, aquello habría acabado. Habría vencido. El esfuerzo me había desgastado y quería terminar cuanto antes. Yo también me relajé.

–¿Cuál eres? –me repitió la voz de la anciana hechicera señalándonos con el dedo–. ¡Solo una permanece!

De pronto reparé en que, al dudar, al abandonar mi ataque, mi cuerpo había empezado también a perder consistencia, mientras que el de mi copia volvía a colorearse. ¿Qué estaba pasando?

Apreté los dientes y cerré con más fuerza el puño sobre mi arma. Volví a adoptar la posición de ataque concentrándome en todo lo que apreciaba de aquella vida, en lo que significaba ser Fénix, en lo que había aprendido junto a Lobo, en la ternura de Ángel, en los ojos grises de Grillo clavándose en mí en la playa. No iba a dejarla volver, no iba a dejarla obligarme a ser lo que siempre había sido. Siendo Eriane, mi vida había estado escrita en un pobre pedazo de papel, pero ahora tenía un tomo entero abierto ante mí, un libro de páginas en blanco por escribir, era la dueña de mi propio destino. Esta idea me infundió fuerzas. No moriría siendo la vieja ama de llaves del palacio de los Calaned, no envejecería, sería eterna.

Aquella certeza pareció dibujarse en mi rostro, porque mi copia retrocedió soltando el arma. Sus manos se transparentaban, la sangre de su herida se derramaba sobre su pecho. Adopté la posición perfecta para un último asalto. Despejé mi mente y llené mis pulmones de aire. Ataqué.

Yo fui mi primera víctima. Fui la primera persona a la que maté.

Mientras recorría los corredores hacia la salida del volcán, sentía mis manos heladas por el frío azul del mineral que la anciana me había entregado.

–La sangre de la tierra alcanza a los que vencen a los demonios –me había dicho.

Las mujeres del círculo se habían acercado a mí mientras el cadáver de mi doble se deshacía en sombras sobre el suelo. Todas me habían alcanzado con sus manos, acariciándome, renovando sus cantos con nuevas palabras que yo era incapaz de comprender. Solo sabía que aquello, de alguna manera, había acabado, y sentía que mi espíritu había aligerado su carga. Recordé al maestro del Santuario del Sauce, sus últimos consejos. Yo no me había encontrado a mí misma, pero sí que había eliminado el lastre que me ataba al pasado.

Todavía manchada por las pinturas azules, desandaba mis pasos para encontrarme con Lobo y con los demás, cargada con el mineral y mis ropas.

–Vuelve a la única batalla –me había apremiado la anciana–. La sangre de la tierra te acompaña.

Cuando salí de la cueva, la oscuridad de la noche estaba dejando paso al amanecer y las antorchas que me habían parecido tan brillantes eran solo titilantes faroles que iban perdiendo fuerza ante la luz primitiva del sol. Lobo, Ángel y Grillo estaban sentados junto a un fuego, rodeados por miembros de la tribu que guardaba el volcán. No vi signos de batalla, pero la tensión era evidente.

Lobo tenía el ceño fruncido y clavaba sus ojos en las llamas como si allí pudiese encontrar las respuestas a sus preguntas. Ángel estaba sentada con las piernas cruzadas, en actitud de meditación, y Grillo, enfurruñado, era un ovillo junto a la lumbre. Fue el primero en verme llegar. Se levantó como una exhalación, sorprendido al reparar en mi aspecto. Descubrí que tenía un ojo morado y el labio levemente hinchado, así que pensé que sí debía haberse producido una contienda. Los miembros de la tribu no intentaron detenerme cuando acudía al encuentro con mis amigos; más bien al contrario: agacharon la cabeza cuando pasé ante ellos con el mineral azul.

–¡Estás viva! –suspiró Grillo.

–Nuestro amigo no confiaba en que lo consiguieses –informó Lobo con su voz grave, al tiempo que se acercaba.

Ángel se estiró y, tras levantarse con elegancia, acercó una mano a mi rostro. Sostuvo mi mirada mientras utilizaba aquella capacidad suya para descubrir las emociones y sentimientos de los demás a través del tacto. Me acarició la mejilla antes de separarse de mí. Yo no era capaz de hablar, necesitaba permanecer en silencio. Debía ordenar mi mente antes de continuar. Así que agradecí su gesto.

–Me alegro de que seas tú –me sonrió con gravedad y se volvió hacia nuestros compañeros–. Necesita descansar.

–¿Qué ha pasado? –preguntó Grillo con verdadera preocupación–. ¿Estás bien?

Me volví hacia Lobo y le tendí la piedra azul.

–Lo siento –me dijo avergonzado–. Sé lo que has pasado. Una vez estuve allí.

Grillo gruñó reclamando mi atención. Clavé mis ojos en sus heridas tratando de elevar una pregunta muda.

–Hemos tenido nuestras diferencias –explicó Ángel–. Lobo tenía información privilegiada.

Necesité más que eso para comprender lo que había pasado mientras yo me enfrentaba a mis demonios. Al parecer, nuestro líder sabía lo que iba a encontrar dentro de la cueva, pero había preferido callar. Todo nuestro plan era solo una trampa para que yo accediese a entrar y Grillo y Ángel no se opusiesen.

Lobo sabía el precio que había que pagar para conseguir el mineral azul, y no era otro que el de luchar contra las propias limitaciones, los propios miedos, las terribles carencias, hasta llegar a la aceptación o ser vencido por ellos. Es más, Lobo era consciente de que no se necesitaba pelear contra la tribu para entrar en el volcán, y solo había fingido el ataque para evitar que ninguno de nuestros amigos me detuviese. De alguna manera, sabía que Ángel y Grillo no habrían arriesgado mi vida en aquella empresa. Así que no había habido ninguna lucha contra los guardianes del dios azul: las heridas de Grillo eran restos de otra contienda. Entre Lobo y él.

–Espero que me comprendas –se disculpó Lobo cuando me relató toda la historia–. Tus demonios me parecieron menos letales que los nuestros.

Según su percepción, el que Grillo, por ejemplo, hubiese entrado a la gruta en busca del mineral, habría sido una catástrofe. Su lucha con Sombra, el odio que le profesaba, habría sido más fuerte que él. Ángel habría estado expuesta al dolor por la pérdida de sus alas y esa tristeza la habría hecho perderse. El propio drama de Lobo lo habría convertido en una presa muerta en la sala cavernosa. Yo era, al parecer, el miembro más fuerte de aquel grupo, lo que era, simplemente, una ironía.

–Tú no conoces sus demonios –murmuró Grillo–. Te ciegan tus obsesiones, la has puesto en peligro.

–Pero ella está bien. Estemos en paz –rogó Ángel.

–No dudé en ningún momento de que fuese a ser así –juró Lobo con gravedad–. Fénix es una superviviente.

La luz iba ganando cada vez más terreno y los miembros de la tribu comenzaron a apagar las antorchas. Poco a poco nos fuimos quedando solos junto a la lumbre, a punto de consumirse también.

–Necesito cambiarme –zanjé, y yo misma me sorprendí por el sonido de mi voz, después del tiempo en silencio.

–Hay un arroyo cerca –Grillo se incorporó para guiarme–. Fui allí a lavarme la sangre –se quejó mirando a Lobo, aún con el ceño fruncido.

–No sé quién de los dos es más cabezota –se encogió de hombros el enorme hombre–, pero sí quién tiene mejor gancho.

El comentario los hizo reír a los dos. La tempestad había pasado.

–Vamos, Fénix –me apremió Grillo–. Cuanto más lejos estés de ese saco de músculos sin cerebro, mejor.

El arroyo se escondía tras unos árboles poblados de pájaros que recibían el día con sus cantos. Sentía en mi interior un hondo silencio que me alejaba de alguna manera de la realidad que me circundaba. Como si mi espíritu se situase a varios pies por encima de mi cabeza, como si me hubiese quedado momentáneamente hueca.

Aquella sensación de que mis recuerdos formaban parte de otra persona, otra chica que ya no era, había desaparecido por completo haciéndome sentir ligera, libre, pero también vacía. La situación de miedo, de riesgo, se había evaporado por completo. De pronto, no tenía nada que perder.

Grillo se sentó en un tronco mientras yo trataba de limpiarme aquellas pinturas azules. Sabía que de vez en cuando me miraba, y también sabía que deseaba decirme algo, pero era incapaz de conectar con sus pensamientos después de lo que acababa de vivir. Agradecía que se hubiese puesto de mi lado al descubrir el verdadero plan de Lobo, me sentía conmovida por su gesto, incluso por el cardenal alrededor de su ojo. Pero no me arrepentía de haber luchado contra mí. Al igual que al principio no había comprendido la necesidad de emprender el Camino de la Espada. A través de la meditación había aprendido a serenar mis pensamientos, había logrado disciplinarme para dominar mi poder. Así también, a través de la lucha a la que me había enfrentado en la caverna, había dado un paso más hacia mi propia identidad. Quizá si Lobo me hubiese explicado sencillamente en qué consistía la lucha por el mineral azul, habría accedido sin planteármelo dos veces. Entonces, ¿dónde me situaba ahora dentro de aquel extraño grupo? Ciertamente no lo sabía, pero me sentía liberada.

–Estás distinta –me dijo Grillo, evitando ridículamente mirarme mientras me secaba para ponerme la camisa.

Sonreí quedamente. Sabía que deseaba conocer lo ocurrido dentro del volcán, pero todavía me sentía reacia a hablar.

–¿Qué ha pasado? –insistió mientras apretaba una ramita entre los dedos. La madera crujió y se partió en dos cuando Grillo se quedó de nuevo sin mi respuesta. Me abroché las botas de cuero y me ceñí la espada–. ¡Vamos, dime algo! ¡Casi pierdo un ojo defendiéndote!

Parecía realmente frustrado. El flequillo blanco le caía sobre la frente y sus mejillas estaban encendidas por la rabia. Me puse la chaqueta en silencio y lo miré. Sentí mi estómago revolucionarse emocionado al experimentar el deseo de volver a besarlo. Comencé a acercarme a él, decidida, sin retirar mis ojos de los suyos. La luz del sol se colaba entre las hojas de los árboles dibujando sombras extrañas en el suelo.

–¿Qué estás haciendo? –preguntó, ligeramente alarmado, poniéndose en pie con las manos todavía abrazadas a los restos de rama con los que había estado jugando.

–Dímelo tú –le increpé llegando a su altura, hablando por fin al tiempo que, sin siquiera pensarlo, lo besaba.

No recuerdo si lo hice solo para que por fin se callase, ni siquiera sé si fue un mero impulso; solo sé que, fuera de toda razón, era algo que sentía que debía hacer.

El mismo vértigo que experimenté en la orilla del mar, bajo la tormenta, acudió al centro de mi estómago, pero ahora no había restos de pánico, no me sentía vulnerable, no era ya una frágil presa.

–¿Quién eres? –inquirió fascinado Grillo, apartándome el pelo de la cara, al tiempo que me separaba de él. En sus ojos grises había también un brillo nuevo.

–Fénix –sonreí–, soy Fénix –y, por primera vez, era verdad.

11

El siguiente paso que debíamos dar para conseguir nuestro objetivo era llegar hasta Rim Cartiam. Y no era nada fácil. De hecho, podía resultar incluso más complicado que acceder a una de las mansiones de los grandes señores, puesto que sus cuadros, al fin y al cabo, formaban parte de la libreta de tópicos de todo salteador. Pero tanto Rim Cartian como los gobernantes de los salteadores se habían ocupado de que no fuese sencillo recorrer el Camino del Lienzo.

–Debes ser más que conocida después de tantas incursiones en el mundo de los salteadores –comentó Lobo desechando la opción de un plan del que fuese la protagonista. Sentí, además, que intentaba demostrarnos que no estaba dispuesto a arriesgarlo todo en su guerra personal, para así reconciliarse con Grillo.

–¿Dónde se supone que está el cuadro? –pregunté observando los planos que habían desplegado de nuevo en uno de los últimos refugios que nos quedaban.

Ángel me mostró un pergamino arrugado lleno de flechas. La complicación residía en que había que realizar unos quince saltos para llegar al cuadro deseado y en que, en esas intersecciones, nos encontraríamos al menos con cuatro controles de salteadores que guardaban algunas de las obras a las que debíamos dirigirnos.

–Esos grupos actúan como alarmas: si luchamos a la primera de cambio, los siguientes guardianes habrán tenido la oportunidad de buscar refuerzos –señaló Grillo.

–Cualquiera que sea bien visto dentro de este mundo solo tiene que saludar e identificarse como salteador de uno de los grandes señores –me explicó Lobo–, pero nosotros no tenemos ese beneplácito.

Me pregunté si todo aquel despliegue servía solo para convencer a Lobo y los suyos de que abandonasen su lucha o si, en cambio, había más salteadores que habían traicionado a los tres señores y se escondían en algún rincón del universo.

–Ojalá pudiese hacerme invisible –murmuré arrancando un gruñido de Grillo–. A lo mejor tu amigo podría ayudarnos –añadí dándole un codazo. Por un lado deseaba hacerle ver que la postura que tomaba era infantil, pero la verdad es que ansiaba conocer por fin cuáles eran las complicadas rencillas que lo unían a Sombra.

–¿Me vais a decir que la única solución es probar suerte a ver quién aguanta más una carrera de saltos y cuatro combates a vida o muerte? –se desesperó Ángel.

Yo no tenía la respuesta. Mi posición en el grupo todavía no estaba clara, era obvio que mis lazos afectivos con ellos se estaban afianzando. Ángel actuaba como una hermana mayor; Lobo parecía admirarme desde que había regresado de mi lucha en el volcán, y Grillo... Bueno, el caso con Grillo era demasiado desconcertante como para tratar de encontrarle un nombre. Y, a pesar de todo, yo solo era un miembro circunstancial en una aventura que no era la mía.

–Tiene que haber un atajo –insistió Grillo–, alguna manera de saltarnos los controles y llegar al último por sorpresa.

–De todos modos, se enterarán y la casa de Rim Cartiam se llenará de salteadores en cuanto sepan que hemos cruzado el umbral –recordó Lobo.

–¿Y si es Rim Cartiam el que sale de allí? –inquirí, apostando a que mi idea era terriblemente descabellada porque el extraño artista no abandonaba jamás su cuadro.

Se hizo el silencio y en el rostro de Lobo se dibujó, poco a poco, una sonrisa enorme.

–¡Eres un genio! –rio complacido levantándose de un salto y removiendo los papeles.

–No digas tonterías –atajó Grillo poniendo las manos sobre los planos.

–¡No! ¡Es genial! –insistió Lobo–. Es tan simple que es genial.

–¿Pero cómo vas a conseguir que venga a nosotros? ¡Por favor! Ángel, dile que es una locura –rogó Grillo, exasperado.

Ángel observó los planos y después levantó la vista con serenidad.

–A mí no me parece tan mal...

–Y dime, ¡dime! ¿Cómo vamos a conseguirlo? ¿Puede explicarme alguien qué es lo que yo no pillo? –continuó quejándose Grillo como si únicamente estuviese escuchando estupideces.

–El aprendiz –contestó triunfante Lobo.

Rim Cartiam, debido a su encierro voluntario, había aceptado como aprendiz en su taller a un muchacho al que utilizaba para contactar con el mundo exterior y conseguir los materiales que necesitaba para sus obras. Era un intermediario entre su maestro y los salteadores, que le ofrecían preciados y modernos objetos artísticos para lograr sus favores: un dibujo más en la libreta de tópicos, información sobre un lugar preciso, un pequeño cuadro al que huir si las cosas se ponían feas... El aprendiz libraba a Rim Cartiam de todas aquellas incómodas entrevistas que le restaban tiempo a su obra maestra y, además, se encargaba de conseguir en diferentes realidades los caprichos de su maestro.

El nuevo plan consistía en llegar hasta ese chico en un mundo de fácil acceso, donde acudía siempre para conseguir un fruto carmesí con el que Rim Cartiam producía un pigmento único. Si lo esperábamos en aquella realidad, tarde o temprano nos encontraríamos con él.

–El aprendiz no es idiota –se quejó Grillo–. No suele hacer solo estos recados, y además nos conoce a todos demasiado bien.

–A Fénix, no –señaló Ángel.

–¡Lobo ha dicho que no iba a arriesgarla de nuevo! –gritó Grillo poniéndose en pie.

–A mí me parece bien –indiqué encogiéndome de hombros y recostándome en la silla.

Recibí de Grillo una mirada acusadora, que encajé como buenamente pude mientras lo veía abandonar la habitación hecho unos zorros.

–Se le pasará –me aseguró Ángel con media sonrisa–. Solo cuida de ti.

–No necesito que nadie cuide de mí –susurré sin saber si sentirme halagada o molesta.

–Todos necesitamos que alguien se preocupe por nosotros –comentó Lobo, y Ángel clavó en él su mirada serena con una sonrisa triste, terriblemente triste.

El mundo en el que debíamos coincidir con el aprendiz no era muy distinto al mío, aunque desde el primer día observé que jamás se hacía de noche. El enfado de Grillo no remitió durante el tiempo que pasamos esperando en una casa que Lobo había alquilado, junto a una plaza donde por las mañanas se levantaban puestos de todos los colores para inaugurar un nuevo día de mercado y así marcar de algún modo el paso del tiempo.

No era capaz de comprender los sentimientos que me provocaba Grillo. Tan pronto me preocupaba, me inquietaba o me dolía su actitud esquiva como, al mismo tiempo, me encontraba presa de una red invisible que me hacía sentir a punto de consumirme cuando él clavaba en mí su mirada. Deseaba volver a besarlo, pero no sabía cómo mientras siguiese enfadado conmigo.

Con el fin de controlar mis nervios, practicaba esgrima con Lobo, bajo promesa de no desdoblarme.

Nos encontrábamos en un entrenamiento cuando escuchamos el silbido de Ángel. Lobo tensó todo su cuerpo y volvió la cabeza hacia el interior de la casa, movimiento que aproveché para descargar sobre él un envite, al que me respondió con un manotazo.

–Busca a Grillo –me indicó devolviendo la espada a su funda–. Llevaba un rato escuchándolos al otro lado y parece que ya han llegado.

Me desdoblé para adelantarme. Grillo solía espiar nuestras sesiones desde una de las habitaciones superiores de la casa y me crucé con él por las escaleras.

–Es la señal –le dije cortándole el paso. Recibí uno de sus gruñidos, pero no me aparté–. El aprendiz debe estar en la plaza: Lobo dice que los ha oído al otro lado.

–Déjame pasar –me ordenó evitando mirarme.

Utilizó su poder para apartarme y pasó por mi lado sin tan siquiera mirarme. Llevada por la rabia, me desdoblé para volver a cortarle el paso.

–No tenemos tiempo para jugar, ¿no? –se quejó, irónico–. Tienes que disfrazarte para este nuevo plan en el que eres la protagonista. Otra vez.

–No se trata de que sea la protagonista o no –bufé–. Y deja de hacer el idiota porque voy a arriesgar el culo...

–No es propio de ti hablar así..

–¡Pues voy a arriesgar el culo por todos nosotros! –grité–. Porque ya sé que no estás de acuerdo, pero quizá necesitaría de ti un poco más de apoyo.

–Por supuesto que no estoy de acuerdo, y estás arriesgándote por Lobo –puntualizó señalándome con un dedo.

–Todos estamos con Lobo –dije, y retiré su mano. Respondió a mi gesto tirando de su brazo, de modo que, como estaba agarrada a él, chocamos finalmente en las escaleras. Olía condenadamente bien...

Grillo debió notar mi titubeo y se relajó. Sentí cómo apoyaba su mentón en mi cabeza, con ternura, y posé la frente en su pecho.

–Eres demasiado inexperta... –susurró.

–No soy mucho menor que tú.

–No puedes medir nuestros tiempos, a veces no recuerdo lo que era antes de ser salteador –confesó. Un nuevo silbido de Ángel llegó hasta nosotros–. Ten cuidado.

–Soy yo la que decide cuándo desenfundar la espada. No soy tu responsabilidad, ni la de nadie –le recordé con firmeza.

–¡Vamos! –gritó Lobo apareciendo junto a las escaleras–. Podéis terminar de hablar más tarde. Que empiece la acción.

El plan era estúpido por su simplicidad. Vestida con un traje típico de la zona y con el pelo cubierto por un pañuelo, como en los viejos tiempos, debía acercarme al aprendiz y ganarme su confianza, de modo que pudiese ofrecerle algo con lo que alegrar a su señor.

La plaza estaba llena de gente y Ángel tardó un poco en indicarme quién, de los muchos hombres que se paseaban entre los puestos, era el aprendiz. Se trataba de un muchacho de unos veinte años, alto y delgado, con el pelo castaño y rizado. Su semblante era absolutamente serio y daba la sensación de ser una persona muy meticulosa.

–No lo desdeñes –me avisó Lobo–, es muy perspicaz.

Asentí con un gesto y me aseguré de que llevaba la daga bien atada al tobillo.

Ángel me sonrió, tratando de transmitirme su serenidad, y miré a Grillo en busca de algún gesto de complicidad. Arrugó la frente con resignación y se cruzó de brazos.

–No te la juegues –me advirtió–. Si hay problemas, te das la vuelta y regresas.

Quise darle la razón, pero me sentí incapaz. Algo en mí, esa despreocupación que había adquirido en el volcán al liberarme de mis viejas ataduras, deseaba acción, deseaba probarme. Me creía, estúpidamente, invencible.

Me mezclé con la multitud que llenaba la plaza. Pronto me di cuenta de que iba custodiado por un salteador que lo seguía a escasa distancia. Aquel hombre no me resultó familiar, así que no me preocupó que pudiese reconocerme. Se dirigían en línea recta a un puesto de fruta en el que brillaban los frutos rojos que Rim Cartiam tanto codiciaba. Miré a mi alrededor y, al reparar en que nadie me prestaba atención, me desdoblé junto al puesto para chocar disimuladamente con mi objetivo.

Tal como habíamos planeado, dejé caer mi cesta en el mismo momento en que me topé con él.

–¡Ay! Lo siento... –me disculpé con inocencia, al tiempo que me lanzaba al suelo comprobando que el cebo había surtido efecto, puesto que un trocito del mineral azul que había conseguido en el volcán lucía junto a mi falda, atrayendo la mirada del aprendiz.

Fue inmediato. El muchacho se agachó junto a mí y agarró con fuerza mi muñeca cuando traté de alcanzar la piedra.

–¿De dónde has sacado eso? –susurró mirando a su alrededor, sin atreverse aún a tocar el mineral.

–Como no estamos solos –murmuré como respuesta clavando en él una mirada significativa–, no puedo responderte.

Me zafé de su brazo y cogí la piedra para devolverla a la cesta.

–Muchas gracias, señor –sonreí volviendo a elevar la voz y poniéndome en pie–. Es usted muy amable, no sé lo que habría sido de mí si hubiese perdido una sola de las cosas que me ha encargado mi señora. ¡Para ella son todas muy valiosas! ¡Valiosísimas!

–Dime dónde puedo encontrarte –me rogó el aprendiz en un susurro, mientras miraba a su espalda para identificar al salteador que lo guardaba.

–Una chica como yo no puede arriesgarse a ser descubierta con un hombre –sonreí en un susurro–. ¿Qué dirían los grandes señores?

Los grandes señores no tienen que saber que una chica como tú se encuentra con nadie –respondió rápido el muchacho, haciendo una señal al salteador para que se mantuviese a distancia.

–Te juegas la vida –le indiqué, clavando en él una mirada divertida–. Hay una casa de citas a dos calles de aquí. Pregunta por Liane. Cualquiera comprenderá que quieras ir solo –sonreí con dulzura, tratando de mostrar una imagen bastante clara para el salteador que nos estaba observando.

Lobo y los demás me esperaban en la habitación de la casa de citas. Sin mediar palabra, les hice saber que el plan iba sobre ruedas.

–No escucho salteadores preparándose al otro lado –comentó Lobo, apostado junto a la ventana–. Al parecer ha confiado en ti.

El aprendiz de Rim Cartiam no se hizo esperar y, cuando llamó a la puerta, casi pude percibir su ansiedad por encontrarse conmigo. No pude evitar preguntarme a qué tipo de señor servía para que arriesgase su vida de tal manera. O se movía por una completa admiración o bien por el más terrible de los temores.

Grillo se situó detrás de la puerta y Ángel me cubrió por el otro lado. Abrí con fingida despreocupación para identificar al aprendiz y le cedí paso.

–Suponía que eras tú –indicó sin sorprenderse al ver a Lobo sentado junto a la ventana–. Me alegra ver que sigues bien.

–Mi trabajo me ha costado –concedió Lobo sin ninguna alegría.

–Cada vez estás mejor rodeado –señaló el aprendiz mirándome–. ¿Es la pelirroja?

–Se ha corrido la voz –asintió Lobo con sequedad.

–Somos una familia pequeña –concedió el muchacho sentándose sobre la cama que, junto a una silla y una pequeña mesa, era todo el mobiliario de la habitación–. ¿Es cierto lo que dicen de su poder?

–Patrañas sin fundamentos.

–Luego es cierto –confirmó el aprendiz volviendo a clavar su mirada en mí.

–¿Vamos al grano? –explotó Grillo interrumpiendo la conversación.

–¿Cómo está Sombra? –sonrió el muchacho contraatacando.

Grillo dio un paso hacia delante con intención de propinarle un golpe y Ángel lo interrumpió.

–Perdona –se disculpó el aprendiz riendo–. Había oído decir que era un tema delicado, pero no imaginaba cuánto.

Volví a desear conocer toda la información sobre la eterna enemistad entre Grillo y Sombra, y me prometí que no dejaría pasar la oportunidad de descubrir los vericuetos de aquel tema que todo el mundo evitaba.

Me concentré en el aprendiz. Tenía que reconocer que aquel tipo estirado y aparentemente inofensivo resultaba interesante. Por lo menos hacía alarde de una ironía inteligente que no tenía nada de despreciable.

–Es curioso que empieces de manera tan inapropiada –comentó Ángel al tiempo que se aseguraba de que Grillo no iba a lanzarse a ningún ataque–. Al fin y al cabo, estás aquí porque deseas algo que nosotros tenemos.

Lobo clavó su mirada en el aprendiz y sacó el mineral azul. Aunque el muchacho intentó contenerse, a ninguno nos pasó inadvertido el deseo que le producía aquel objeto.

–No está mal –señaló fingiendo desinterés.

–La verdad es que yo diría que está bastante bien –comentó Lobo pasándose el mineral de una mano a otra–. La última vez que tuve tratos con Rim Cartiam, me pintó un tópico nuevo solo por la mitad de lo que le ofrezco hoy.

–La última vez que trataste con él, tu cabeza no valía tanto como vale hoy –puntualizó el chico con ironía.

–Da igual lo que valga, lo importante es que esto que tengo aquí sigue siendo tan difícil de conseguir como siempre –zanjó Lobo sujetando la piedra.

El regateo que siguió a continuación parecía que no iba a acabar nunca, pero tras alguna voz más alta que otra, se decidió que el aprendiz llevaría a Rim Cartiam una pequeña muestra del mineral y, si estaba interesado, el famoso pintor se reuniría con nosotros en aquel mismo lugar. El aprendiz se levantó con elegancia para marcharse.

–Recuerdas bien por qué tengo el nombre que tengo, ¿verdad? –inquirió Lobo, amenazador, cuando el muchacho se despedía de nosotros–. Si huelo a un solo salteador acercándose, prometo que no vamos a estar esperándoos aquí. Es más, prometo que estaré esperándote en alguno de los rincones que frecuentas para darte una sorpresa.

El muchacho sonrió con ironía y abandonó la habitación colocándose la chaqueta, como si de verdad hubiese tenido el tipo de encuentro que se solicitaba en aquella casa. En cuanto nos quedamos a solas, Lobo suspiró.

–Buen trabajo, Fénix. Ahora toca hacer turnos y esperar –añadió cruzándose de brazos y volviendo a sentarse pesadamente junto a la ventana.

Rim Cartiam llegó después de cuatro días de espera, durante una de las guardias de Ángel, cosa que molestó profundamente a Lobo, ya que se había opuesto por todos los medios a que la joven participase en los turnos. Por alguna razón que yo no comprendía, le horrorizaba la idea de que el famoso pintor y Ángel permaneciesen a solas en la misma habitación.

El famoso pintor apareció solo y su aspecto me sorprendió en el acto. Era exactamente lo contrario a lo que yo había imaginado tras ver a su aprendiz. La imagen mental que me había creado del famoso artista era la de un tipo elegante y refinado, pero en la pequeña habitación, junto a Ángel, encontré a un hombre grande y desgarbado, con una barba descuidada y cortada a bocados, con el pelo largo cayéndole desordenadamente sobre los hombros y una chaqueta adornada por infinidad de manchas de pintura. Parecía nervioso, como si cada minuto de su tiempo fuese de un valor incalculable.

–¡Ya era hora, por todos los dioses! –exclamó poniéndose en pie de un salto cuando atravesamos la puerta–. ¡Sabes lo que aprecio la puntualidad! –le increpó a Lobo.

Me sorprendió que los dos se estrechasen las manos con camaradería y miré a Grillo buscando una explicación, pero solo me apretó la mano y tiró de mí para que nos sentásemos en la cama. Al parecer, aquello iba para largo.

–Espero que esa piedra sea bien grande, Lobo, porque tu cabeza vale como para comprar todo el material que necesito en años –renegó Rim Cartiam, dando palmaditas amistosas en el hombro a nuestro compañero–. No sabes la que he montado para escapar de mi taller sin que nadie lo note... Aunque tampoco permito demasiadas visitas. ¡Soy un hombre ocupado! –exclamó mirando a Lobo de arriba abajo–. ¿Cómo es? ¿Puedo verla?

Observé a Ángel y percibí en ella una inquietud nueva que no me agradó. ¿Qué estaba pasando?

–Es enorme, amigo –rio Lobo–, te lo aseguro. Pero antes quiero que sepas cuánto te va a costar.

–Eres el mayor liante que ha conocido esta sucia sociedad de salteadores –lloriqueó falsamente el pintor–. Sabes que llevo años sin salir de mi estudio.

–Hueles como tal –bromeó Lobo invitándolo a sentarse en la silla que ocupaba el rincón junto a la ventana.

Rim Cartiam lo miró a los ojos con sinceridad y apoyó una de sus manos en las de Lobo.

–Sentí mucho tu pérdida –confesó–, era una muchacha encomiable.

Lobo tomó aire y comenzó a exponer sus condiciones. Rim Cartiam escuchaba con atención cada uno de los detalles que nuestro amigo le daba, manteniendo siempre a salvo la información sobre el siguiente movimiento que debíamos realizar, pero supuse que para el pintor era fácil imaginar cuál iba a ser el final de toda nuestra aventura.

–¿Confías de verdad en volver a dar con ella? –inquirió con desencanto, y Lobo asintió–. Sabes que Gustard solo pretende llevarte a su terreno y darte caza, sabes que solo la busca para encontrarte a ti... ¿Y si las pistas son falsas?

–Cleo no mentiría –aseguró Lobo.

–A Cleo la mueven sus propias pasiones... –murmuró el pintor–. Dibujar la sala del castillo de Gustard que necesitas es un trabajo de niños para mí –planteó Rim Cartiam abriendo las manos en gesto de renuncia–. Conozco cada detalle de esa casa, podría dibujar hasta el último candelabro, pero tu cabeza tiene un precio demasiado alto y sé lo que el cuadro significaría para ti. ¿Entiendes la posición en la que me pones?

–Conozco tu avaricia –sonrió Lobo–. Tu aprendiz ha debido ser bastante sincero como para que estés aquí.

–Estaba impresionado –confesó el pintor.

Lobo mostró por fin el trozo de mineral.

Los ojos de Rim Cartiam se abrieron como dos cuevas de lobos hambrientos y sus manos se elevaron hacia la preciada piedra. Parecía, a la luz azul que codiciaba, un hombre nuevo y enigmático. Acarició con dedos temblorosos la superficie rugosa de aquella fracción del corazón del volcán, fascinado.

–¿Qué me dices? –inquirió Lobo sacándolo de su ensimismamiento–. ¿Cuánto vas a tardar en concederme lo que deseo?

Rim Cartiam dejó a un lado la piedra para volver a concentrarse en la conversación. Comenzó a retorcerse los dedos en un gesto nervioso, al tiempo que parecía hacer cálculos mentales. Grillo me apretó la mano con emoción y estuve a punto de dejarme llevar por su confianza, pero algo en el rostro de Ángel me hizo recordar que no iba tan bien como parecía.

–No es tan fácil –tanteó el pintor por fin–. Puedo tardar meses, quizá más...

–¿Estás negociando? –se exasperó Lobo llevándose las manos a la cabeza y mirándonos en busca de complicidad: no daba crédito–. ¿De verdad estás negociando? ¡No puede ser cierto!

–¡Me estás pidiendo que ponga mi vida en peligro! –lloriqueó de nuevo Rim Cartiam.

–Sabes lo que quiere, Lobo, sabías que esto iba a pasar desde que decidimos contar con él –intervino por primera vez Ángel, con voz cansina, haciendo que el pintor enrojeciese absolutamente.

Grillo parecía tan atónito como yo, pero el gesto de Lobo había dejado de ser amistoso. Una rabia ciega se extendió por todo su ser focalizada en Rim Cartiam.

–Mantuvimos esa conversación hace bastante tiempo –avisó Lobo con voz contenida.

–Sabes lo que deseo y sé lo que deseas –probó el pintor cruzándose de brazos.

–Has llevado a cabo empresas más peligrosas por mí a cambio de trozos de piedra azul mucho más pequeños –puntualizó Lobo apoyando la mano en la empuñadura de su espada.

–Puedo pintarte otra habitación del palacio de Gustard, si lo deseas –respondió rápido Rim Cartiam dominando su voz temblorosa.

Lobo rugió como una fiera encerrada en la habitación y lo agarró por la solapa. Me sentía incómoda y pequeña sentada en aquella cama miserable, testigo de una situación que tampoco era capaz de comprender.

–Lobo... –interrumpió Ángel con un ruego, posando una de sus blancas manos en el hombro de nuestro compañero.

–¡Ni lo sueñes! ¿Entiendes? –gritó Lobo, y no supe si se dirigía a Rim Cartiam o a la joven–. ¡No vamos a negociar con tu sangre!

12

La sangre de los ángeles es más brillante que el oro líquido. Ese fue mi descubrimiento durante aquella mañana en la que Rim Cartiam entró en nuestras vidas ofreciéndonos la única posibilidad de alcanzar nuestro objetivo. Comprendí también el motivo por el que Lobo no quería que Ángel formase parte de nuestros turnos de vigilancia y supe que otra vez más era testigo de una historia sin concluir que venía de lejos.

La oferta estaba hecha. Rim Cartiam solo accedería a pintar para nosotros el lienzo que necesitábamos si le pagábamos con el mineral azul y con un frasquito de la sangre de Ángel. Así lo dijo, «un frasquito», con voz dulce pero segura, tratando de convencer a Lobo. Pero, además de su brillo y su color, que eran lo único que interesaba al pintor, puesto que quería utilizar el preciado líquido para colorear el astro rey del mundo que estaba creando, la sangre de Ángel era la que le permitía curar las dolencias de los demás y comprender sus sentimientos.

–Estás jugando con lo más sagrado –había acusado Lobo, perdiendo por completo el control de su rabia y destrozando contra el suelo la pequeña mesa de la habitación.

Aun así, Rim Cartiam no desistió, y se mantuvo firme y sereno en la silla junto a la ventana. No era negociable, no nos estaba dando opción. Además, nos encontrábamos en sus manos. Decidiésemos lo que decidiésemos, saldría ganando porque nos veríamos obligados a comprar su silencio con parte del mineral azul. Aquello era un callejón sin salida.

Lógicamente, era capaz de comprender la aberración que Rim Cartiam nos estaba exigiendo, pero lo que seguía escapándose a mi entendimiento era la furia irracional que aquella idea despertaba en Lobo. Más aún, la tristeza sublime que teñía el rostro de Ángel, adornándolo con un mínimo deje de triunfo. ¿Qué batalla se estaba librando en aquella habitación? ¿Cuán compleja era la red que unía? De nuevo me sentí una extraña entre desconocidos, una testigo del final de algo que llegaba como un canto desde un paraje olvidado. Miré la mano de Grillo unida a la mía y me planteé cuánto tiempo duraría aquello, cómo acabaría la historia que había elegido vivir con Lobo y los suyos. Recordé el ofrecimiento de Cleo en aquel parque soleado que parecía formar parte únicamente de mi imaginación. No me arrepentía de haberla rechazado. No me arrepentía de ninguna de las decisiones que había tomado desde que Grillo apareció en mi mazmorra. Reparé sorprendida en que vivía aquella situación con serenidad, aunque en el próximo salto nos aguardase la muerte.

La voz de Ángel me devolvió a la realidad.

–Lobo, los dos sabíamos que pasaría esto –estaba diciendo en aquel momento, concentrada en calmar a nuestro amigo.

Rim Cartiam parecía satisfecho.

–No es negociable –murmuró Lobo entre dientes–. Dijimos que así no era negociable.

–Creo que no es una decisión que tengas derecho a tomar en solitario –interrumpió Grillo, participando por primera vez en la conversación–. Me parece que nos afecta a todos, principalmente a Ángel, y si ella está dispuesta...

–No puedo creer que justo tú estés diciendo esto –le reprochó Lobo con voz furiosa–. ¡Conoces perfectamente la historia! Sabes que Ángel haría cualquier cosa por... por la misión...

Ángel alzó las cejas y dejó caer los brazos en un gesto de derrota.

–¿De eso se trata? –dijo–. ¿De que haría cualquier cosa por ti?

Lobo enrojeció hasta las orejas y en el gesto de Rim Cartiam se dibujó una sonrisa satisfecha.

–Es el peso que debes aceptar –intercedió Grillo con voz firme, y supe que había mucho más detrás de aquellas palabras.

–¡Recuerdas sus alas tan bien como yo! –gritó Lobo, desesperado.

–Y sé lo que significa cada gota de su sangre –aceptó Grillo endureciendo el gesto–, pero todos estamos jugándonos la vida.

–Cuando era Fénix la que tenía que arriesgarse, no lo veías tan claro –atacó Lobo con una sonrisa irónica.

–¡No nos compares con ellos! –interrumpió Ángel mirándolo a los ojos y señalándonos a Grillo y a mí–. No te atrevas a compararnos con ellos...

Aquello se les fue de las manos. Comenzaron a gritarse, recordándose antiguas rencillas a las que solo hacían referencia con palabras en clave que se lanzaban como cuchillos. Grillo soltó mi mano y se levantó para tomar parte en la disputa.

–¡Basta ya! –grité poniéndome en el centro–. ¡Ya basta! –repetí cuando Grillo y Lobo continuaron cruzando improperios, y los golpeé alternativamente en el pecho. Ángel quiso posar su mano en mi hombro, pero la aparté con frustración. No soportaba que se preocupase por mí cuando era yo la que estaba preocupada por ella–. ¡No entiendo nada! ¡Nada! ¡Así que parad ya!

–Quizá yo puedo aclarártelo –escuché que decía Rim Cartiam a mi espalda con absoluta tranquilidad. Todos nos volvimos a mirarlo. Me sorprendió la tristeza que parecía inspirarle la situación–. El héroe –dijo levantando la mano que estaba más cerca de Lobo– salva a la chica de una muerte segura –continuó levantando su otra mano–, y la chica se enamora del héroe –explicó utilizando sus manos como si fuesen los dos personajes de la historia . El problema radica en que el héroe está enamorado de otra –concluyó mirando a Ángel con una pobre sonrisa– y, a pesar de ello, sigue empeñado en decidir por ella.

Necesité más que eso para comprender el grado de complejidad que albergaba el absurdo drama que unía las vidas de Ángel y Lobo, pero no fue hasta más tarde que recibí la información que me faltaba. Hoy, cuando ha pasado el tiempo y ya no tiene sentido guardar ningún viejo secreto, puedo imaginar con absoluta claridad el enorme dolor que la joven y delicada Ángel ocultaba en su corazón.

Al parecer todo comenzó porque, como ya había descubierto en mi primera noche como salteadora, Lobo y Grillo compartían la misión de hacerse con el broche de oro que lucía en su vestido una joven que huía despavorida del ataque de dos demonios semidesnudos, en el cuadro donde Ángel libraba la batalla más terrible de su mundo. Las fuerzas del mal se enfrentaban a las fuerzas del bien en una lucha encarnizada donde los humanos se utilizaban como moneda de cambio. Grillo no imaginaba que el nivel de catástrofe reflejado en el cuadro solo fuese una muestra del verdadero caos que se estaba viviendo en aquella realidad. Los gritos de las víctimas de todos los bandos eran desgarradores y el cielo se teñía de rojo en un atardecer funesto, en el que el suelo se convertía en oro por la sangre cálida de los ángeles.

Cuando saltaron al cuadro, la muchacha ya había desaparecido, huyendo de sus perseguidores. Al lanzarse en su busca, habían topado con la imagen más horrible que pudiesen imaginar: un grupo de demonios apresando a un ángel y arrancándole las alas con sus propias manos.

–Jamás he presenciado algo tan terrible –me confesó Grillo aquella noche.

Era Ángel. Aquel era el principio de su historia. Lobo había abandonado la idea de conseguir el broche ante semejante espectáculo, y él y Grillo se las habían apañado para librar a la muchacha de sus captores y saltar hacia otra realidad. Necesitó aproximadamente un año del tiempo del palacio de Gustard para recuperarse. Lobo la cuidó durante aquella espera y la atendió siempre que volvía al castillo tras alguno de los encargos que el gran señor le hacía. Así fue como Ángel se enamoró de él.

–Todos pensábamos que aquella sería la historia de amor del siglo –había sonreído Grillo con tristeza al rememorar aquella parte–, pero entonces llegó lo de la túnica de Venus y, bueno... lo demás ya lo conoces.

Lobo había perdido la cabeza por la joven diosa y Ángel había sido relegada sin remedio a un segundo plano. Aun así, la muchacha jamás demostró ni un ápice de rencor por haber sido rechazada. Asumió la situación con estoicismo y aprendió a convivir con la crueldad de un amor no correspondido.

De hecho, en aquella pequeña habitación en la que nos encontrábamos decidiendo si merecía la pena jugar nuestra última carta para conseguir que Rim Cartiam trabajase para nosotros, Ángel volvía a hacer alarde de ese sentimiento puro y absoluto que jamás había matado en su corazón. Lobo tenía razón: Ángel habría hecho cualquier cosa por él sin esperar nada a cambio. Y eso lo destrozaba, porque no podía huir de la culpabilidad. Estaba arriesgando su vida por la de otra mujer.

Observé a Ángel sin poder evitar que el peso de la pena se dibujase en mi mirada. Me devolvió una sonrisa triste, pero serena, y Lobo clavó su puño en la pared.

–Votemos –dijo Ángel a media voz–. Somos un equipo.

–Me parece justo –opinó Grillo cruzándose de brazos.

–¿Lobo? –preguntó la muchacha, y supe que solo pretendía comprobar si nuestro amigo era capaz de entrar en razón.

–¡No!

–¿Grillo? –continuó Ángel.

–Sí.

–¿Fénix? –suplicó tendiéndome una mano.

–Fénix... –rogó Lobo clavando sus ojos en mí.

–Sí –respondí. No tenía demasiado que pensar: era la decisión de Ángel. Podía entenderla. Entonces sí podía entenderla.

El pacto se cerró con Lobo abandonando la habitación, henchido de rabia. No estaba en la casa cuando regresamos, después de haber acordado con Rim Cartiam que el día siguiente haríamos la transacción, cuando volviese con el material necesario para pintar y enmarcar el cuadro. Lobo apareció más tarde, borracho, y se encerró en uno de los cuartos.

A la mañana siguiente, Rim Cartiam se presentó puntualmente a la cita, acompañado de su ayudante y de todo el material que iba a necesitar para cumplir su parte del trato. Traía consigo un pequeño estuche dorado que Ángel identificó en el acto. Incómodo por la situación, el famoso pintor carraspeó antes de indicarle que aquel pequeño cofre contenía las agujas que servirían para extraerle la valiosa sangre.

El espectáculo que Grillo y yo tuvimos que presenciar no fue agradable. Lobo se negó a participar, siquiera como espectador, y se quedó encerrado en su habitación. Aun así, Ángel parecía no haber perdido ni un ápice de su serenidad. Antes de trasladar el material desde aquella pequeña habitación a la casa que habíamos alquilado, Rim Cartiam le ofreció a Ángel la triste silla de madera que había junto a la ventana y ella accedió al ritual. Al parecer, todos preferíamos encerrar aquella parte de la historia en ese cuarto sobrio y regresar a casa obviándolo todo.

Para obtener una sangre más pura, era necesario infligir diferentes heridas equidistantes entre sí en la espalda del ángel. Así fue como vi por primera vez los restos de sus alas, como dos muñones blancos que sobresalían levemente de su piel. Sentí pavor al contemplarlos. Pero el pintor parecía conocer la técnica a la perfección. Sin inmutarse, con precisión de profesional, trazó diferentes círculos en la espalda desnuda de Ángel y marcó los lugares donde tenía que clavar las agujas. El aprendiz lo ayudaba con hieratismo, con la mente aparentemente muy lejos de allí. Grillo mantenía el ceño fruncido y se apoyaba contra la puerta. A mí todo me parecía irreal.

La primera aguja, conectada a un pequeño tubo transparente, atravesó la espalda de Ángel produciéndole un leve temblor. Siete en total adornaron su pálida piel, y entonces, poco a poco, animado por una pequeña manivela en la que coincidían todos los tubitos transparentes, el líquido dorado comenzó a fluir para acabar en el frasco que Rim Cartiam había preparado al efecto. No podía ver la cara de mi amiga, pero percibía el temblor que se extendía desde sus hombros. Ahora entendía a Lobo cuando había explotado diciendo que aquello era jugar con lo más sagrado porque, aunque la operación no debió ocupar demasiado tiempo, a mí me pareció de una crueldad interminable.

Cuando acabó, Rim Cartiam se disculpó con Ángel en un susurro, al tiempo que volvía a cubrirle la espalda después de haber retirado las agujas. Le dio unas leves palmaditas de ánimo y se concentró en el dorado elemento. Lo aborrecí, lo aborrecí por su avaricia, capaz de eclipsar cualquiera de sus virtudes.

Pero Ángel le restó importancia, con los ojos semicerrados me pidió una mano y, entre Grillo y yo, la condujimos a casa, donde permaneció acostada algo más de dos días sin que Lobo se acercase a su cama.

Rim Cartiam instaló su taller en una de las enormes habitaciones de la casa en la que residíamos y se encerró para que nadie lo molestara. A pesar de ello, recibía las visitas de su aprendiz con bastante regularidad. El estirado muchacho de pelo ensortijado se llamaba Iriadam y esperaba, sumiso, a que el tiempo le diese la oportunidad de alcanzar la fama de su maestro, puesto que era capaz de pintar con la misma soltura que él, incluso demostrando más habilidad para los detalles. Pero todavía no había conseguido hacerse un sitio en el complicado mundo de intereses cruzados de los salteadores.

Me interesaban sus divagaciones y aprovechaba sus visitas para charlar con él, oportunidad que también me servía para evadirme del mal ambiente que se respiraba en la casa desde que habíamos cedido a negociar con la sangre de Ángel. Aunque la chica había intentado dialogar con nuestro líder, Lobo seguía evitándonos. Incluso había abandonado las prácticas de esgrima conmigo. Intuía que aquella situación le servía también de excusa para exorcizar todos los demonios que debía tener encerrados en su pecho. No envidiaba en absoluto la posición de Lobo, y mi fidelidad a su causa creció durante los días en los que se permitió batallar con sus pasiones.

Su enfado agriaba el carácter de Grillo y Ángel, lo que los convertía en una no muy buena compañía; por eso aprendí a agradecer las visitas de Iriadam y su conversación. Jamás hablábamos de nosotros mismos: nuestros debates se limitaban a explorar las peculiaridades del carácter humano y, aunque esa sed de respuestas siempre había estado presente en mí, el aprendiz de Rim Cartiam despertó sin quererlo mi interés por las grandes preguntas que rodeaban nuestra existencia. Nuestros encuentros adquirieron una parte de costumbre, de modo que Iriadam redobló el ritmo de sus visitas para ocupar su tiempo conmigo. Algunas veces charlábamos mientras él se dedicaba a dibujar en la libreta de trabajo que siempre llevaba. Envidiaba aquella habilidad artística y lo observaba con interés durante horas. Gracias a él, el tiempo se me pasó más rápido durante aquella espera que parecía sacar de quicio a todos los demás, puesto que Rim Cartiam estaba tardando más de lo esperado en pintar el cuadro.

Una de las mañanas en las que esperaba la llegada de Iriadam en el patio trasero de la casa, Lobo salió a sentarse conmigo en un escalón al sol. Me inquietó su gesto, porque me había estado evitando como a los demás, pero decidí que si quería hablar, debía intentarlo él primero. Antes de comenzar, suspiró tan profundamente que pensé que iba a quedarse sin aire.

–¿Qué opinas de todo esto? –lanzó por fin con su voz ronca. A su lado, me sentía diminuta.

Lo miré sorprendida, pero él tenía sus ojos clavados en la pared de enfrente.

–¿Me estás pidiendo una valoración? –dudé, observándolo con atención.

–Sí, eso es lo que te estoy pidiendo, Fénix, maldita sea –se quejó descubriendo con su tono el dolor profundo que albergaba. No entendía por qué me había elegido a mí para iniciar el acercamiento al grupo, aunque me sentía halagada–. Eres... Tú lo ves todo desde fuera... con esos profundos ojos verdes que parecen no perdonar los detalles... ¿Qué opinas de esto? Porque estoy a punto de volverme loco a solo unos pasos del final... Y Grillo y Ángel se han empeñado en convertirse en los mayores defensores de una causa que no comprenden y... ¡eso me mata! –se le quebró la voz. Guardó silencio hasta que volvió a controlarse–. ¿Os estoy condenando?

Guardé silencio, intentando ordenar en mi cabeza las ideas que despertaba aquella muestra de confianza. Lobo había expresado muchos de los interrogantes que me inquietaban. Finalmente, me decidí a intervenir con un susurro:

–Háblame de Venus.

No sé por qué lo dije, quizá porque necesitaba comenzar de nuevo desde el principio. La cosa es que funcionó.

Lobo comenzó despacio, como si cada una de las palabras que pronunciaba le desgarrase por dentro. Pero después fue como dejar manar el agua de una fuente, y me di cuenta de que no podía parar de hablar. La describió con una sonrisa pintada en los labios, como si la dulce diosa estuviese delante de nosotros mirándolo con ternura, recordándole anécdotas que creía estar a punto de olvidar. Los grandes rasgos lo condujeron a los pequeños detalles y, junto al momento en que consiguió escapar con ella del resto de los dioses, apareció el curioso gesto que Venus hacía cuando estaba a punto de quedarse dormida.

Después llegó el relato de su muerte. No eludió nada: describió con detalle el cuerpo inerte de Venus a los pies de Gustard y los sentimientos desesperados que aquello había despertado en él.

–Y por eso hoy estamos aquí –concluyó–. Por eso yo estoy aquí. Y quizá comprendas ahora por qué me une a ti el más absoluto de los agradecimientos. Has puesto tu vida en peligro en tres ocasiones por mi causa.

–Creo que han sido más –bromeé.

–Siento que hayas elegido el bando perdedor –confesó con amargura–, pero necesito escuchar tu opinión.

Entonces fui yo la que respiró profundamente. Apoyé mi cabeza sobre el hombro fuerte de Lobo, intentando organizar mis ideas.

–Respeta las decisiones de Ángel y Grillo como ellos respetan las tuyas –comencé titubeante–. No los castigues por haber elegido defender tu causa. Deja de esperar que abandonen, que abandonemos... –continué, más convencida–. Todos somos conscientes de los riesgos que entraña esta guerra, no estamos aquí porque no tengamos otra oportunidad.

–Supongo que era más fácil tenerlos cerca cuando las cosas no pintaban tan mal –suspiró vencido.

Lobo me obligó a levantar la cabeza al moverse y buscó mi mirada con sus ojos escrutadores.

–¿Por qué te comportas como si no tuvieses nada que perder? –inquirió con un deje de frustración–. Es como si nada pudiese quebrantarte, como si nos observases siempre desde fuera. ¿No estás asustada?

Lobo había vuelto a expresar, sin saberlo, las dudas que me acompañaban desde que había aceptado mi nueva identidad, desde que había asumido ser Fénix. Pero era cierto, no sentía miedo, solo una profunda y absoluta curiosidad. Curiosidad por el final que tendría su historia, por el curso que tomaría mi aventura con Grillo, por el sabor que tendría la muerte una vez que llegase. Todavía me resulta difícil de explicar.

–Creo que, simplemente, es que lo tengo todo por ganar... –murmuré sin saber qué otra cosa decir.

–Eres la narradora de corazón de piedra –me dijo, y aunque en aquel momento me inquietó que tuviese razón, ahora sé que solo decía la verdad.

Las cosas mejoraron en la casa tras aquella conversación. Lobo y Ángel se encerraron a hablar durante horas y, cuando salieron, el ambiente había cambiado por completo, hasta el punto de poder retomar las sesiones de esgrima y volver a almorzar todos en la misma mesa. Mis debates con Iriadam se vieron sustituidos poco a poco por tardes de planificación estratégica, y eso pareció alegrar a Grillo, que se había mostrado algo molesto por el desmesurado interés que manifestaba por el aprendiz de Rim Cartiam.

–Creo que eso que te pasa se llaman celos –le dije una de las veces en que se quejó porque bajaba al taller, y enrojeció de pura rabia.

Pero la verdad era que, una vez arregladas las rencillas entre todos, me apetecía mucho más compartir mi tiempo con Grillo que charlar con Iriadam. No era una decisión premeditada, simplemente sentía la necesidad de estar a su lado. Ángel sonreía cada vez que nos observaba y procuraba posar su mano en mí cada cierto tiempo para comprobar que todo iba bien. Me daba pena que se empeñase en compartir mis sentimientos, cuando para ella era imposible vivir plenamente su amor.

–No sientas pena –me dijo Grillo notando mi inquietud una de las veces en que nos dejó–. Jamás serás capaz de comprender la inmensidad de su renuncia, la magnitud de su bondad. Su condición semidivina escapa a nuestro entendimiento. Ángel experimenta tu misma felicidad cuando te toca. Déjala disfrutarla.

–¿Quién dice que siento felicidad? –me burlé dándole un codazo en las costillas–. El que se pone como loco cuando aparezco eres tú.

–Ahí tienes toda la razón –respondió, buscando que me sintiera incómoda.

Las chispas que saltaban entre nosotros a veces estaban a punto de incendiar toda la casa, y eso hasta Rim Cartiam, que solo aparecía para recibir su ración de comida antes de volver a trabajar, lo había notado. Pero, por alguna razón, no conseguíamos avanzar. Grillo era menos despreocupado que cuando nos conocimos, cuidaba mucho más cada gesto que compartía conmigo y se empeñaba en apartarme de cualquier peligro. Eso me frustraba. Sobre todo cuando se trataba de concretar los planes finales.

Si todo salía como esperábamos, el cuadro de Rim Cartiam pronto estaría terminado y eso nos permitiría avanzar hacia la recta final. A mí me parecía increíble pensar que en solo dos saltos nos encontraríamos en el mismo mundo en el que se había creado el cuadro de Venus, así que no podía siquiera imaginar cómo debía sentirse Lobo.

La idea sobre nuestro siguiente movimiento era bien sencilla. Ángel la propuso con absoluta confianza: todos nos vestiríamos con túnicas negras y saltaríamos al cuadro que conectaba con la casa de Gustard, con la habitación concreta que necesitábamos. Mi poder entraría en acción lanzando copias encapuchadas a la sala.

–Todas cuantas puedas –señaló Ángel–. Entonces deberás lanzarlas a diferentes cuadros, a los pasillos... Bueno, eso a ti se te da bien... Y nosotros cuatro saltaremos rumbo a nuestro destino final.

–Lo bueno del cuadro que conecta con la realidad a la que nos dirigimos –señaló Grillo–, es que representa la colección de arte de un noble. Es como saltar a un laberinto: si vuelves a lanzar tus copias, los pocos salteadores que nos sigan se despistarán.

–Nos reconocerán –indicó Lobo poniéndonos los pies en la tierra–. La mayoría de ellos saltarán a la realidad de Venus.

–Deberíamos cubrirnos las espaldas –musité pensando en voz alta–. Si tuviésemos un informador en la mansión de Gustard que pudiese decirnos más o menos cómo están las cosas... ¡Un momento! –exclamé, emocionada porque acababa de tener una idea–. ¡Esperadme un momento!

Corrí hacia la habitación donde Rim Cartiam estaba encerrado con nuestro proyecto, deseando que Iriadam no se hubiese marchado todavía. Irrumpí sobresaltándolos mientras discutían sobre la posibilidad de adquirir un nuevo pigmento en un mundo bastante lejos de aquel. Como tenía prisa, planteé mi petición sin darle demasiadas vueltas.

–Necesitamos ayuda –indiqué cuando todavía no se habían recuperado de mi intromisión–. Iriadam, necesito que me hagas un favor.

Lo que necesitaba era bastante simple. No podíamos planear nuestro salto sin información, sin saber qué estaba pasando, cómo se estaban moviendo y qué se estaba cociendo en la residencia de Gustard. Necesitábamos conocer aproximadamente el número de salteadores que rondaban el palacio del gran señor y saber también en qué punto se encontraba su búsqueda de Venus. Desde que había hablado con Cleo nos movíamos a ciegas, suponiendo que todo iría bien. Sabía que Iriadam no tenía por qué hacernos aquel favor, pero habíamos hablado lo suficiente durante aquellos días como para suponer que no le costaría demasiado darse un paseo por la casa de Gustard. Además, habíamos sido más que generosos con Rim Cartiam y esperaba no verme obligada a apelar a su relación con Lobo y los demás para lograr lo que deseaba.

Efectivamente, algo del sentido de culpabilidad que había estado cociéndose en el corazón del pintor, desde que habíamos aceptado intercambiar su obra por la sangre de Ángel y el mineral, actuó en nuestro favor y él mismo animó a Iriadam a realizar la sencilla empresa que le proponía.

–Además, necesito que compruebes que el cuadro sigue en el mismo lugar –sonrió Rim Cartiam.

Cuando volví a la sala de reunión, pavoneándome con arrogancia, Lobo alabó mi previsión y Grillo hizo algunas burlas sobre el hecho de que hubiese utilizado mis influencias con el atractivo aprendiz. Yo no le di demasiada importancia. Al fin y al cabo, si las cosas hubiesen sido de otro modo, yo habría hecho lo mismo por Iriadam. No le había pedido que arriesgase su vida, solo que nos prestase sus ojos para preservar las nuestras.

Iriadam tardó más de lo previsto en volver con la información. Al parecer, las cosas en el palacio de Gustard estaban patas arriba. El movimiento de salteadores era más frenético que nunca porque habían perdido el rastro de Lobo.

–Lleváis demasiado tiempo sin dar señales de vida –explicó Iriadam, presidiendo la mesa en la que planeábamos nuestro siguiente paso–. Todos están desesperados intentando daros caza.

–Eso está bien –sonrió Lobo subiendo los pies a la mesa con despreocupación–. Es bueno tener ocupado al enemigo.

–No lo sé –confesó Iriadam–. He tardado más de lo que hubiese deseado en descubrir qué se traen entre manos, pero todo me hace pensar que van a acelerar un plan con el que tenéis algo que ver.

El aprendiz nos contó que el propio Gustard parecía inquieto y que se movía como una fiera enjaulada en el enorme palacio. Estaba susceptible y se rodeaba todo el tiempo de sus hombres de confianza. Según descubrió, había convocado una reunión de urgencia, puesto que seguían sin recibir noticias de los movimientos de Lobo.

–Hablaban de que tendrían que empezar antes de tiempo –explicó Iriadam–. Lo escuché en uno de los pasillos.

–¿Empezar antes de tiempo? –inquirí, desconcertada.

–No tengo ni idea de lo que significa, pero sí puedo asegurar que teníais algo que ver con todo aquello –confesó dejando claro que no sabía nada más del tema–. Por cierto, Fénix, eres bastante famosa.

No me llamó demasiado la atención el detalle, puesto que suponía que cualquier persona que se relacionase con el grupo de Lobo recibiría publicidad dentro del mundo de los salteadores. Pero la noticia no pareció gustar demasiado a Grillo.

–¿Cuánto cuesta su cabeza? –inquirió Lobo, divertido–. A este paso vamos a hacer rico a cualquiera que dé con nosotros.

–Pues más de lo que imaginas –sonrió Iriadam–, sobre todo desde que cierto personaje se ha encaprichado con ella.

Me pareció intuir en su voz un deje de amargura, pero no le presté atención porque la información me interesaba. Grillo frunció el ceño y apretó los labios.

–La historia se repite –continuó el aprendiz–. A Sombra siempre le gustaron las pelirrojas.

Hizo falta más de un intento para evitar que Grillo se lanzase contra Iriadam solo porque necesitaba descargar su rabia con alguien. Ángel comprobó mis emociones mientras Lobo tranquilizaba a nuestro amigo y el aprendiz de Rim Cartiam asistía impertérrito a la escenita. De pronto tuve la sensación de que el hecho de conocer ya la historia de Lobo no era suficiente y me pregunté si, antes de volver a jugarme la vida, tendría por fin los datos necesarios para saber quiénes eran las personas por las que lo estaba dando todo.

Intenté recordar lo que sabía de Sombra y regresó a mi imaginación la primera vez que nos encontramos, cuando yo ni tan siquiera sabía quién era. Rememoré el brutal enfrentamiento que había tenido con Grillo aquella fatídica noche en la que casi echamos a perder el plan de Lobo, recordé que había tenido su daga en mi cuello y que aun así no había puesto en peligro mi vida, es más, parecía haberse molestado con Grillo por la violencia con la que me había apartado de su camino usando su poder. Todo eso encajaba con la posibilidad de que el hijo de Cleo se hubiese encaprichado conmigo, aunque era incapaz de entenderlo.

Lobo había conseguido calmar los ánimos y Ángel me hizo volver a la realidad con su voz dulce:

–Iriadam, has sido muy amable con nosotros. Estamos en deuda contigo.

–Solo espero que, si sobrevivís a todo esto –sonrió el aprendiz mientras se incorporaba–, os acordéis de mí cuando necesitéis algún encargo.

Me levanté para acompañarlo en su camino al taller. Sabía que había accedido a ayudarnos únicamente porque entre nosotros se había establecido cierta complicidad, y me apenaba la idea de que ya nos quedaba poco tiempo para compartir.

–¿Quieres más detalles sobre tu amigo Sombra? –bromeó con amargura cuando lo acompañaba.

–¡No! –me quejé, escandalizada–. Quiero únicamente darte las gracias.

–Ya me las habéis dado...

–No, pero quería hacerlo yo –respondí tratando de animarlo, porque parecía apenado y no entendía por qué–. Sé que no nos debías nada y me siento en deuda contigo.

Iriadam sonrió y me dejó agarrarme a su brazo cuando llegábamos a la habitación donde trabajaba Rim Cartiam.

–¿Quién me iba a decir que iba a cogerle cariño a esa salteadora traidora que me hizo la encerrona en el mercado? –bromeó apretándome la mano amistosamente–. Lo siento mucho...

–¿Por qué? –me reí–. No has sido tan mala compañía.

–Por no haber encontrado más información en la mansión de Gustard –confesó aturullado.

Me di cuenta de que aquello se estaba convirtiendo en una despedida y me pregunté si alguna vez nos volveríamos a cruzar. Realmente me agradaba aquel muchacho estirado e inteligente.

–Espero que volvamos a vernos –dije separándome de él e inclinando la cabeza con agradecimiento, como había aprendido en el Santuario del Sauce.

–Yo espero que sobrevivas –confesó con amargura antes de perderse tras la puerta.

13

Grillo se negó en redondo a hablar conmigo sobre Sombra y tuvimos una pequeña discusión. Aunque argumenté que incluso Lobo había accedido a hablarme de Venus y que no comprendía por qué él me ocultaba algo que no debía ser tan malo, se mantuvo firme en su decisión.

–Así solo consigues que mi imaginación genere situaciones inverosímiles –me quejé.

–Tu imaginación, afortunadamente, no es tan viva.

Aquella fue su manera de terminar con el tema. Ni Ángel ni Lobo parecieron tampoco dispuestos a darme ninguna pista, así que tuve que dar vueltas en la cama acompañada por mi frustración mientras Grillo parecía dormir plácidamente a mi lado. Pero sabía que estaba tan inquieto como yo.

Aunque estábamos a punto de entrar en la parte más peligrosa de nuestro plan, o quizá justo por eso, no era capaz de concentrarme en nada que no fuese la rivalidad entre Sombra y Grillo. Me di cuenta de que era algo en lo que tenía que haber insistido desde el principio, desde que el primer rastro de inquietud rodeó el nombre del hijo de Cleo, porque ahora sentía que era demasiado tarde.

–¿Y si muero y me quedo sin saberlo? –probé suerte cuando descubrí a Grillo despierto a mi lado.

–Nadie va a morirse –sentenció muy serio dándome la espalda–, y menos tú.

Fingió dormir como creo que hicimos todos, porque ya se respiraba en el aire que Rim Cartiam estaba a punto de terminar su trabajo. Quizá yo había contado con tener unas horas más, un día más, para profundizar en mis pesquisas y descubrir los secretos de la enemistad entre Sombra y Grillo, pero no tuve tanta suerte.

El mismo Lobo me sacó del duermevela zarandeándome con nerviosismo cuando por fin había conseguido relajarme un poco.

Rim Cartiam había dedicado toda la noche a acabar el cuadro, había llamado a Lobo antes de dar las pinceladas finales y los dos habían recibido al amanecer en la habitación donde el pintor llevaba encerrado tanto tiempo.

–Ponte tus mejores galas, Fénix –me indicó cuando clavé en él mis ojos hinchados–. Comienza la acción.

–¿Ha terminado ya? –inquirió Grillo incorporándose a mi lado.

–No ha hecho más que empezar –bromeó Lobo con voz ronca saliendo de la habitación como una exhalación, supuse que en busca de Ángel.

Me levantaba de un salto cuando sentí los brazos de Grillo reteniéndome. Dormíamos juntos casi por costumbre desde que habíamos hecho las paces tras nuestra última discusión, pero eso nunca había significado nada, así que su gesto me sorprendió convirtiendo mi piel en un campo eléctrico.

Comenzó a besarme lentamente, primero conquistando mis hombros, después subiendo hacia mi cuello. Me abrumaba la intimidad que estaba estableciendo y comencé a sentir algo muy parecido al vértigo mientras nos enredábamos en aquella cama que, de pronto, era lo único que existía. Su boca hacía que mi piel ardiese y, cuando sus ojos se clavaron en los míos con una intensidad desconocida, pensé que iba a inflamarme en llamas entre sus brazos.

–Prométeme que no vas a morir –me repetía una y otra vez como un ruego dulce y desesperado.

Yo, estúpidamente, respondía que sí, que se lo prometía, que no iba a arriesgarme, que iba a tener cuidado, que todo saldría bien. Pero no sabía lo que decía.

No sé en qué momento decidimos que el tiempo se nos había acabado, pero supe, por el gesto de Grillo cuando me tendía mi chaqueta azul, que lo que habíamos hecho había sido despedirnos, por si mis promesas no servían para nada. Me abracé contra su pecho y respire profundamente.

–Tenemos que bajar –susurré, y noté que asentía–. Todo va a salir bien.

El cuadro tenía el tamaño de una ventana pequeña y, al verlo, pensé que eso era lo que en realidad tenía frente a mí, una ventana pequeña hacia un futuro incierto. Ángel sonrió con tristeza al verme llegar, pero no hizo amago de poner sus manos sobre mí. Aunque me avergonzó resultar tan evidente, agradecí que respetase esa nueva intimidad que se había establecido entre Grillo y yo. Había supuesto que Lobo nos llamaría la atención por hacerlos perder el tiempo en un momento tan importante como ese, pero de nuevo estaba muy equivocada.

Con gesto serio, permanecía sentado mirando el cuadro al lado de una pequeña montaña de cosas que había dejado sobre la mesa. Rim Cartiam aguardaba también en silencio contemplando su obra. Tenía unas ojeras negras que casi alcanzaban el nacimiento de su barba.

La cosa era bien sencilla: solo teníamos que desayunar y saltar. Ángel se había ocupado de conseguir las túnicas negras que estaban preparadas sobre una de las sillas de la sala. Rim Cartiam esperaría hasta el final, hasta el último momento, para destruir su propia creación y así librarse de la posibilidad de ser descubierto cometiendo un crimen de alta traición.

Grillo puso ante mí un cuenco lleno de fruta roja y, aunque creía que mi estómago sería incapaz de aceptar nada, pronto me descubrí comiendo como si no lo hubiese hecho en mi vida. Los demás fingieron interesarse por la comida, pero solo jugaron con ella.

–¿Has soltado lastre? –inquirió Grillo observando el montoncito de objetos que Lobo había dejado sobre una mesa.

–No quiero ir cargado con cosas que no voy a necesitar –respondió él encogiéndose de hombros–. Si todo sale bien, abandonaré esta vida, y si todo sale mal... mejor llevarme mis secretos a la tumba.

Observé que entre aquellas cosas se encontraban los principales mapas que Lobo había hecho durante su vida de salteador: allí estaban descritos todos los caminos que había descubierto, todos los planos que había dibujado para dar con Venus. Ángel abandonó el cuenco con la fruta y se dispuso a vaciar también la pequeña mochila que siempre llevaba consigo. Me pregunté si de verdad se preparaban para un futuro nuevo o si encaraban con paciencia la muerte. ¿Qué sería de ella si todo salía bien? ¿Qué haría cuando Lobo se largase, simplemente, para no volver? Después de mirar dos veces su bolsa, Ángel, sencillamente, sacó su libreta de tópicos y la guardó en uno de sus bolsillos, dejando todo lo demás sobre la mesa.

Yo no tenía nada de lo que desprenderme. En aquel corto periodo de tiempo no había logrado atesorar nada más allá de mi espada y la ropa con la que siempre me vestía. Solía adquirir lo necesario en el mundo en el que nos encontrábamos y, como siempre había vivido con lo justo, no era para mí una dificultad carecer de objetos de valor. Mientras Grillo vaciaba su bolsa y sus bolsillos, desenfundé mi espada para comprobar que la hoja seguía estando afilada. Me parecieron demasiado lejanas mis vivencias en el Santuario del Sauce, el momento en que Lien Shu la había dejado entre mis ropas antes de despedirnos.

Rim Cartiam se acercó a mí con parsimonia. Todavía no lo había perdonado por su horrible actuación con Ángel.

–¿Estás segura de lo que haces? –inquirió con confianza, y me molestó que tuviese la desfachatez de dudar de nuestra empresa. Ni siquiera le respondí–. Esta no es tu guerra... –susurró recordándome la propuesta de Cleo–. Todavía estás a tiempo de reconsiderarlo todo.

–No entiendo lo que estás haciendo –le dije con sequedad y en voz alta, llamando la atención de los demás. Rim Cartiam enrojeció, bajando los ojos, y apretó los labios.

–¿Qué ocurre? –preguntó Grillo acercándose.

–Solo le estoy diciendo que puede reconsiderar su posición –confesó el pintor con rudeza.

–No sé cuántas veces voy a tener que defender ante todos mis decisiones –me quejé con sequedad mirando a Lobo. Recibí una sonrisa condescendiente de su parte–. Estoy aquí haciendo lo que estoy haciendo porque lo he elegido así.

–No es tu única opción –insistió Rim Cartiam, y noté que Grillo comenzaba a dudar.

Me perdieron los nervios. De pronto me di cuenta de que Grillo podría ver aquello como una oportunidad más para protegerme y sacarme del plan. Ángel lo notó en el acto y me pidió calma tratando de posar su mano en mi hombro. Enfundé la espada con violencia y me aparté de ellos.

–No voy a someter esto a votación –señalé con dureza–. No tenéis derecho a decidir si debo o no debo estar aquí. He demostrado en más de una ocasión mi fidelidad, y me resulta insultante que se siga poniendo en duda mi compromiso.

Rim Cartiam intentó disculparse:

–Solo me preocupa tu futuro, si Iriadam tiene razón con respecto a los rumores que circulan sobre ti...

–¡No me importa lo que vaya diciendo Sombra! –bramé, y noté que Grillo se estremecía a mi lado.

–Vamos a calmarnos –comentó Lobo agarrando las túnicas para repartirlas, en un intento de normalizar la situación–. Nadie duda de tu compromiso y todos queremos que sigas con nosotros –recordó con firmeza–. Gracias, Rim Cartiam, por preocuparte por el destino de nuestra amiga.

–Me parece estupendo que todos planteéis esto con tanta naturalidad –ironizó Rim Cartiam–. Conoces muy bien a tus amigos, y mucho mejor a tus enemigos, Lobo.

–Tú lo has dicho: conozco demasiado bien a mis amigos –apuntó él repartiéndonos las telas oscuras– y creo que puedo contarte entre ellos, así que espero que respetes lo que estamos haciendo.

–He pintado el cuadro, ¿no es cierto? –se defendió el pintor–. Pero aun así me preocupa la chica, y sabes que Sombra y Grill...

–¡He dicho que ya basta! –gritó Lobo. Apoyó la mano en la empuñadura de su espada y clavó sus ojos en Rim Cartiam y después en Grillo, que parecía a punto de perder el control–. Ya te hemos dado las gracias, Rim Cartiam. Te has llevado todo lo que has pedido, así que no entiendo qué más deseas ahora.

–Avisarla –respondió con simplicidad cruzándose de brazos, y después se volvió hacia Grillo–. Tú sabrás a lo que estás jugando.

Me calé la túnica con violencia. Todo el mundo conocía el cuento de Sombra menos yo. No sé si lo hice por acabar con aquella conversación o si simplemente buscaba recordarle a Grillo que yo también tenía algo que decir en todo eso. La cosa es que, sin pensármelo dos veces, me volví hacia el cuadro recién terminado y salté, improvisando el comienzo del plan, iniciando el Camino del Faro.

En cuanto mis pies pisaron el suelo, lancé mis copias al interior del palacio de Gustard. En el pasillo había varios salteadores que, sobresaltados, respondieron a mi incursión y desenfundaron las armas. No sabía cuánto tardarían los demás en saltar a aquella realidad, pero la verdad es que en aquel momento tampoco me importaba demasiado. Con rabia, saqué la espada y me enzarcé con uno de los salteadores mientras mis copias seguían reproduciéndose. Algunas saltaban a los demás cuadros que se veían en la habitación, otras corrían por los pasillos, pero solo se escuchaba el ruido de mi espada y las voces de los salteadores cuando descubrían que una de las copias era solo eso: nada.

Poner a prueba mi capacidad física sabiendo que me estaba jugando la vida estimulaba mi adrenalina casi tanto como lo había hecho Grillo aquella mañana. Y en el momento en que sentía que mi adversario tenía todas las de perder, me desdoblaba para atacar a otro de los salteadores que iban llegando. Mis copias se iban descomponiendo al tiempo que chocaban contra los hombres de Gustard, lo que me obligaba a permanecer atenta porque, aunque me sentía frustrada y necesitaba desfogar toda mi rabia, no había olvidado que estaba poniendo en peligro el plan de Lobo.

–¡Me lo prometiste! –fue el primer grito de Grillo que percibí entre el jaleo que había montado en el corredor.

Me desdoblé lejos de mi contrincante y localicé el cuadro al que se suponía que teníamos que saltar, el que conducía a la realidad de Venus. Si estábamos todos allí, el plan debía marchar.

–¡Me voy! –grité procurando ser oída por todos, y cuando me cercioré de que tenía oportunidades reales de hacerlo, me desdoblé, asesté un buen golpe a uno de los salteadores y, al tiempo que lanzaba todas mis copias contra los cuadros de los pasillos, me precipité a la realidad de Venus protegida por mi túnica.

El silencio que me recibió en el palacio del noble contrastaba con el jaleo que había organizado en la mansión de Gustard. Sentí que alguien más saltaba junto a mí y lancé todas mis copias de nuevo, volviéndome para identificar a mis compañeros.

Descubrí a Lobo bajo la túnica y noté cómo Grillo me agarraba del brazo con fuerza.

–¡Estás loca! –gritó tratando de encararme.

–¡No tenemos tiempo para esto! –le respondí liberándome, y comencé la carrera tal y como habíamos planeado.

Supe enseguida que Ángel venía con nosotros y Lobo nos avisó de que no estábamos solos. Tres salteadores nos pisaban los talones.

–Necesitamos más copias –indicó Ángel cuando mis dobles comenzaron a desaparecer en los cuadros.

Me concentré en lanzar más imágenes de mí misma al palacio. Primero a las habitaciones que cruzábamos, después a los corredores que se alejaban de allí. Teníamos que conseguir salir de aquel edificio sin que los salteadores nos siguieran.

Corríamos por uno de los pasillos cuando Ángel señaló una dirección y Grillo abrió una de las puertas laterales haciendo uso de su poder. Entendiendo su plan, lancé cuatro copias que continuaron corriendo por el pasillo. No sabía cuánto tiempo lograría mantener la farsa una vez que las perdiese de vista, pero seguí a Grillo y los demás al interior del cuarto.

No teníamos tiempo para hablar. Sentía que el pecho me iba a estallar del esfuerzo y apoyé las manos en mis rodillas, doblando el cuerpo para recobrar el aliento. Ángel tanteó un segundo en una de las paredes y accionó un mecanismo que nos abrió la entrada a un pasadizo secreto.

–Vamos, Fénix –me indicó Lobo, pero cuando me incorporé para seguirlo, los colores se mezclaron ante mis ojos y todo se volvió negro.

Me desvanecí.

La primera impresión que tuve cuando recuperé el sentido fue que había vuelto a los primeros años de mi vida y me mecía en la cuna de madera que había tallado mi padre para mí. Fue una sensación dulce pero breve, porque pronto identifiqué sonidos que estaban más bien lejos de aquellos rincones de mi infancia. Olía a humedad y sal, a sudor y a brea. Todo crujía a mi alrededor sin abandonar un movimiento constante y acompasado. Estaba en un barco.

Nunca había viajado en uno; la única vez que había contemplado uno de aquellos monstruos de madera, capaces de surcar los mares, había sido cuando Grillo y yo habíamos aparecido en aquella realidad de tormenta donde nos habíamos besado por primera vez. Al despertar aquel sentimiento, desperté también todos los de aquella mañana y sentí que mi estómago había dado un vuelco por el deseo.

Lo último que recordaba era la pequeña habitación en el palacio del noble al que habíamos saltado en la realidad del cuadro de Venus, con Ángel accionando la apertura a un pasadizo... ¿Cómo había llegado entonces hasta un barco?

Abrí los ojos con dificultad, sentía los párpados terriblemente pesados. Debía estar recostada en una litera, porque tenía el techo muy cerca de mí. Intenté moverme, aunque me dolían todos los músculos, para obtener más detalles del lugar donde me encontraba.

–Bienvenida –me sonrió Ángel, sentada en una banqueta junto a mi cama. Me hablaba en voz baja y dulce, como si yo fuese una enferma–. No te muevas, por favor –me rogó poniendo una mano sobre mí.

–¿Dónde estamos? –murmuré sintiendo la boca pastosa, y Ángel me acercó un vaso de metal con agua caliente. Bebí como si no lo hubiese hecho en años.

–Voy a avisar a Grillo, ¿de acuerdo? –me indicó sin responderme–. Se ha pasado noche y día velando tu cama, y justo te despiertas cuando ha salido a tomar el aire... ¡No se lo va a perdonar! –bromeó Ángel apartándome un rizo de la cara.

–¿Qué ha pasado? –inquirí, aún sin comprender, mientras ella se levantaba y abría así mi campo de visión.

Me encontraba en un pequeño camarote sin ventanas, iluminado por medias velas. Había otras camas empotradas en la pared de aquel compartimento de techo bajo, pero todas estaban vacías. Aproveché aquel momento para mover mis músculos e intentar incorporarme, pero noté que me mareaba al iniciar el movimiento, así que volví a tenderme tratando de controlar mi respiración. En circunstancias así siempre agradecía los ejercicios de meditación aprendidos en el Santuario del Sauce. Ángel había dicho «día y noche». ¿Cuánto tiempo llevaba tumbada allí? Escuché los pasos de Grillo acercándose, pero no me atreví a seguirlo con la mirada por si regresaba la sensación de mareo.

–¿Fénix? –inquirió en un susurro sentándose en la banqueta que había ocupado Ángel.

–Creo que sí... –murmuré abriendo los ojos.

Grillo parecía demacrado, su cara estaba cruzada por marcas de cansancio acumulado y de preocupación.

–Estás horrible... –le dije intentando sonreír.

–No te has visto... –me acusó frunciendo el ceño–. ¿Cómo te sientes?

–¿Dónde estamos? ¿Dónde está Lobo?

–Estamos en un barco, Lobo está arriba.

–¿Por qué vamos en un barco?

–Porque era la manera más rápida de llegar a nuestro destino –me respondió simplemente–. ¿Cómo te sientes?

–Mareada. ¿Qué ha pasado?

Grillo me explicó que me había desmayado y que llevaba dos días inconsciente. Al parecer habían tenido que cargar conmigo durante la última parte de nuestra huida, porque me había desmayado en aquella habitación que recordaba.

–Me has dado un susto de muerte –se quejó Grillo apoyando la cabeza en sus manos–. Creo que no te queda ninguna promesa sin romper...

–Hice mis promesas sin estar en pleno uso de mis facultades –me mofé alargando una mano para alcanzarlo–. ¿Qué me ha pasado?

–Agotamiento –explicó–. Ángel dice que hiciste un esfuerzo demasiado prolongado lanzando tus copias... Si no te hubieses puesto hecha una furia y te hubieses adelantado...

Recordé perfectamente todos los hechos a los que hacía referencia y enrojecí violentamente.

–Si me hubieses contado lo que pasa con Sombra... –traté de defenderme, pero mi estómago me denunció lanzando un rugido terrible y Grillo tuvo la oportunidad perfecta para cambiar de tema y centrarse en mi almuerzo.

Lobo vino a visitarme cuando Ángel les comunicó que me encontraba mejor. Aunque todos se comportaban conmigo con suma delicadeza, Lobo no se preocupó por eso a la hora de reprenderme por mi actitud irreflexiva al saltar a la mansión de Gustard sin pensarlo dos veces. No supe defenderme, sabía que tenía razón y de alguna manera me había excedido al demostrar mi rabia con una actitud tan caprichosa que podía haber puesto en peligro todo el plan. Sentía mi desmayo como un castigo lógico a mi exceso.

Ángel me contó que había usado parte de su poder para ayudarme en mi recuperación, pero que, al sondearme y descubrir que mi dolencia no era otra que el agotamiento, había dejado obrar a la naturaleza según sus designios, pues teníamos varios días de viaje por delante.

–Además, dormida no tenías la oportunidad de saltar a lo loco a ningún cuadro –bromeó conmigo cuando ya era capaz de incorporarme en la cama sin sentir que la cabeza me daba vueltas.

–No te preocupes, he captado el mensaje –me reí negando con la cabeza.

–¿Puedo preguntarte una cosa aprovechando que estamos solas? –inquirió Ángel con una nueva seriedad. Grillo y Lobo habían subido a cubierta para buscar la comida. Asentí con la cabeza y fruncí el ceño–. No te preocupes, en realidad es solo una tontería... pero... Fénix, cuando saltaste a la mansión de Gustard y lanzaste tus copias, ¿hiciste algo más?

La miré sin comprender a lo que se refería.

–¿Algo más? –le pregunté, desconcertada.

–¿Pensabas en algo en especial o hiciste algún esfuerzo nuevo?

–¿Lo dices por el desmayo? –inquirí confundida.

–Verás... es solo... Has hecho esfuerzos como estos otras veces y nunca te había pasado algo así –explicó Ángel sondeándome con sus ojos profundos–, pero además... Fénix, creo que algunas de las copias que lanzaste no eran precisamente tú.

–¿Cómo? –me extrañé sin comprenderla.

–Me pareció que algunas de las copias que hacías aparecer en las habitaciones no se te parecían; es más, me atrevería a decir que tenían los rasgos de Grillo, los míos, los de Lobo... incluso los de Sombra...

Observé a Ángel tratando de asegurarme de que no estaba bromeando.

–Eso es imposible –respondí cerrando los ojos para concentrarme–. Es imposible. Las capuchas, las túnicas... Era difícil ver bien.

No podía ser. Si ese poder se hallaba en mí, el venerable maestro lo habría descubierto en el Santuario del Sauce y lo habríamos puesto en práctica, lo habríamos entrenado.

–Debiste confundirte –le dije–, había mucho jaleo, llegasteis tarde, íbamos encapuchados...

–Sí, yo también he pensado que con la prisa y la acción... –Ángel dudó y alargó su mano para tocar la mía.

–No te estoy mintiendo –le dije cediéndole mis dedos.

–Perdóname –se disculpó sonriendo con tristeza–. Pero como el agotamiento te ha llevado hasta tal punto, pensé que quizá se debía a un esfuerzo de más... Creo que todos estamos perdiendo la cabeza al vernos tan cerca del final.

Ángel no volvió a sacar el tema y yo tampoco lo comenté con los demás para no avergonzarla. Además, seguía sintiéndome cansada para aquel tipo de conversación trascendental. Era sencillamente imposible que hubiese adoptado la forma de otra persona. Cuando lanzaba mis copias, era plenamente consciente de cada una de ellas, las sentía como extensiones de mí misma, como interminables articulaciones de mi propio ser. Habría notado sus diferencias, las habría dominado. Por eso no le di más importancia a aquella conversación.

El cuarto día de nuestra travesía ya era capaz de permanecer sentada, y el quinto día comencé a dar pequeños paseos por la cubierta. Grillo no se apartaba de mi lado y utilizaba su poder con despreocupación para conseguirme comida de las cocinas o cualquier cosa que necesitara. El barco era bastante más pequeño de lo que había imaginado, y el camerino donde había dormido era solo uno de los tres que contenía el navío.

El buque era propiedad de un mercader que se dedicaba a las transacciones comerciales en aquel espacio de mar. Lobo nos había conseguido unos pasajes de última hora y supe pronto que no lo había hecho mediante el juego limpio. Me confesó que no teníamos demasiado margen de acción para reaccionar, puesto que era cuestión de tiempo que los salteadores de Gustard descubriesen que estábamos detrás del alboroto en su mansión y que seguíamos la pista del cuadro de Venus. Así que Lobo, simplemente, se había visto obligado a robar unos pasajes para el siguiente barco que salía con dirección a una pequeña península llamada Italia.

–¿Cómo sabes que el cuadro está allí? –le pregunté con curiosidad una de las noches que tomábamos el fresco en cubierta, aprovechando que ya todo el mundo se había retirado a sus catres y podíamos hablar con libertad.

–Realizaba un trabajo para Gustard cuando di con él –explicó apoyado en la baranda de madera encarando el mar oscuro–. Me encontraba en la Galería Uffizi, en una ciudad llamada Florencia. Había saltado tantas veces que ya no llevaba la cuenta, pero recabé información para situarme... No sé si el cuadro sigue allí, ni siquiera sé si se ha pintado todavía, pero es la única pista que tenemos... Así que pregunté en el puerto dónde diantres estaba Florencia, dijeron que en Italia y por eso estamos aquí.

Lobo me pareció de pronto muy viejo, como si el estar acercándonos al final de nuestro recorrido lo hubiese hecho abandonar la pose defensiva con la que solía recibirnos. Me levanté del escalón donde estaba sentada, reprendí a Grillo con la mirada por tratar de detenerme, y me acerqué a Lobo. Miré al mar como él y apoyé mi cabeza en su hombro. Lo escuché reír por lo bajo y sentí su brazo rodeándome. Por primera vez fui consciente de que a mí también me iba a costar separarme de él.

A la mañana siguiente comenzaron los entrenamientos. Grillo propuso que los aplazásemos un día más, pero Ángel insistió en que mi cuerpo ya estaba bastante recuperado y no debía relajarme. Por primera vez luché contra ella, sorprendida por la ferocidad que se escondía bajo su cabello dorado y su rostro pálido de muñeca. Prácticamente inmutable, Ángel realizaba sus movimientos con una elegancia sublime, como si el ejercicio físico no supusiese para ella ningún esfuerzo. Parecía estar bailando.

–¿Estás mareada? –me preguntó Grillo en uno de los momentos en que Ángel fue más rápida que yo y me hizo trastabillar.

–¡No! ¡Cállate! –le ordené recuperando posición para volver al asalto.

Ángel se rio por mi respuesta, y me di cuenta de que hacía demasiado tiempo que no se reía así.

–Prueba a desdoblarte –me animó, emocionada–. Veamos si estás recuperada del todo.

–¡Todavía es muy pronto para eso! –se quejó Grillo.

–Cállate o lárgate –escuché que lo reprendía Lobo–, pero déjame disfrutar del espectáculo.

Era la hora más pesada de calor y la mayoría de la tripulación andaba ocupada en sus obligaciones o descansando en los camerinos. Grillo y Lobo se amparaban en la sombra de las velas y nosotras ocupábamos un rincón en la cubierta. Miré a mi alrededor para comprobar que, en efecto, no había nadie, y me desdoblé de manera que Ángel quedase a mi izquierda. Descubrí que no me suponía ningún esfuerzo y volví a hacerlo para evitar uno de sus golpes.

–¿Te estás regodeando? –sonrió mi compañera, comenzando a frustrarse porque no lograba dar conmigo.

Con una carcajada lancé varias de mis copias por la cubierta, una de ellas sentada junto a Lobo y Grillo, otra saltando al agua.

–Ahora sí –confesé–, y lo mejor es que no me canso.

–¿Puedes probar algún truco nuevo? –intentó Ángel haciendo referencia a la conversación que habíamos tenido durante mis días de convalecencia. Me parecía una estupidez intentarlo, pero me concentré en ello y, tal y como esperaba, no conseguí nada.

–¡Hecho! –le dije apareciéndome encaramada a su espalda.

Ángel bajó el arma entre carcajadas y levantó una mano en gesto de rendición.

–Lo he intentado –le susurré al oído antes de hacer desaparecer mis copias para desdoblarme a la sombra con nuestros compañeros.

Respiraba profundamente por el esfuerzo, pero me sentía viva. Le propiné un codazo a Grillo para que quitase la cara de mal humor que había tenido durante el combate y me premió con un beso de paz. Lobo estiró las piernas y apoyó los codos en los escalones.

–Estamos en forma –suspiró complacido, como si no nos estuviésemos preparando para la batalla final, como si simplemente nos estuviésemos divirtiendo.

Los días pasaban tranquilos y yo recuperaba mi energía. Aprovechábamos cualquier instante para entrenar, pero ya habíamos dejado de planear lo que haríamos cuando llegásemos a Florencia, porque era imposible saber lo que nos aguardaba.

Al atardecer de nuestro último día de travesía, arribamos a Livorno, una ciudad portuaria que parecía estar a punto de ser colonizada por el mar, porque el agua entraba en sus calles a través de canales que se hacían con las aceras.

El movimiento en el puerto era frenético a pesar de que estaba a punto de hacerse de noche. Había carros con caballos esperando a recibir las mercancías que bajaban de los barcos y, en las puertas de las tabernas, los marineros compartían sus impresiones tras el día de trabajo. Lobo, haciendo uso de su especial habilidad para salirse con la suya, consiguió unos caballos para iniciar nuestra marcha hacia Florencia aquella misma noche. El mercader con el que habíamos llegado a la costa nos había pedido que esperásemos a la mañana siguiente y viajásemos con él y su compañía, que también se dirigían a la ciudad, supongo que porque le parecía que podíamos defenderlos en el caso de que alguien los atacase durante el trayecto. Pero una vez puestos los pies en el suelo de Italia, Lobo no podía aguardar.

Yo no había cabalgado en la vida, y la experiencia no fue demasiado agradable. Al principio viajé a la grupa del caballo de Grillo, puesto que no era capaz de dominar a mi propio animal, pero pronto el corcel dio muestras de cansancio y tuve que dirigir mi propia montura. Ángel, haciendo uso de su capacidad para empatizar con cualquier ser vivo, me ayudó a comprender al caballo y, lo que es más importante, lo ayudó a él a comprenderme a mí. Pero el dolor que sentía en las piernas por la postura me hizo comenzar a desdoblarme hacia el horizonte para esperar a mis compañeros y retomar la marcha cuando llegaban a mi altura.

–¡Estás malgastando tu energía! –me amonestó Lobo, obligándome a volver a las buenas costumbres.

El camino se me hizo eterno, agotador e interminable. Sentía cada músculo de mi cuerpo dolorido, y me parecía que iba a perder las piernas en cualquier momento cuando comenzó a amanecer.

–Esto es lo peor que me habéis obligado a hacer –me quejé, y recibí una carcajada de Lobo como respuesta–. ¿Cuánto queda?

El sol brillaba imponente sobre nuestras cabezas cuando alcanzamos los muros de Florencia. La ciudad estaba situada en un terreno llano, y un río magnífico la dividía refulgiendo lleno de barcas. Mi estómago rugía de hambre cuando atravesamos las murallas. El movimiento comercial era abrumador, y nuevos edificios comenzaban a elevarse como habitantes de piedra en las calles. Una enorme cúpula emergía majestuosa entre las casas, como si un gigante asomase la cabeza para observar el horizonte más allá de las murallas de Florencia.

De pronto escuché a Ángel gritar a mi lado:

–¡Lobo! –y volví a dedicar mi atención a lo que nos ocupaba.

Lobo había espoleado a su montura y, sin habernos avisado de nada, cabalgaba como un poseso adentrándose en las calles laberínticas de la ciudad. Ángel salió en su persecución y Grillo me llamó para que hiciésemos lo mismo.

–¿Qué ocurre? –le grité, intentando enterarme de algo.

–Ni idea, pero no te rezagues –me ordenó Grillo, preocupado, mientras apartaba a un muchacho que estaba a punto de ponerse en su camino.

Haciendo un último esfuerzo y sintiendo que el dolor cegaba mis instintos, espoleé yo también a mi caballo y los seguí, absolutamente desconcertada.

Cabalgamos como locos por Florencia, recibiendo gritos e insultos de la gente a la que molestábamos con nuestra carrera. Cruzamos el río por uno de los puentes y, cuando creí que nos dirigíamos a la cúpula que había visto coronando la ciudad, torcimos a la derecha para no perder de vista a Lobo. Ángel casi le había llegado a la zaga y, por eso, estuvo a punto de chocar contra él cuando Lobo se detuvo bruscamente.

Observé cómo desmontaba desesperado, llevándose las manos a la cabeza, ante un solar donde varios hombres con el torso desnudo cavaban, arrastraban piedras y planeaban construir lo que veinte años después sería el palacio de los Uffizi.

14

El palacio de los Uffizi no existía. En el lugar donde debía haberse levantado un imponente edificio de sillares de piedra con una torre que mirase de frente a la cúpula de la catedral, solo había un solar de tierra en el que se proyectaba el comienzo de las obras. Desmonté desdoblándome, puesto que me sentía incapaz de hacerlo de otra manera, pero me quedé junto a mi caballo. Percibía la frustración y el dolor de Lobo desde donde me encontraba. Me daba miedo acercarme a él, interrumpir con frases estúpidas la desesperación que lo embargaba. Miré a Grillo y a Ángel, pero ninguno de los dos parecía saber muy bien qué debíamos hacer.

No habíamos pensado qué haríamos al llegar a Florencia porque no teníamos los datos suficientes para planear el siguiente paso, pero, de alguna manera, esperábamos encontrar fácilmente el cuadro de Venus. Quizá imaginábamos que tendríamos que luchar, pero no suponíamos que el final de aquel viaje que habíamos emprendido hacía tanto en no sé qué lugar, dependiese de la espera de varios años en aquella ciudad.

Ángel se acercó a Lobo y le puso una mano en el hombro, pero él no apartó sus ojos de los movimientos de los obreros que, descamisados, se afanaban como abejas en la construcción del palacio.

–Creía que la tenía al alcance de mi mano... –murmuró Lobo apretando los puños, y Ángel se aproximó más a él hasta estar casi pegada a su brazo.

Grillo miró a nuestro alrededor y me hizo una señal para que tomase las riendas de mi caballo. Él tomó las de las monturas de Ángel y Lobo e inició la marcha, pero nuestros amigos no se movieron.

–¿Adónde vamos? –inquirí en voz baja caminando a su lado.

–Lobo necesita enfriarse y nosotros necesitamos descansar antes de tomar una decisión –me explicó con el ceño fruncido–. Además, ahora mismo la idea de darse prisa es un poco condicional.

Asentí. Me sentía agotada tras una noche en vela cabalgando con desafuero, y mi estómago comenzaba a quejarse de hambre. Cerca del solar había una taberna de pequeñas ventanas ubicada en la planta baja de una casa. Tenía algunas mesas de madera en el exterior, cobijadas por la sombra del balcón del piso de arriba. Un hombre calvo y bajito estaba sentado en una banqueta junto a la puerta. Con parsimonia, nos observó mientras atábamos los caballos a unos postes instalados en la calle. Después, cuando vio que nos dirigíamos hacia él, se levantó muy despacio clavando sus ojos en mí, en mi pelo, en mi ropa y, sobre todo, en mis pantalones y mi espada. Al entender que queríamos comer, señaló con un gesto una de las mesas y se adentró en la habitación oscura que ocupaba la taberna.

–Qué hombre más maleducado –me quejé al sentarme, notando mis piernas terriblemente doloridas. Grillo se sentó a mi lado y me recosté en él. Sentí que sonreía.

–No debes vestir de manera muy apropiada para las convenciones de esta época –señaló con un bostezo.

Recordé mi primera impresión al verme ataviada con aquellas vestiduras y me di cuenta de que, como normalmente saltábamos rápido de una realidad a otra, no nos daba tiempo a asumir que podíamos llamar la atención en los lugares en los que aparecíamos. El tabernero volvió trayendo dos jarras de vino y unos cuencos con un guisado humeante. Clavó sus ojos en mí y después se concentró en Grillo.

–¿Cuánto has pagado por ella? –le preguntó poniendo las manos en las caderas y sacando hacia delante un vientre prominente.

–¿Cómo? –inquirió Grillo, sorprendido.

–Que cuánto te ha costado esta muñeca –gruñó el hombre como respuesta.

Sentí que Grillo se tensaba y me apoyé en la mesa con descaro.

–Soy muy cara para ti –me burlé haciéndole un guiño.

El hombre enrojeció y volvió al interior de la casa gruñendo entre dientes algo sobre que los Médicis iban a volver loca a Florencia.

–Necesitas un vestido –se quejó Grillo haciéndome reír–. Te ha confundido con una prostituta.

–Tengo un hambre que me muero –respondí quitándole hierro al asunto–. Me da igual lo que piense de mí con tal de que me siga poniendo delante estofados como este.

Había acabado el tazón humeante cuando Ángel y Lobo aparecieron al fondo de la calle. Después de haberme saciado, notaba cómo una somnolencia invencible se abría paso hacia mis párpados. El tabernero había vuelto a sentarse junto a la puerta y entrecerró los ojos al observar el aspecto de Ángel, lo que me hizo sonreír y recibir un codazo de Grillo, que parecía no divertirse con la situación. Lobo se sentó en silencio junto a nosotros y apoyó los puños cerrados sobre la mesa.

–Ya estamos aquí –suspiró Ángel confirmando la evidencia y pidiendo para comer lo mismo que nosotros.

Miré a Grillo y después a mi amiga, por último clavé los ojos en Lobo. Parecía que había conseguido controlar el dolor que lo había embargado al contemplar el solar, lucía más repuesto y, aunque un rastro de rabia se escondía en su postura tensa, entendí que había encajado el golpe con la habilidad de un luchador acostumbrado.

–¿Qué vamos a hacer? –le pregunté sin pensármelo dos veces, a pesar de que recibí la mirada recriminatoria de Ángel al instante.

Lobo me miró con sorpresa, como si lo hubiese molestado mientras se ocupaba en algo de vital importancia. Así que repetí mi pregunta:

–¿Qué vamos a hacer?

–Fénix... –intentó detenerme Grillo.

Me parecía muy bien que Ángel y él adoptasen esas posturas protectoras con nuestro amigo; de hecho, me resultaba incluso un detalle a admirar, pero no podíamos permitirnos olvidar que todo aquello no era un capricho pasajero, una aventura sin riesgos. Todos nos estábamos jugando el cuello, así que no iba a consentir que corriésemos un tupido velo sobre la situación y nos comportásemos como si nada grave hubiese pasado. Si no teníamos ninguna pista sobre el cuadro, deberíamos empezar a buscar.

–¿Es que de pronto tenemos todo el tiempo del mundo? –inquirí encogiéndome de hombros.

–Fénix, entiende que ahora mismo Lobo... –comenzó Ángel.

Pero fue rápidamente interrumpida por el protagonista de nuestra conversación:

–La chica tiene razón.

Asentí alentándolo y conseguí un resoplido frustrado por parte de Grillo.

–Está claro que no vamos a encontrar a Venus en ese palacio que todavía no existe –expuse obviando los gestos agrios de todos–, pero eso no quiere decir que el cuadro donde ella aparece no exista todavía. Puede estar en cualquier otro lugar.

–O quizá no lo han pintado aún –murmuró Lobo bajando los ojos.

–Cambia tu actitud –le increpé.

–Fénix... –volvió a corregirme Grillo.

–¡Oh, vamos, cállate! –lo ataqué propinándole un codazo.

–La última vez que te pusiste así fue antes de saltar como una loca al cuadro de Gustard. ¿Tenemos que preocuparnos? –me indicó Ángel, y me molestó su ataque velado. Supongo que no se sentía cómoda por cómo estaba tratando a Lobo en un momento así.

–Dímelo tú –lancé mirándola a los ojos.

Lobo dio un golpe en la mesa que hizo dar un salto al tabernero, que volvía a estar sentado junto a la puerta. Todos nos quedamos callados al instante.

–¿Qué estás proponiendo, pelirroja endemoniada? –preguntó clavando sus ojos en la mesa, y no pude evitar sonreír ampliamente al acordarme de Lien Shu, pero sobre todo por sentirme victoriosa en aquella discusión.

–Propongo que pongamos patas arriba la ciudad –admití con sencillez, porque lo que no podíamos hacer era abandonarnos de aquella manera.

Necesitábamos saber cómo se llamaba el cuadro en el que aparecía Venus, quién era su autor, cómo podíamos dar con él y dónde se encontraba la pintura, si es que ya la había pintado, y si no, cuándo proyectaba hacerlo. Teníamos que ser los primeros.

–Los salteadores de Gustard ya conocían cómo venir a este mundo –señalé dejando las cosas claras–. Esa es la información que nos dio Cleo. Hemos tardado bastante en llegar hasta aquí y ellos tenían la puerta abierta delante de sus narices. ¿Nadie ha venido a comprobar cómo estaban las cosas? ¿Quién sabe que descubriste el cuadro en Florencia? Quizá hayan venido y se hayan encontrado con lo mismo que nosotros: un solar vacío. Quizá estén removiendo cielo y tierra en todas las regiones de este mundo desconocido. No sabemos la ventaja que nos llevan; es más, no sabemos cuánto van a tardar en aparecer para pelearse por nuestras cabezas... Así que, ¿qué tal si dejamos las conmiseraciones para después?

–¡Excusadme! –clamó una voz aguda a nuestro lado sobresaltándonos. Concentrada en mi discurso, no me había dado cuenta de que un muchacho se había acercado a nosotros. Debía tener unos trece años. Vestía un jubón rojo y llevaba el pelo revuelto–. Mi señor desea saber si se han interesado por las obras del palazzo –continuó señalando a su espalda, donde, unos metros más allá, esperaba un hombre grande y grueso, con una barba espesa que le caía sobre el pecho, cubierto por una amplia capa negra.

Lo miré sin comprender, porque todavía seguía absorta en mi propia disertación sobre lo que era correcto hacer a continuación. Como no respondíamos, el muchacho repitió su mensaje con nerviosismo, concentrándose esta vez en el detalle de nuestras espadas. Lobo clavó sus ojos en el desconocido que esperaba más allá y, con un gesto de asentimiento, lo invitó a que se acercara. El muchacho suspiró contrariado y se apartó el pelo de la frente con descaro.

–Ahora no me dará mi recompensa –se quejó dando una carrera para interceptar al hombre en su camino.

–¿Quién es? –aproveché para preguntar.

–Ni idea –confesó Lobo–, pero quizá sepa algo.

El hombre le dio un golpecito al crío como toda recompensa y lo echó de allí, imaginé que con un nuevo recado. Andaba con esa mezcla de elegancia y rectitud propia de un alto cargo. Cuando el tabernero reconoció, entrecerrando los ojos, al nuevo comensal, se levantó de un salto y lo recibió con varias reverencias.

–Excusadme, caballeros –nos saludó aquel desconocido–. Espero no interrumpir una agradable reunión, pero me pareció que ustedes estaban interesados en mi proyecto. Mi nombre es Giorgio Vasari.

A ninguno de nosotros le resultó familiar aquel nombre, pero por la actitud que el tabernero había adoptado desde que aquel hombre barbado vestido de negro se había acercado a su establecimiento, supimos en el acto que nos encontrábamos frente a alguna personalidad florentina.

Como descubriríamos más tarde, Giorgio Vasari no era otro que el arquitecto encargado de dirigir las obras del palacio de los Uffizi, proyecto de uno de los hombres con más poder en la ciudad. Al parecer se encontraba en el solar cuando nosotros habíamos llegado a la carrera aquella mañana y se había sorprendido mucho por nuestra actitud, principalmente por la de Lobo, lógicamente.

–Parecía como si usted hubiese esperado encontrar algo en aquel lugar –comentó Giorgio Vasari cuando le hubimos cedido un puesto en nuestra mesa y se vio obligado a justificar su curiosidad.

Desde que nos habíamos marchado del solar, el arquitecto florentino había sentido que algo andaba mal y había mandado a aquel muchacho a buscarnos por los alrededores.

–Cuando os encontró, vino en mi busca y lo seguí hasta este lugar –explicó con cierta sobriedad.

Me fijé en sus labios estrechos bajo la barba y en sus ojos voraces. Me pareció un hombre de gran inteligencia y viva curiosidad, pero también observé que era muy disciplinado por el modo en que dirigía su mirada a cada detalle sin parecer maleducado.

Me percaté, además, de que su interés se veía alimentado por lo pintoresco de nuestro grupo. Observó con detenimiento nuestras ropas y no obvió ninguna de nuestras armas. Durante la conversación cordial que mantuvimos hasta que él se presentó, Lobo clavó en mí una mirada inquisitiva, pero no entendí qué pretendía.

–Son ustedes un grupo singular –señaló sonriendo como disculpa–. Espero que sepan disculpar mi intromisión.

–Es un honor para nosotros conocerlo –sonrió Ángel haciendo alarde de toda su dulzura y elegancia.

Giorgio Vasari la contempló, algo sorprendido porque fuese una mujer la que iniciase el diálogo, pero pareció complacido al instante por los modales de nuestra compañera y alzó la copa para brindar por el encuentro.

Lobo puso en funcionamiento todas aquellas cualidades que lo hacían un líder natural y en poco tiempo se ganó la confianza del arquitecto, convenciéndolo de que era un amante del arte que había iniciado viaje hasta Florencia solo con la intención de contemplar las excelsas obras que aquella ciudad estaba llevando a cabo.

–Cada metro de Florencia parece inspirado por las musas –exclamó Lobo congraciándose con nuestro acompañante.

–Pero usted parecía tan decepcionado... –insistió Giorgio Vasari–. Créame, entiendo un poco del alma humana, y lo que vi en sus ojos cuando desmontó de su caballo era auténtico estupor.

Había oído hablar de su proyecto –mintió Lobo con descaro–. Suponía que las obras iban más adelantadas, era simple decepción.

Giorgio Vasari guardó silencio unos instantes y se concentró en sus dedos. Tenía las manos delgadas y las cruzaba sobre la mesa en un gesto despreocupado, aparentemente tranquilo. Me sentí incómoda al instante, y Ángel también debió percibirlo. El arquitecto levantó lentamente los ojos con una sonrisa sincera en sus delgados labios.

–Supongo que no pensarán que estoy perdiendo mi tiempo simplemente porque creo que admiran mi trabajo, ¿no es cierto? –comenzó con tranquilidad–. No es que sienta que insulten mi pobre inteligencia, pero está claro que hay algo que no quieren compartir. Mi instinto me impide creer que, sencillamente, los han informado mal.

La situación se volvió incómoda. Giorgio Vasari no era un hombre con el que se pudiese jugar fácilmente, y eso enseguida me fascinó.

–Buscamos un cuadro –me lancé mirándolo a los ojos–. Nos habían dado mal la información. El cuadro es de vital importancia para nosotros, sobre todo para nuestro amigo –continué mirando a Lobo. Sentía la tensión de mis compañeros y estaba convencida de que si hubiesen tenido la oportunidad de hacerlo sin levantar sospechas, me habrían tapado la boca en el acto.

–Son coleccionistas, entiendo –tanteó el arquitecto descruzando los dedos y llevándose su copa a la boca.

–Quizá no a la manera en que usted interpretaría eso –expliqué–. No nos interesan tanto los cuadros en sí como lo que representan.

Lobo tenía el ceño fruncido, y no me atreví a mirar a Grillo para comprobar cuál era su actitud. Ángel se mantenía, en cambio, aparentemente relajada y continuaba comiendo como si la conversación versara sobre el tiempo.

–Sabía que eran ustedes un grupo interesante –sonrió Giorgio Vasari, complacido–, lo supe en el acto. Permítanme, además, que adivine qué contiene el cuadro que están buscando.

Creo que no fui la única que dejó de respirar esperando a que el arquitecto continuara. Incluso Ángel abandonó su farsa y centró todos los sentidos en el florentino.

–Es posible –explicó regodeándose el arquitecto, consciente de que nos tenía totalmente en sus manos– que ustedes sientan cierta curiosidad por un lienzo en el que una bellísima y blanca Venus surge desnuda de las aguas sobre una concha.

Sentí una punzada en el centro del pecho en cuanto Giorgio Vasari terminó de hablar. Me pregunté qué habría sentido Lobo.

No éramos los primeros. Gustard había mandado a algunos de sus hombres a peinar la ciudad, y eso significaba que quizá habían encontrado ya el cuadro de Venus. Sentía un sabor amargo en la boca. Éramos los segundos en una carrera que podía haberse decidido.

–Hace un mes aparecieron, como habéis aparecido vosotros, dos hombres a caballo –explicó Giorgio Vasari cuando nuestro silencio se hizo insoportable–. Llamaron la atención por sus ropajes y los trabajadores supusieron que eran extranjeros. Hace tiempo ya que Florencia es frecuentada por estudiantes de arte de todas partes de Europa, pero había en ellos algo distinto. Como vosotros hoy, parecían decepcionados. Yo no me encontraba allí aquel día, pero la anécdota me fue referida como una curiosidad, sobre todo porque iban preguntando por cierto cuadro del que yo había hecho una reseña al hablar de Botticelli en mi libro.

El nacimiento de Venus. Aquel era el nombre que Lobo siempre había desconocido y que entonces nos desvelaba Giorgio Vasari, sin saber que estaba conduciéndonos directamente a lo que más deseábamos encontrar. Podía percibir la ansiedad de Lobo al otro lado de la mesa, la inquietud de Grillo, la desconfianza que Ángel ya no se preocupaba en ocultar y, por encima de todo, observaba la enorme curiosidad que movía al arquitecto a compartir aquella información.

–¿Dónde podemos encontrarlo? –explotó Lobo sin contenerse más.

Giorgio Vasari hizo una señal al tabernero para que rellenase las copas y nos miró con gravedad.

–Es una información que podéis conseguir en casi cualquier rincón de la ciudad –confió el arquitecto–. De hecho, fue lo que mis hombres indicaron a aquellos extraños visitantes. Hay que disculparlos, claro está, porque aunque se empeñan en realizar su trabajo a la perfección, desconocen mucho de la vida cultural de Florencia. Pero es vox populi que ese cuadro lleva varios años compartiendo estancia con *La primavera*.

–¿Dónde? –me impacienté.

Giorgio Vasari me contempló con intensidad y después sonrió amablemente.

–¿Sirve de algo exigir un juramento sobre la completa seguridad de *El nacimiento de Venus* si os indico dónde podéis encontrarlo? –se encogió de hombros–. Supongo que, de todos modos, no ibais a tardar en descubrirlo.

–Prometo que nada le pasará al cuadro –concedió Lobo–. No imagina lo que significa para mí.

–Le aseguro que mi imaginación no llega para entender lo complejo de esta situación, pero sí que infiero que grandes pasiones están en juego –respondió el arquitecto negando con la cabeza antes de darnos la respuesta que tanto deseábamos–: El cuadro estaba en la Villa del Castello la última vez que lo visité.

Lobo se puso en pie como si no estuviese dispuesto a perder un segundo más.

–¿Cómo llegamos allí? –explotó emocionado.

–La villa está a las afueras de la ciudad. Pregunten en la muralla, cualquiera podrá indicarles –respondió Giorgio Vasari cruzando de nuevo las manos sobre la mesa.

Nos levantamos todos menos él. Ángel se dirigió al tabernero y, posando su mano en el brazo del hombre, le habló durante unos momentos. Era fácil suponer que lo estaba convenciendo de que no era necesario que nos cobrase nada. Grillo y Lobo se dirigieron a las monturas.

–¿Por qué? –le pregunté al arquitecto, confundida. Solo en el Santuario del Sauce había descubierto que era posible ofrecer gratuitamente cualquier cosa, pero fuera de allí todos esperaban algo más, algo a cambio, un pago.

–¿Sirve decir que no lo sé? –respondió Giorgio Vasari, y en ese momento me pareció mucho mayor de lo que era en realidad.

–No.

–No me gustaron aquellos hombres –indicó frunciendo el ceño–. Los que llegaron primero. Mis trabajadores fueron tratados con desprecio y, por lo tanto, no les facilitaron la información que precisaban, pero pronto llegó a mis oídos que habían estado a punto de asesinar a un compañero de oficio solo para averiguar el paradero del cuadro de Botticelli. No preguntaban por algo complicado, cualquiera podría haberles respondido. No respeto ese grado de violencia –concluyó clavando sus ojos en mi espada–. Al principio os confundí con ellos, os busqué para denunciaros, pero intuyo que no habría servido de nada.

–Verdaderamente, no –le dije–. Pero, de todos modos, nuestra intención es muy diferente a la de aquellos hombres –traté de tranquilizarlo–. ¿No desea saciar su curiosidad? –pregunté, fascinada por la situación.

–Querida, cuando uno se va haciendo viejo, aprende a convivir con la certeza de que hay cosas que jamás logrará comprender –me confesó con una sonrisa cansada.

–¡Fénix! –bramó Grillo llamando mi atención al tiempo que Lobo comenzaba la cabalgada.

–Espero que encontréis lo que habéis venido a buscar –me despidió Giorgio Vasari elevando de nuevo su copa.

Hice una breve reverencia al arquitecto y corrí hacia mi caballo. Durante mucho tiempo me inquietó su papel en nuestra historia, el modo en que se habían cruzado brevemente nuestros destinos, y fantaseé varias veces con el palacio que estaba iniciando y que yo jamás vería concluido.

La Villa del Castello, tal y como Giorgio Vasari nos había indicado, se encontraba a las afueras de Florencia. Se trataba de una magnífica mansión con increíbles jardines, lo que me indicó que debía pertenecer a una de las familias más ricas de la ciudad. En cuanto la vislumbramos en el horizonte, Grillo utilizó su poder para retener el caballo de Lobo.

–¡Espera! –le increpó–. ¿Crees que podemos llegar así, como unos locos? ¡Piensa un poco!

Lobo lo miró como si fuese incapaz de comprender nada, pero después relajó su postura y apoyó la mano en la empuñadura de la espada.

–No oigo salteadores al otro lado –explicó.

–Eso no quiere decir que no estén a este –puntualizó Ángel–. Debemos llevar cuidado: si es verdad que han estado preguntando por el cuadro, deben haber dado ya con él.

–¿Qué propones que hagamos? –inquirí observando el castillo.

El plan de Ángel era sencillo: dejaríamos las monturas lejos de la villa y accederíamos a ella a pie. De hecho, me tocaba volver a encabezar la marcha: desdoblándome, me adentraría en el edificio y evaluaría los riesgos. Cuando tuviese claro que nadie se nos había adelantado, cuando hubiese observado que podíamos entrar sin llamar demasiado la atención, volvería a por ellos y todos llegaríamos al cuadro. En el caso de que algo saliese mal, únicamente tenía que desaparecer de allí usando mi poder y avisar a mis compañeros.

–No me gustan estos planes en los que es ella la que se arriesga –recordó Grillo atando su montura a una encina cercana.

–Creo que eso nos ha quedado a todos bastante claro –respondió Ángel–. Si se te ocurre algo mejor...

Pero era la única opción que contemplábamos. Así que le di a Grillo un beso de consolación y me dispuse a iniciar mi recorrido.

–Gracias por volver a ser tú –me dijo Lobo cuando me marchaba–. Jamás habríamos llegado hasta aquí sin ti.

Le hice una señal con la mano restándole importancia y me desdoblé a unos metros de allí. Continué haciéndolo hasta adentrarme en los jardines de la Villa del Castello. No se veía a nadie en las inmediaciones, pero aun así me mantuve alerta para evitar cualquier tipo de encuentro inesperado. Aprovechaba los enormes maceteros que se repartían por el patio para ocultarme de posibles espectadores, hasta que me acerqué a la parte más desnuda de decoración frente a la casa. Rodeé el edificio desde aquella distancia buscando puertas secundarias y descubrí el acceso del servicio abierto.

Esperé por si alguien aparecía o por si a través de la ventana intuía algún movimiento. Fue en vano: la villa parecía totalmente abandonada, y eso me inquietaba. No era normal. Desenfundé mi espada, aun a riesgo de echar a perder nuestro plan. El pulso comenzó a acelerárseme.

Me desdoblé y me detuve a escuchar. No se oía nada. Ni un susurro, ni el vuelo de una mosca. Respiré profundamente y me concentré en relajarme. Debía inspeccionar la casa en busca del cuadro, pero también para localizar a sus habitantes.

Recorrí habitaciones y corredores sin tropezar con nadie hasta que por fin escuché la música de un arpa en una de las salas. La puerta doble, enorme y ornamentada, estaba entreabierta. Me acerqué con sigilo para descubrir lo que estaba pasando, pero justo en el momento en que iba a mirar por la rendija, sentí que alguien se acercaba y me vi obligada a desdoblarme más allá, detrás de unas cortinas.

Salió un criado elegantemente vestido portando una bandeja de plata y dejó la puerta abierta antes de perderse por el corredor de mi derecha. Desde donde me encontraba pude percibir que la habitación no era otra cosa que un enorme salón donde una gran cantidad de invitados asistían, en silencio, al concierto que una bella muchacha vestida de blanco, como una diosa antigua, estaba dando con la cabeza levemente inclinada y los ojos entrecerrados.

Así que de eso se trataba. No sabía cuánto tiempo duraría la exhibición musical, pero aquello era lo mejor que podía habernos pasado, puesto que nos permitía atravesar la villa sin ser descubiertos. Llena de júbilo, me aseguré de que el pasillo seguía despejado y me desdoblé para inspeccionar el resto de habitaciones de la casa. La servidumbre debía estar ocupada atendiendo a los invitados y sería difícil cruzarme con alguien.

En efecto, al fondo del corredor me topé con un enorme comedor preparado para acoger a un gran número de comensales cuando el concierto acabase. Estuve a punto de dejarme ver por una de las sirvientas de la casa, pero la escuché a tiempo como para desdoblarme lejos de allí.

Tardé más de lo que pensaba en dar con el cuadro de Venus, aunque, en cuanto lo vi, no tuve ninguna duda de que era ese y no otro el motivo por el que habíamos recorrido infinidad de mundos y habíamos arriesgado nuestra vida. *El nacimiento de Venus,* enorme en comparación con los cuadros que normalmente utilizábamos como puertas entre las diferentes realidades, mostraba a una bellísima diosa, desnuda completamente, pálida y perfecta, surgiendo de las aguas sobre una concha, tal y como había descrito Giorgio Vasari. La media sonrisa que la joven tenía en los labios, su gesto dulce, sus rizos rubios y elegantes, me hicieron comprender a Lobo. Respiré profundamente, resistiendo la tentación de poner mis manos sobre el cuadro para lanzarme a la realidad de Venus y descubrir si de verdad seguía viva, si toda nuestra aventura había merecido la pena, y me desdoblé para regresar al prado donde mis compañeros me esperaban.

Cuando Lobo me percibió acercándome a ellos, noté en el acto su emoción y comencé a hacerle gestos de victoria.

–¡Es una mujer preciosa! –grité emocionada cuando ya podían oírme, y me planté a su lado con la última demostración de mi poder.

Lobo me abrazó levantándome en alto y después me soltó con brusquedad y se concentró en mis ojos.

–¿Dónde está el cuadro? ¿Te has cruzado con alguien? ¿Todo parece en orden? –inquirió nervioso.

Le relaté mi breve incursión en la villa explicando lo afortunados que éramos a causa del concierto y de la comida que había preparada para los invitados de los nobles que habitaban aquel palacio. La suerte estaba totalmente de nuestro lado. Lobo parecía dispuesto a salir corriendo hacia el castillo justo en aquel momento.

–¿Estás segura? –inquirió Ángel, y descubrí en sus ojos el velo de tristeza que llevaba evitando mostrar durante días. Supuse lo duro que tenía que ser para ella, imaginé que una parte de mi amiga habría deseado que todo saliese mal, que alguien nos estuviese esperando, que los deseos de Lobo volviesen a verse frustrados para que todo aquello se alargase más, para poder retenerlo a su lado.

–Totalmente despejado –asentí, culpable.

Grillo tomó mi mano cuando comenzamos a andar hacia la villa siguiendo el paso nervioso de Lobo. Lo miré con inquietud porque no sabía cómo debía sentirse él con todo aquello, y me atrajo para abrazarme y besarme en el pelo. Me di cuenta de que yo también estaba triste. Triste y alegre, creo que como todos. Lobo iba a conseguir lo que tanto había ansiado, pero nosotros nos quedábamos allí, de alguna manera huérfanos en el mundo de los salteadores, de alguna manera marcados para siempre por nuestra infidelidad a los grandes señores. Había caído en el bando perdedor, aunque ganásemos.

15

Llegar al cuadro de Venus fue tan sencillo que me pareció ridículo. Guie a mis compañeros por la casa vacía con cuidado y solo en una ocasión nos cruzamos con el mismo hombre al que había visto saliendo del concierto con la bandeja. Tuvimos el tiempo justo para ocultarnos en una habitación contigua, pero ni siquiera eso nos supuso un problema porque la sala estaba, como prácticamente el resto de la villa, vacía.

En silencio, nos adentramos en el luminoso salón donde *La primavera* y *El nacimiento de Venus* compartían protagonismo. Eran lienzos enormes y magníficos, el primero con sus verdes boscosos; el segundo, que Lobo se quedó contemplando con admiración reverente, de un azul inquietante en la inmensidad del mar. Todo el vértigo de nuestros continuos saltos, todas las persecuciones, las peleas, el ruido, encontraban un abrupto final en aquella sala custodiada por los dos cuadros de Botticelli.

Observé a Ángel con pesadumbre y pude sentir la profundidad de su aflicción. Lucía más pálida, más delgada y más frágil que nunca, con aquella media sonrisa en los labios que no ocultaba el temblor minúsculo que luchaba por hacerse con sus manos. Por un momento quise gritar, como si toda su pena me hubiese atravesado cruzándome el pecho, y me apreté aún más contra Grillo. Él también parecía afectado, pero su dolor era fácil de comprender, su dolor era sencillo al lado del de Ángel.

Lobo se giró hacia nosotros, dándole la espalda a aquella mujer por la que había traicionado, por la que había matado, por la que había arriesgado todo lo que alguna vez había amado. Era difícil entender lo que sentía porque, junto a la tremenda emoción que sus ojos destilaban, junto a la sonrisa incontenible, en aquel hombre fuerte y seguro de sí mismo, en aquel líder nato, también se descubría la angustia de la separación.

–No me gustan las despedidas –confesó encogiéndose de hombros, desprendiéndose con ese simple gesto de toda la majestad que solía acompañarlo–. Podéis venir conmigo.

–No podemos –murmuró Ángel, y noté el estremecimiento que se extendía por su espalda.

Lobo decidió obviar su dolor y frunció el ceño con gravedad.

–¿Qué vais a hacer? ¿Adónde vais a ir? –continuó–. No hemos planeado el siguiente paso...

–Eso ya no es asunto tuyo –se rio Grillo–. Ahora yo soy el que manda.

–¡Eso tendremos que discutirlo! –me mofé–. Soy una pieza imprescindible de este equipo.

Ángel se encogió aún más.

–Todavía nos quedan refugios... –dijo, y noté que contenía la voz tratando de sonar despreocupada–. Podemos volver a la casa de cristal...

Sonrió y fue casi peor que imaginar que lloraba.

Lobo dio un paso tímido hacia ella, después otro. Ángel bajó los ojos al suelo. Grillo me apretó la mano. Nuestros dos amigos se fundieron en un abrazo lento y profundo, como si ambos estuviesen a punto de romperse en mil pedazos. Del pecho de Ángel se escapó un gemido sordo, leve, casi imperceptible, y Lobo la estrechó más fuerte.

–Lo siento –murmuró con su voz grave, y se separaron.

Después nos tocó a nosotros. Me aparté de Grillo para dejarle su espacio y Lobo le tendió una mano.

–Ha sido un honor luchar contigo –le dijo, y noté que aquello se estaba alargando demasiado, porque su voz comenzaba a quebrarse.

Grillo respondió a su gesto y se abrazaron como camaradas, como grandes amigos que no saben cómo encarar el momento de la despedida.

–Fénix... –comenzó Lobo volviéndose hacia mí, y me desdoblé para aparecer a su lado y hacerlo callar rodeándole la cintura con mis brazos. De pronto me pareció más grande que nunca y entendí en un momento lo que iba a significar perderlo. Lo escuché reír y froté mi frente contra su pecho en señal de despedida antes de separarme, desdoblándome de nuevo para evitar su mirada.

–Vete de una vez, pesado –bromeé como una niña.

Porque allí estábamos los cuatro, en el final de la historia de Lobo, viendo apagarse el motor que nos había mantenido vivos, que nos había dado un motivo por el que luchar, porque en aquel instante todo se reducía a eso, a una batalla que concluía frente a *El nacimiento de Venus*, justo como había empezado.

Lobo se giró hacia el enorme lienzo y pude escucharlo susurrar el nombre de la mujer a la que amaba, antes de acercar sus dedos temblorosos al cuadro.

De pronto sentí un frío helado en mi cuello y la imagen se detuvo como si una magia extraña se hubiese impuesto sobre nosotros. Lobo seguía allí, con su mano tocando las rodillas de Venus, el gesto sorprendido porque no había ocurrido nada, porque no había saltado hacia ella haciendo realidad el sueño tantas veces augurado. Ángel, a un paso de él, también confusa, y Grillo, a mi izquierda, casi al alcance de mi mano.

Una exclamación de sorpresa iba a escaparse de mi garganta cuando la sensación de frío se transformó en una hoja afilada y terrible, la de la daga sobre mi piel a punto de desgarrarme. Ya había vivido aquello, me parecía que la historia se estaba repitiendo, que seguía en el refugio donde Sombra nos había asaltado para darnos muerte. ¿Por qué no me desdoblé entonces? ¿Por qué no desenfundé mi arma para enfrentarme a lo que fuera que nos estaba amenazando? Jamás lo sabré, pero supongo que, sencillamente, estaba paralizada por el cambio brutal que había sufrido aquella despedida.

Sin apenas moverme, bajé los ojos para descubrir la mano que sostenía el arma. ¿Por qué Grillo no se volvía hacia mí?

¿Por qué Ángel no hacía nada? ¿Por qué Lobo no saltaba si estaba tocando el cuadro? Todos estaban paralizados.

El ruido de un aplauso rompió la quietud de la sala y, cuando mi corazón comenzaba a acelerarse, un hombre enorme, de pelo lacio y negro cayéndole pesado sobre los hombros anchos y fuertes, apareció en mi campo de visión con el rostro iluminado por la alegría.

Entonces no lo conocí, pero más tarde sabría que Gustard, el mismísimo señor de los salteadores, ataviado con su mejor túnica de soberano, dorada y terrible como la sangre sobre la armadura de metal brillante que le cubría el pecho, era la persona que se paseaba entre nosotros sin que nadie hiciese nada. Como auténticas estatuas, mis compañeros aguardaban a que el sonido del aplauso y la carcajada acabase frente a ellos, descubriendo la trampa.

Porque de eso se trataba: de una trampa. De una trampa en la que habíamos caído como estúpidos ratones. Y todo gracias a mí.

–¡Qué despedida tan emotiva! –comenzó Gustard apoyando su mano en el hombro de Lobo mientras mi amigo continuaba impertérrito–. No te molestes en saludarme, querido camarada –bromeó el señor de los salteadores con una voz fuerte y divertida–, nuestro apreciado Roca se encuentra en esta misma estancia haciendo alarde de su nombre –explicó, y más tarde descubriría que aquello significaba nuestra ruina.

Roca era un salteador bastante difícil de convencer para que participase en las diferentes empresas que proponían los grandes señores. No era un mercenario más en busca de riquezas; al contrario, hacía tiempo que se había cansado de la vorágine terrible de aquella vida de traiciones, carreras y robos, y se había retirado a una existencia agradable en un mundo pacífico alejado de todo. Comprar sus servicios resultaba terriblemente caro; de hecho, si se encontraba allí no era por dinero, sino para recuperar algo que le habían quitado, lo que más valoraba: su hijo.

Pero en aquel momento yo no sabía nada de aquello, en aquel momento solo pude preguntarme quién era ese tal Roca al que nombraban y por qué su poder no me afectaba, ya que pronto había descubierto que yo sí era capaz de controlar mi cuerpo, de mover mis dedos tímidamente sin que nadie lo notara.

Tuve poco tiempo para decidir qué quería hacer una vez había comprendido el aprieto en el que nos encontrábamos. Fueron milésimas de segundo eternas en las que tuve que evaluar mis posibilidades de vencer sin poner en peligro la vida de mis amigos. Si utilizaba mi habilidad y me desdoblaba para localizar a ese hombre al que nombraban, a Roca, solo tenía que asestarle un golpe mortal para que Lobo y los demás pudiesen luchar a mi lado. Pero no sabía las pérdidas que eso podría suponer. Si me quedaba quieta, si fingía que había sido petrificada como los demás, quizá podría encontrar otra manera de liberarnos.

–Supongo que necesitarás algunas explicaciones –sonrió Gustard contemplando a Lobo, y reparé en que los ojos de mi amigo ardían con una rabia ciega–, pero no me gusta regodearme con mis triunfos, claro está, porque esto es un triunfo, un triunfo de los grandes, amigo. Una verdadera victoria –Gustard estaba disfrutando de lo lindo con la situación. Bajo su tono aparentemente divertido se dibujaba un desprecio profundo, casi tanto como el que había descubierto entre Grillo y Sombra. A los dos los unía un odio seco, imperturbable–. Aunque quizá te interese saber que en toda esta historia hay un traidor... El mundo está repleto de traidores, ¿verdad?

La sorpresa en los ojos de Lobo, que debía ser la misma que se dibujaba en los de los demás, sirvió como respuesta.

–¡Oh, no te preocupes! Tus lobatos te han sido fieles –lo tranquilizó falsamente Gustard–. Ninguno de ellos te ha vendido, pero dejémoslo para más tarde, baste con que sepas que la persona que te ha abierto las puertas ha sido la que las ha ido cerrando...

Gustard clavó los ojos en mí con una sonrisa divertida y se separó de Lobo, acercándoseme con paso decidido.

–Quiero que conste que, al verte –me dijo acariciándome la mejilla, y al sentir que la persona que me sostenía se estremecía, me contuve para no atravesarlo con mi espada en aquel mismo momento–, soy capaz de comprender algunas de las catástrofes que has ocasionado.

El señor de los salteadores sondeó mi mirada con una profundidad que me repelió al instante, pero pronto se volvió hacia Grillo.

–Como no la ves, no puedes entenderlo –le dijo haciendo referencia a que justo yo, por encontrarme a unos pasos por detrás de él, escapaba a su campo de visión; en cambio, todos ellos formaban parte del mío–, pero te interesará saber, querido Grillo, que es tu viejo amigo Sombra el que retiene a la famosa Fénix entre sus brazos. Para más detalles –continuó cuando los ojos de Grillo se abrieron con violencia–, sostiene una bellísima daga contra su cuello.

Así que era eso: todo se repetía, volvíamos a participar de aquel extraño juego en el que Sombra nos daba caza solo para atacar a Grillo. No entendía nada. ¿Significaba aquello que finalmente Cleo nos había traicionado? ¿Era acaso ella la que nos había vendido?

–Lobo, siempre te gustó rodearte de mujeres hermosas –volvió a atacar Gustard, esta vez refiriéndose a Ángel–. Querida, me encantaría besarte, pero no me fío de ti y de tus tácticas para sondear a los demás. Espero que sepas disculparme –siguió burlándose con sorna–. ¿Contenta? Supongo que una parte de ti deseaba que todo saliese mal, ¿no? –el señor de los salteadores apoyó la espalda en el cuadro de Venus, sorprendiéndome de nuevo porque no ocurría nada, porque no saltaba a su realidad, y continuó hablando con despreocupación–. ¡El amor! ¡Cómo es capaz de llevarnos a cometer las mayores locuras, a emprender las más desatinadas empresas...! Y de amor está llena nuestra existencia, querida Fénix. Llevas poco tiempo aquí, pero ya lo estás descubriendo.

Lo único que lograba comprender de toda aquella verborrea que hacía sentirse a Gustard tan pagado de sí mismo, era que Sombra, de alguna manera, nos había entregado. Me sentí estúpida por no haber preguntado a Iriadam acerca de los rumores que circulaban sobre los deseos que había despertado, sin pretenderlo, en Sombra. Me sentí defraudada porque ninguno de mis compañeros había visto necesario relatarme aquella parte de la historia de Grillo, que ahora era también mi propia historia. Mi frustración y mi rabia estaban a punto de llevarme a cometer una estupidez cuando me di cuenta de que apretaba los puños y de que, suponiendo que no debía mover ni un músculo, eso podía delatarme.

Cerré los ojos un instante intentando relajarme. Aquel gesto debía verse desde fuera como un signo de derrota.

–Bueno, Claudia está tardando demasiado –se desesperó el señor de los salteadores–, así que puedo seguir jugando un rato –rio volviéndose hacia Lobo–. ¿Te ha fallado tu olfato canino? ¿O era tu oído lo que te daba el nombre que llevas, querido Lobo?

Sin evitar regodearse en el relato de su historia, haciendo repetidas burlas e ironizando sobre nuestra completa confianza, Gustard nos hizo partícipes de cómo habían llegado a Florencia sus hombres unos meses atrás para localizar el cuadro de Venus. Lo describió como la tarea más sencilla del mundo y se sorprendió con sorna de su falta de interés en el tema, puesto que había tenido siempre la entrada a aquella realidad abierta en su propia casa y no había sido consciente de ello hasta hacía poco tiempo, cuando una de sus personas de confianza había descubierto una reseña sobre el ansiado lienzo en un libro titulado *Le Vite* que circulaba por Europa en aquel entonces.

–Después de que mis hombres lo encontraron tenía dos opciones –explicó sin apartar los ojos del rostro de Lobo. Supe que estaba disfrutando sobremanera con aquello–: podía entrar, conseguir a Venus y obtener así un reclamo para atraerte hasta mí, o bien tener un poco de paciencia y disfrutar de una venganza tan teatral como esta. Ya sabes que me encantan las escenas –puntualizó como quitándole importancia al caso–. ¡Entonces, para mi sorpresa, apareció cierto pajarito traidor en mi casa, temblando de rabia de pies a cabeza! –me miró con fingida ternura–. Yo le di una información, él me dio otra... ¡Fácil y sencillo!

Así que después de saber que nos dirigíamos directamente a aquel lugar, después de saber que tarde o temprano llegaríamos al cuadro, se había trasladado con sus hombres a la misma Florencia, donde llevaban viviendo al estilo italiano, como él mismo dijo, durante casi un mes.

–Incluso uno de mis hombres entró a trabajar como obrero en el solar donde se levantará el palacio de los Uffizi –continuó sin obviar ningún detalle–. Lógicamente, os reconoció al instante. Dio la voz de alarma, cogimos nuestros caballos y os esperamos aquí.

En ese momento escuché abrirse de nuevo la puerta de la sala. Unos pasos delicados y el frufrú de un vestido me indicaron que una mujer se abría paso hasta nosotros. Su voz lo confirmó:

–He terminado, señor.

–¡Gracias, Claudia! –aplaudió Gustard incorporándose–. Muy oportuno el concierto, ¿verdad? Eso debemos agradecérselo a ella: tiene el don de hipnotizar con su arpa –Claudia se quedó donde estaba y por eso no pude reconocerla, pero imaginaba que era la joven a la que había contemplado a través de la puerta. Cerré los ojos de nuevo para controlar mi frustración y mi rabia–. ¡Por fin podemos irnos, caballeros!

Estaba confinada en una habitación perdida en algún rincón del palacio de Gustard. No sabía cómo había llegado allí porque me habían cubierto la cabeza con una bolsa de tela antes de saltar hacia la realidad donde se encontraba la mansión. Supe que Roca había rebajado la influencia de su poder sobre mis compañeros porque los invitaron a moverse y se mofaron de su rigidez, así que me vi obligada a improvisar ridículamente que mi cuerpo también se negaba a responderme.

Nos habían separado. No tenía ni idea de dónde podían encontrarse los demás, pero intuía que pronto lo sabría, porque Gustard había presumido con exceso de la ceremonia que tendría lugar para que todos viesen rodar algunas famosas cabezas. Al parecer lo había programado como una gran fiesta, como el acontecimiento más brillante de la temporada. Estaba dispuesto a restregar su triunfo frente a aquellos que podían haber dudado de la posición de víctima traicionada a la que se había elevado tras asesinar a Venus y provocar aquella guerra atemporal entre los salteadores. Así que nos ejecutaría públicamente para dejar clara su autoridad.

Me recluían allí de la manera más estúpida posible: Roca permanecía sentado junto a mí en la habitación, supuestamente evitando que me desdoblase. Y yo esperaba, devanándome los sesos para no despertar sospechas, privada de mi espada, sintiendo que sobre mí recaía la misión de salvar la vida de mis compañeros, consciente de que podía largarme de aquella sala con una facilidad pasmosa, de que tendría unos minutos antes de que diesen la alarma, de que algo tenía que hacer.

Pero, por primera vez en mi vida, me sentía bloqueada. Mi cabeza no era capaz de pensar a la velocidad que le exigía. Todos los planes que se me ocurrían me parecían descabellados y no exentos de un alto riesgo que podía precipitar la muerte de mis compañeros, porque si una cosa había dejado clara Gustard, antes de que nos separasen y nos despojasen de nuestras pocas pertenencias, había sido una única regla:

–Como invitados en mi casa –había dicho con frialdad–, solo os bastará saber que si alguno de vosotros intenta algo, por muy imposible que os parezca, los demás serán ejecutados en el acto. Y creo que en los últimos tiempos he conseguido a gente con los dones necesarios para hacerlo sin problemas. Así que disfrutad de vuestras habitaciones y yo guardaré vuestras cabezas.

Se suponía que el poder de Roca me mantenía de pie en medio de la sala, pero el cansancio acumulado me estaba poniendo mi única tarea muy difícil, porque sentía que en cualquier momento iba a desmayarme de sueño. Así que parte de mis fuerzas las concentraba en idear un plan, empresa de la que siempre se había ocupado Ángel, y la otra parte la ocupaba en seguir manteniendo viva mi rabia para continuar en pie sin moverme.

De pronto sentí una respiración a mi derecha, pero por el rabillo del ojo podía ver que allí no había nadie. Creí que estaba teniendo alucinaciones por el agotamiento cuando noté que una mano se posaba en mi hombro. Estuve a punto de apartarme instintivamente, aunque eso hubiese supuesto desvelar la inutilidad de Roca en mi habitación. Afortunadamente, logré contenerme.

–Voy a volver... –escuché como un susurro en mi oído–. Por favor, sígueme el juego y confía en mí. Te aseguro que no te arrepentirás –era Sombra, no había error posible, era él el que trataba de convencerme de algo–. Soy el único que sabe que puedes moverte y no te he traicionado.

Con aquella última frase, dejé de sentir la presión en mi hombro, pero comencé a notarla en el pecho, y esta vez no era por culpa de Sombra, sino por las mil dudas que me asaltaban. ¿Qué había querido decir el hijo de Cleo? ¿Por qué se había acercado hasta mí para susurrarme aquello? ¿Cómo se atrevía a pedirme que confiase en él cuando me había traicionado? Aunque... ¿era acaso mi última oportunidad? Parecía que quería probar algo, había dicho que iba a volver. Si me libraba de Roca, aunque no sirviese para nada, si conseguía que la vigilancia a la que me sometían fuese menor, quizá tuviese una oportunidad de salvar a mis amigos, quizá tuviese una oportunidad de vengarme de él.

Escuché pasos en el pasillo y después lo vi aparecer a través de la puerta abierta. Me pareció más alto de lo que lo recordaba en nuestro último encuentro la noche en que Grillo había perdido los papeles y casi había mandado al garete nuestra misión. Llevaba el pelo morado desordenado sobre las cejas y vestía una elegante casaca negra. Por primera vez reparé en la belleza de sus rasgos.

–Roca... –saludó a mi guardián con un gesto de la cabeza.

–Sombra –contestó él con desánimo sin apartar sus ojos de mí.

–Debes estar agotado, amigo –continuó el muchacho, pero Roca no se preocupó en responderle–. ¿Crees que podrías hacerme un favor?

–Creo que estoy haciendo ya un favor bastante importante –respondió con acritud.

Entonces, Sombra sacó un pañuelo de su bolsillo y se lo tendió al hombre, que abrió los ojos con sorpresa y se levantó como una exhalación para sostener el pequeño trozo de tela entre sus manos, de pronto temblorosas. Aproveché que no me miraban para mover un poco los hombros y mejorar mi postura.

–¿Dónde está mi hijo? –rogó Roca con voz esperanzada.

–Lo tienen en una de las habitaciones privadas de Gustard –concedió Sombra–. Hay un pasadizo que conduce directamente a ella dos pasillos más adelante, junto al cuadro de la batalla sobre dragones. La puerta se abre accionando un tirador que se encuentra bajo el marco. Acaban de dejar a tu hijo solo porque está todos ocupados con los preparativos para esta noche. Tienes tiempo de ir a verlo.

Roca lo miró con suspicacia y apretó el pañuelo, concentrado en tomar una decisión vital.

–¿Por qué haces esto? –inquirió desconcertado, sin saber aún si confiar o no en él.

–Porque solo hay una cosa en este mundo que deseo –respondió Sombra con una sonrisa pícara, y entonces clavó sus ojos en mí–, y es quedarme a solas con ella.

Lo dijo de manera que el mensaje no daba lugar a equívocos.

–Si se escapa... –tanteó Roca, que parecía necesitar un último empujón para salir corriendo a buscar a su hijo.

–Te prometo que sé cómo dominarla –rio Sombra jugando todavía con los dobles sentidos, despertando en mí un deseo feroz de derrotarlo–. Pero vuelve. No se te ocurra cometer ninguna locura, o tú y tu familia seréis condenados a muerte. Sabes que esta noche quedarás libre de tus tareas, así que ve, saluda a tu hijo, no digas una palabra y vuelve.

Roca asintió con la cabeza, me miró un instante y se dispuso a abandonar la habitación. Sombra lo siguió para cerrar la puerta.

–Llama antes de entrar –bromeó con picardía antes de girar el pomo.

Fue cuestión de segundos: me desdoblé de manera que me situé tras él, desenfundé en un solo movimiento su propia espada y lo acorralé haciendo uso de mi último aliento.

–Solo me fío de los traidores muertos –lo increpé sosteniendo el arma de tal manera que el filo podría haber dibujado una diana en su pecho.

Sombra frunció el ceño. Apoyado contra la puerta, se había girado justo a tiempo para encararme mientras lo apuntaba.

–Me temo que estás mal informada –respondió con aparente tranquilidad–, o que has interpretado mal a Gustard.

–Pues espero que empieces a explicarte con rapidez, porque no estoy dispuesta a perder el tiempo contigo mientras hay un hacha bailando sobre nuestras cabezas –avisé sin cambiar de postura ni retirar la espada.

–Cleo no ha dado el soplo a Gustard, ni yo tampoco –comenzó, y le contesté cerrando los ojos con hastío–. Puedo prometértelo, pero no serviría de nada. Es un amiguito tuyo el que ha dado la voz de alarma –siguió sonriendo–. Es verdad que levantas pasiones, e Iriadam no parece llevarlo demasiado bien.

¿Iriadam? Estuve a punto de bajar la espada por la sorpresa. ¿Iriadam, el aprendiz de Rim Cartiam? ¿El joven estirado e inteligente con el que había compartido todas aquellas interesantes charlas sobre la existencia, el tiempo y las pasiones mientras su preceptor pintaba para nosotros?

–No me lo creo –sentencié apretando más el arma contra él.

–Lo mandasteis a recabar información sobre los movimientos de Gustard –me explicó con impaciencia–, pero la información se la dio a él. Os delató, os vendió, vendió incluso a su maestro.

–¿Por qué haría algo así? –exclamé desconcertada, retirando por fin la espada del pecho de Sombra, que, aun así, no cambió de posición ni trató de arrebatarme el arma.

–Celos y avaricia –respondió simplemente.

Al parecer, lo que yo había confundido con una amistad somera y equilibrada, había sido para Iriadam el comienzo de un idilio inspirado en mis discusiones con Grillo. Aquello le había dado una pizca de esperanza. Cuando Grillo y yo recuperamos la normalidad, cuando hicimos las paces y me volqué en él, olvidando prácticamente al aprendiz de Rim Cartiam cegada por mi estúpida felicidad, Iriadam se había sentido traicionado. Sus falsas esperanzas se habían desmoronado, despertando en él una rabia profunda y gélida. Al pedirle que se comportase como un espía para nosotros, le había dado la oportunidad de vengarse de mi indiferencia. Pero me parecía ridículo, me parecía imposible.

–No me di cuenta de nada –susurré–. Creí que estábamos empezando una buena amistad...

Sombra me explicó que Iriadam no se lo había pensado dos veces a la hora de traicionar también a Rim Cartiam, porque al hacerlo se abría la puerta que tanto tiempo había tenido cerrada: la de ser el principal artista en el mundo de los salteadores, la de arrebatar la gloria a su maestro. Jamás habría imaginado que en aquel muchacho metódico y concienzudo se ocultase una capacidad tan feroz para el odio, para la traición más rastrera.

–¿Por qué me cuentas todo esto? –inquirí desconcertada, dejándome caer en una de las sillas de la habitación. Mi cabeza daba vueltas debido al agotamiento.

–No podrías entenderlo... –respondió quedamente, y me pregunté qué papel estaba jugando él en aquella historia, qué venganza estaba llevando a término.

–¿Es por Grillo? –lo interrogué mirándolo con atención, descubriendo cómo su rostro se endurecía al escuchar aquel nombre.

–Veo que ya te ha contado su versión de la historia –contestó apretando los labios, y no pude hacer otra cosa que reírme, agotada por aquella situación.

Sombra pareció desconcertado por mi respuesta.

–Si hay algo que Grillo no ha hecho durante todo este tiempo –le dije con ironía–, es hablar de ti.

Aunque la sorpresa se pintó en el rostro de Sombra, también apareció junto a ese sentimiento cierto aire de victoria que no fui capaz de entender.

–No tenemos demasiado tiempo –me indicó acercándose un poco, recuperando algo de la vitalidad fresca que descubrí en él el día que nos encontramos en la mansión de Cleo–, pero no voy a perder la oportunidad de poner las fichas en el tablero de manera que me sean ventajosas.

Y así, de esa manera tan estúpida, extenuada por los últimos acontecimientos, sintiendo el peso de la urgencia por rescatar a mis amigos atenuado por la posibilidad de encontrar respuesta a todas mis preguntas, fue como descubrí el misterio de la enemistad entre Grillo y Sombra.

16

Si algo había aprendido a aquellas alturas de mi vida como salteadora, si algo me quedaba claro después de todas las traiciones que había presenciado, después de todas las luchas de las que había participado, era que el motor que movía aquel mundo absurdo del que ya formaba parte no era la codicia de los grandes señores. El verdadero motor era el enfrentamiento que se producía entre las pasiones.

Quizá todo había comenzado cuando Cleo descubrió que Gustard tenía un harén de jóvenes mujeres escondidas en su alcoba, quizá aquello había sido la chispa que había hecho detonar todas las tragedias que entrelazaban las vidas de los salteadores que había conocido. El deseo, la pasión, el amor y sus frustraciones habían establecido una rueda terrible que nunca dejaba de girar arrastrándolos a todos. Y por eso yo debía haber supuesto, después de conocer la verdad sobre Lobo y Ángel, que la historia de Grillo y Sombra no era más que otro capítulo de todo eso.

Al convertirse en salteador, Grillo había entrado a formar parte de la casa de Cleo, servía a la gran señora como Lobo había servido a Gustard, y ambos se habían conocido en algunas misiones conjuntas.

Pero antes de todo aquello, su verdadero compañero de aventuras había sido Sombra. Juntos habían aprendido todo lo que sabían y juntos habían desarrollado sus capacidades al máximo en el Santuario del Sauce, donde para ellos también comenzó su aventura.

–Éramos inseparables –me explicó Sombra–, y eso nos hacía temibles: no había misión que se nos resistiera.

Se retaban para conseguir los objetos que Cleo les encargaba, convertían la vida como salteador en un juego, en una competición frenética en la que luchaban constantemente por imponerse al otro como el más listo, el más rápido, el más fiel. Pero pronto las tareas que les encargaban dejaron de ser motivadoras para probar su superioridad y comenzaron, divertidos, a batirse en duelo por otro tipo de conquistas.

–Todo empezó como un pasatiempo –continuó diciendo Sombra. Mientras me contaba aquella primera parte de su relación había parecido emocionado, como si echase de menos el tiempo en que, junto a Grillo, había vivido sus primeros años como salteador. Ahora, cuando parecía que la historia iba por otros derroteros, su voz empezó a endurecerse.

Al parecer hallaron un nuevo reto en conquistar a las muchachas que encontraban en los diferentes mundos. Enarqué una ceja al oír aquello, y Sombra enrojeció levemente.

–Si yo conseguía seducir a alguna mujer –explicó avergonzado–, Grillo tenía que lograr arrebatármela... Y viceversa...

¿Aquella era su diversión? ¿Ir sembrando los diferentes mundos de mujeres confundidas y despechadas con las que iban jugando como si fuesen naipes en una partida de cartas? ¿Aquel era el gran secreto? Lo miré sin dar crédito.

–Estás bromeando –le dije apoyando los brazos en las rodillas y adelantándome para observarlo mejor–. Debes estar bromeando.

–Desgraciadamente, no –confesó con pesadumbre–. Éramos así de superficiales, supongo. Debes entender que eran nuestros primeros años: todo era frenético y terriblemente divertido.

–Estos son también mis primeros años –puntualicé disgustada, dando a entender que eso no los justificaba.

–Se nos fue de las manos –continuó, evitando mirarme a los ojos.

En una de sus correrías, Sombra se enamoró de verdad de una joven e intentó mantenerla oculta a Grillo para que este no se la arrebatase. Pero él acabó enterándose y, en lugar de compartir la información con su amigo, se dedicó, como había hecho otras veces, a seducir a la joven para apuntarse un tanto.

–Me parece estúpido –interferí con sencillez–. Solo tenías que haberle dicho a Grillo la verdad para que parase.

–No puedes entenderlo. No nos conocías entonces: no podía confesar aquello...

–¿Estabas avergonzado? –pregunté sin darle un respiro, pero es que si aquella era la historia que los hacía comportarse todavía como energúmenos, no lo entendía.

–Estaba enamorado –confesó con vehemencia–, estaba terriblemente enamorado de ella y no quería que nada pusiese en peligro lo que estábamos construyendo. Pero Grillo no tuvo eso en cuenta a la hora de interponerse entre nosotros.

La rabia comenzó a hacerse con la voz de Sombra mientras me relataba el final de la historia. Grillo había raptado a la joven, como ya habían hecho en algunas ocasiones, y Sombra los había perseguido hasta dar con ellos, utilizando su capacidad de hacerse invisible. Tuvieron una pelea brutal en su presencia, haciendo uso de todos sus poderes.

–Era una muchacha muy supersticiosa –siguió Sombra–. Yo le había ocultado mi especial habilidad porque no estaba preparada para aquello todavía, pero Grillo no lo tuvo en cuenta... ¡y cuando luchábamos, yo tampoco lo pensé! Era nuestra primera batalla a vida o muerte... Estábamos ciegos de rabia.

El desenlace era bastante simple: la muchacha, totalmente aterrorizada por el espectáculo, se había arrebatado la vida mientras ellos dos seguían cruzando sus espadas.

–Se atravesó el corazón con una daga –murmuró el hijo de Cleo–. No le tembló el pulso a la hora de hacerlo. Nos dimos cuenta cuando la sangre nos manchó los zapatos.

Y así había empezado y terminado todo.

–No sé cómo no nos matamos en aquel mismo momento –concluyó Sombra apoyando la espalda en el respaldo de la silla en la que se había sentado y clavando sus ojos en mí. Imité su gesto y respiré profundamente.

No entendía por qué Grillo no me había contado aquella historia, por qué me había ocultado los pormenores de esa profunda enemistad cimentada en la muerte de una mujer. No pude evitar expresar mis dudas y Sombra me sonrió con tristeza.

–Supongo que le recuerdas a ella –me dijo sorprendiéndome–. Era pelirroja, como tú.

Recordé la manera en que Sombra me había mirado la primera vez que nos habíamos encontrado, su ironía al descubrir que Grillo me había puesto el nombre de Fénix, y sentí que mi estómago se encogía hasta hacerse diminuto. Iriadam, Rim Cartiam, todos habían ironizado sobre mi cabellera pelirroja irritando a Grillo. Habían intentado avisarme. ¿Entonces era eso? ¿Me había convertido en la sombra de una ilusión, en la huella de un recuerdo?

Algo en mi rostro alertó a Sombra.

–Recuerda que soy el enemigo –me dijo con tristeza frunciendo el ceño–. No tienes por qué creerte todo lo que te digo. La versión de Grillo sería diferente, supongo: en ella debo parecer un monstruo.

Lo atravesé con mi mirada más gélida.

–¿Ahora eres tú el que sube la apuesta? –lo ataqué con crueldad–. No estoy dispuesta a convertirme en una nueva partida.

–¡No estoy jugando! –se defendió Sombra, frustrado–. Solo quiero sacaros de aquí.

–Intentas que crea que simplemente nos estás ayudando... ¿gratuitamente? –lo interrogué sintiendo de nuevo la prisa por rescatar a mis amigos, reparando en que el papel de Sombra en todo eso se basaba en ejecutar los movimientos adecuados en el tablero para conseguir derrotar a Grillo.

–Cleo también tiene cosas de las que vengarse –me respondió haciendo referencia al odio que su madre sentía hacia Gustard por su traición.

–No voy a creerme que solo estás aquí, arriesgándolo todo, por los deseos de Cleo –ataqué levantándome con violencia, todavía con el arma en la mano, porque era incapaz de soportar más aquella situación de medias verdades, de intereses que pasaban por encima de mí misma haciéndome sentir del tamaño de una hormiga, a merced de los deseos de todos los demás.

Sombra se levantó también, con las manos levantadas en señal de rendición, y se acercó a mí. Negué con la cabeza cuando intentó poner sus manos en mis hombros y me retiré. No había olvidado quién era. Aunque me hubiese contado aquella historia, no había olvidado que era mi enemigo. Volvió a intentarlo obligándome a apretar con más fuerza la espada. Sentía mi cabeza embotada.

–Has oído suficiente como para saber que no estoy aquí solo por Cleo –trató de convencerme, dándose por vencido en su intención de alcanzarme–, pero quiero que quede claro que no estoy aquí por Grillo –continuó–. Creo que puedes imaginar ya lo que me mantiene aquí.

–Grillo va a matarte –lo amenacé, consciente de que aquello se estaba convirtiendo en una declaración en toda regla.

–Quizá sí, quizá lo mate yo a él... Pero eso no va a pasar hoy –puntualizó con dureza–. Hoy tengo que sacarte de aquí.

–¿Vas a raptarme y a llevarme a un mundo perdido donde Grillo no pueda encontrarme? –ataqué con sorna, sintiendo que toda mi contención iba a estallar en cualquier momento.

–¿Serías capaz de perdonarme algo así? –inquirió ofreciéndome una mano para que le devolviese su espada.

–Jamás –respondí sintiendo que era capaz de paladear cada una de las letras, al tiempo que le tendía su arma.

En el mismo momento en que volvió a colocar el arma en su funda, sonaron unos golpes en la puerta, que comenzó a abrirse, precipitando la situación.

–No me mates –rogó Sombra en un susurro veloz, al tiempo que se abalanzaba sobre mí y, sin darme tiempo a reaccionar, conquistaba con sus manos mi cintura y con sus labios mi boca.

Dejé escapar un grito de sorpresa y observé, a la espalda de Sombra, a Roca, petrificado por la escena, volviendo a cerrar la puerta para esperar fuera. En cuanto lo vi desaparecer, me desdoblé instintivamente y premié a Sombra con una bofetada precisa y certera.

–Lo siento –se disculpó Sombra llevándose la mano a la cara, que debía arderle por mi golpe–, pero tenía que disimular.

Sus excusas no me parecieron sinceras: su posición había quedado clara y no se había preocupado por disimularlo al besarme. Su único objetivo allí, aunque fingiese estar bajo las órdenes de Cleo, era conquistarme. Reparé en que el odio que Grillo le profesaba iba a desbordarse en cuanto supiese aquello, y algo dentro de mí sintió cierta satisfacción al imaginar que Sombra recibiría su merecido por aquel descaro. Pero ahora me tocaba utilizar la posición de ventaja en la que me encontraba si quería liberar a Lobo y los demás, así que me crucé de brazos con impaciencia.

–¿Y bien? –lo alenté–. La guardia está a la puerta y todavía no sé si solo has venido aquí para confundirme o si de verdad tienes intención de librarnos de algo.

–Tienes razón: no tenemos tiempo –asintió él recuperando el gesto serio–, pero tenías tanto interés en los detalles de mi pasado...

Bufé como respuesta a su intento de burla. No me sentía cómoda con él, y mucho menos después de que me hubiese besado. Tenía la sensación de estar jugando con fuego, pero además, aunque la confusión que experimentaba dentro de mí era enorme, no podía evitar pensar que, al hablar con Sombra, de alguna forma estaba traicionando a mis amigos. Sobre todo a Grillo.

–El plan es sencillo y descabellado –expuso–. Todo depende de lo rápida que puedas llegar a ser.

La idea me pareció un suicidio, pero tal como estaban las cosas, no teníamos otra opción. Sombra me relató su propósito con rapidez y en un susurro. Solo podríamos hacer nuestro movimiento cuando todos estuviésemos juntos en la misma habitación, y eso no ocurriría hasta la hora de la ejecución. Sombra se ocuparía de ser mi custodio durante la ceremonia, siempre que yo siguiese fingiendo que el poder de Roca me afectaba. En el momento en que Gustard bajase la espada sobre el cuello de Lobo, solo en ese momento, yo debía desdoblarme e interceptar el golpe con la espada de Sombra. Mientras, él liberaría a Ángel.

–¿Y Grillo? –inquirí con suspicacia.

–Te aseguro que él sabe liberarse solo y que, si está esperando a hacerlo, es porque no sabe dónde estás –afirmó Sombra.

El único problema era que Sombra quedaba absolutamente vendido. Si él, como yo, pudiese desdoblarse en lugar de simplemente desaparecer, gozaríamos de unos valiosísimos segundos antes de que la confusión se hiciese con todos los salteadores y fuésemos atacados. Esos segundos en los que pareciese que nada iba mal, mientras nuestras falsas imágenes permanecían posicionadas, podían suponer la diferencia entre la vida y la muerte.

Recordé la conversación que había tenido con Ángel cuando yo estaba convaleciente en el barco.

–Quizá... –comencé pensativa–, es algo imposible, pero... –continué sin reparar en que Sombra estaba perdiendo la paciencia– si lo consigo...

–¿Qué? –exclamó por fin.

–Ángel me dijo que, en una ocasión, me había desdoblado adoptando la forma física de otras personas –expliqué, poco convencida.

Ella incluso había señalado que me había desdoblado con la imagen de Sombra. Se lo describí intentando darle todos os detalles importantes, y sus ojos se abrieron sorprendidos.

–Inténtalo –me retó.

–No es tan fácil. Además, si es cierto que lo hice... aquello me supuso un desmayo de más de dos días.

–Inténtalo –insistió apartándose de mí.

Lo miré desesperada. Realmente no tenía ni idea de cómo debía hacerlo. Me senté en el suelo adoptando la posición para la meditación que había aprendido en el Santuario del Sauce, despejé mi mente concentrándome, pero era incapaz de hallar la paz interior necesaria.

–Eres Fénix, renace de tus cenizas. La vida de tus amigos está en juego –me presionó Sombra, supongo que intentando darme motivos para tomármelo en serio.

Y aunque su frase no funcionó, sí que me hizo conectar, no sé cómo, con un recuerdo. De pronto me sentí como si siguiese en el vientre del volcán escuchando los cantos de las mujeres que custodiaban el preciado mineral azul, como si volviese a estar desnuda sobre el altar viendo pasar las manos anilladas de la anciana sobre mi frente. Noté el frío en la piel de aquella noche, el vacío inconmensurable sobre mi cabeza, y la pregunta volvió a aparecer ante mí: «¿Quién eres?».

Con una claridad tan precisa como la de la noche en que acepté ser Fénix, sentí que cada célula de mi piel se iluminaba: podía ser quien quisiera. Las copias que lanzaba de mí eran imágenes capaces de mutar; así, de igual modo que podía obligarlas a realizar cualquier acción articulando su esencia de fantasma a mi antojo, podía rehacer esa misma esencia adoptando cualquier aspecto. Me pareció ridículamente simple. Solo era cuestión de probar.

–¡Dioses benditos! –escuché exclamar a Sombra a mi izquierda.

Abrí los ojos, espoleada por su sorpresa, y, antes de volver a desvanecerme como me había ocurrido la última vez, descubrí desconcertada que ante mí se encontraba una figura que cambiaba instantáneamente de aspecto para ser Lobo, Grillo, Ángel, Sombra..., cada una de las personas que había conocido.

Me desperté tumbada en el suelo, agotada por el esfuerzo. Tardé un poco en recordar lo que había pasado, pero el pánico se hizo conmigo en cuanto fui consciente del lugar donde me encontraba y de lo que había ocurrido.

Roca me miraba sentado en su silla, levemente recostado y con las piernas estiradas ante él.

–Buenos días –sonrió con ironía–, o quizá debería decir buenas noches...

Reparé en que la habitación se encontraba iluminada por unas lámparas. Desgraciadamente, también reparé en que mi guardián quizá me había visto moverme mientras yacía. Junto a él, en una mesa, había un plato con comida, y mi estómago rugió ante la imagen. ¿Dónde estaba Sombra?

–Deja de fingir –me increpó Roca–. No has parado de gruñir y estirarte en sueños, así que ya es innecesario tu esfuerzo. De todos modos, me había parecido raro el que te movieses como un robot estúpido en la villa italiana.

–¿Qué es un robot? –inquirí, incorporándome levemente.

–No lo comprenderías –respondió. Como seguía mirando a la comida, me indicó que podía acercarme a cogerla–. Supongo que, aunque quisiese, no tendría cómo impedírtelo, ¿verdad?

–¿Y Sombra? –pregunté, consciente de mi delicada posición.

–Negociando –dijo Roca con un gruñido. Llevaba el pañuelo de su hijo entre las manos.

Cuando me había desplomado, Sombra se había visto obligado a arriesgar nuestra misión confiando en Roca. O quizá debería decir que se había visto obligado a sobornarlo con una promesa mejor que la que le había hecho Gustard, que al fin y al cabo lo retenía allí simplemente porque había raptado a su hijo. Sombra había saltado a la mansión de Cleo para intentar conseguirle a mi guardián un retiro seguro con su familia en algún lugar desconocido donde nadie lo volviese a molestar.

–Si lo logra –me dijo Roca con fingida tranquilidad, traicionada solo por el temblor tímido de sus manos–, estoy en vuestro equipo, pero si intenta jugármela...

Entendí sin dificultad la amenaza implícita en sus palabras. Gustard había atacado justo lo que aquel hombre más valoraba: su anonimato y su familia. De alguna manera lo había perdido todo, puesto que al retener a su hijo habían demostrado que era una presa fácil. Si Sombra le ofrecía recuperar su tranquilidad, merecía la pena correr el riesgo.

–¿Cuánto tiempo llevo durmiendo? –pregunté, tratando de calcular el daño que me producía experimentar con mis imágenes, mientras comenzaba a atacar la comida.

–El suficiente como para que tu amiguito haya estado a punto de llevarte con él a la mansión de Cleo –respondió Roca, y noté que no estaba dispuesto a darme ni una pizca más de conversación.

Evalué el descubrimiento que acababa de hacer respecto a mis copias, deseando poder compartirlo con mis amigos. Me pregunté qué estarían haciendo Grillo y los demás en ese preciso momento, cuál sería la vigilancia a la que estaban sometidos, y deseé con todas mis fuerzas que no les hubiesen hecho ningún daño.

Cuando terminé de comer, volví a sentarme en el suelo en posición de meditación para serenar mi espíritu, aguardando el regreso de Sombra. No sabía de cuánto tiempo disponíamos antes de que Gustard pusiese en marcha su macabra idea de venganza pública.

Había quedado claro que nuestro plan dependía de que yo fuese capaz de lanzar una copia de los dos durante la ceremonia de las ejecuciones, pero lo que no me parecía tan fácil de programar era la respuesta física que tendría mi cuerpo en aquella situación. ¿Volvería a perder el sentido? Esta vez no había permanecido tanto tiempo fuera de juego, pero mi esfuerzo tampoco había sido demasiado grande. Tenía que probarme, tenía que probar dónde estaba mi límite, cómo podía conseguir dominar aquella nueva habilidad. Añoré la paz de la que había gozado en el Santuario del Sauce para conectar con mi poder, y eché de menos la serenidad que el venerable maestro me transmitía. Sentí que, estando con él, todo aquello sería más fácil, y me prometí que, si sobrevivía, volvería a visitarlo.

Me concentré en la postura de Roca, que pareció incómodo por mi mirada atenta. El hombre se sobresaltó cuando hice aparecer en la silla contigua a la que se encontraba una copia exacta de su persona, pero antes de que dijese nada la hice desaparecer. Aguardé esperando desmayarme, pero no pasó nada. Volví a repetir el truco, esta vez aguantando un poco más. Roca miraba su copia mientras corregía su postura.

–¿Es algún tipo de broma? –me dijo con desagrado evidente.

–Entreno –respondí parca, e hice desaparecer otra vez la copia–. Que nos salvemos esta noche depende de que el truco me salga bien.

–Entonces entrena, por lo que más quieras –exclamó levantando los ojos al cielo.

Cuando llegó Sombra, había conseguido retener una copia de Roca y otra mía quietas en la habitación, mientras yo me movía haciendo otra cosa, aunque sin apartar mi mirada de ellas.

–¡Menudo susto me has dado! –se quejó, bastante aliviado al verme en pie. Hice desaparecer las copias–. ¿Estás bien? ¿Lo has conseguido?

Asentí con la cabeza.

–Ahora soy capaz de notar cuándo voy a desmayarme –expliqué–. Es como si estirase de un lazo... Si veo que va a estallar, paro.

–Es muy interesante todo esto –interrumpió Roca desde su asiento–, pero creo que da igual lo que os propongáis, si Cleo no ha accedido a mi petición de protección y retiro.

Sombra se volvió hacia él con seriedad y sacó de uno de sus bolsillos un lienzo enmarcado, más pequeño que la palma abierta de mi mano.

–Es de la colección privada de mi madre –le dijo tendiéndoselo con la reverencia con la que se entrega el objeto más sagrado–. Sabes que no puedes utilizarlo hasta que el caos no se haya adueñado del salón del trono –continuó Sombra, amenazante–. Hay un grupo de salteadores esperándote allí junto con tu mujer.

Todo el cuerpo de Roca cambió al recibir aquella información. De pronto no me parecía tan seguro de sí mismo, tan exento de temor.

–¿Está bien? –rogó–. ¿Anna está bien?

Sombra asintió con gravedad y le ofreció unos cuantos detalles de la información que conocía. Aunque no era demasiado, Roca se sintió satisfecho y noté que, gracias a aquel juego del destino, podíamos confiar plenamente en él. Me pregunté cuán hondo era el odio de Cleo como para exponerse de aquella forma frente a Gustard, porque si todas sus maquinaciones eran descubiertas, se declararía una guerra entre salteadores. ¿O quizá no era la primera vez que aquellos dos señores se enfrentaban a una situación como esa? ¿Era también un movimiento más dentro de un juego que llevaba siglos empezado?

–Escúchame –reclamó mi atención Sombra–, pronto vendrán a recogernos, los preparativos están prácticamente terminados y no deben encontrarme aquí; de hecho, soy yo quien vendrá, con otros salteadores, para llevarte al salón del trono.

–¿El salón del trono? –inquirí, porque ya habían hablado de esa estancia, y me llamaba la atención.

–Sí, pero no te detengas en detalles, por favor –se quejó Sombra–. El salón del trono es la estancia más grande de la casa, donde Gustard se sienta para presumir ante el resto de salteadores. Puedes imaginar que le gusta mucho el teatro, así que toda la noche está planeada.

Al parecer había tal número de invitados que el salón estaría atestado de gente. Gustard había llamado a todos sus contactos y presidiría la ceremonia de ejecución desde su posición privilegiada, junto al cuadro de Venus.

–El original –puntualizó Sombra, y al ver mi cara de sorpresa agregó–: El que encontrasteis en la villa era una copia. Por eso no funcionó la traslación, por eso Lobo no pudo saltar. Lo que me recuerda que vas a necesitar uno de esos libritos si quieres escapar –añadió tendiéndome el objeto más preciado para los salteadores–. No he conseguido ponerme en contacto con los demás para devolverles los suyos; de todos modos, no creo que Grillo confiase en mí si me acercase, así que eres la única que los puede sacar de aquí. Tampoco he logrado recuperar tu espada –señaló haciéndome sentir una punzada de dolor al recordar el amable origen que mi arma tenía.

Me obligué a recordar que quizá estaba cayendo en una nueva trampa al confiarme al enemigo de Grillo, quizá participaba sin más remedio en la guerra que los había unido desde aquella historia que Sombra me había relatado. Pero no tenía opción, no podía elegir qué cartas jugar en aquel momento porque, simplemente, no tenía la baraja a mano.

–¿Por qué estará el original presente? –inquirí.

–Creo que Gustard piensa volver con Venus una vez que Lobo haya sido ejecutado –explicó Sombra–. Será su golpe más efectista, lo que lo convierta ante todos en el verdadero vencedor de la batalla.

–¿Por qué no antes?

–¿Y arriesgarse a que esa muchacha elija a Lobo? –intervino Roca, que al parecer prestaba más atención de lo que parecía–. No es tan valiente.

Sombra me explicó los últimos detalles que necesitaba conocer para que nuestro plan funcionase. Ahora que contábamos con la participación de Roca, nos asegurábamos de la libertad de movimientos de nuestros compañeros cuando la acción comenzase, pero todo lo demás lo decidiría el destino.

Me probé por última vez antes de que Sombra se marchase. Hice aparecer una copia de los dos y, cuando sentí que podía mantenerlas, me di la vuelta para perderlas de vista.

–Cinco segundos –contó Sombra, y Roca chascó la lengua con desagrado–, eso es lo que aguanta la ficción.

17

Cuando a día de hoy pienso en aquella noche, me parece que todo está a punto de ocurrir de nuevo, que estoy otra vez de pie, ante el trono de Gustard, en ese salón lleno de velas.

Como Sombra preveía, fue él mismo el que me escoltó con otros dos guardianes al salón principal. Roca fue relevado de su puesto porque lo reclamaban para mantener quietos a todos los acusados. Así que Sombra, asintiendo con gravedad, sacó una daga de su cinturón y, con el cuchillo al cuello, me condujo por los corredores de la enorme mansión de Gustard.

Me sobrecogió la imagen del salón del trono. Se trataba de una enorme habitación alargada rodeada de ventanas cubiertas con cortinas de terciopelo.

Había una multitud allí reunida, salteadores de distintas razas, todos armados, todos vistiendo de manera elegante para la ocasión. Al fondo de la sala, tres amplios escalones conducían al trono de Gustard, que se situaba a la izquierda de aquel extraño escenario, ocupando el poco espacio libre que dejaba el impresionante cuadro de *El nacimiento de Venus*, que presidía la reunión. El trono estaba también rodeado de cortinajes rojos y pesados. Habían situado, a derecha e izquierda de este escenario presidencial, dos pequeñas tarimas donde dos tronos más acompañaban al anfitrión de la reunión, uno a cada lado. A la izquierda, junto al puesto privilegiado de Gustard, se sentaba Cleo, ataviada con un fantástico vestido escarlata, compuesto por un corsé intrincado y una amplia falda, con la que parecía una reina antigua. Llevaba el pelo recogido en un moño alto y parecía tan relajada que nadie habría sido capaz de imaginar todas las artimañas que aquella hermosa y joven mujer había llevado a cabo en su pretensión de acabar con la velada. Su imagen distaba tanto de la de la mujer desenfadada y alegre que había conocido en nuestro primer encuentro, que me costó trabajo reconocerla. A la derecha, algo más alejado de sus dos compañeros por el cuadro de Venus, se situaba un joven terriblemente atractivo, pálido y serio, con el pelo negro corto y una perilla delgada adornándole el mentón. Sus rasgos perfectos lo hacían inteligente y masculino, nada vulgar. Vestía con desenfado una camisa blanca sobre unos pantalones de una tela parecida a la de los míos, azul y resistente. No iba armado, y era fácil darse cuenta de que estaba deseando que la velada acabara cuanto antes. No hizo falta que nadie me indicara que aquel era Firel, el tercer fundador de esa sociedad de ladrones vengativos y sagaces. Detrás de los dos señores de los salteadores, dos personas de su confianza aguardaban de pie, como soldados.

Nosotros atravesábamos la estancia sobre una mullida alfombra que dibujaba en el suelo un pasillo entre las miradas atentas de los salteadores. Gustard no estaba sobre el escenario, pero mis amigos aguardaban ya ante él. Lobo era la imagen de la derrota: aunque el fracaso no lo había desprovisto de su natural presencia de líder nato, la tristeza se había hecho con sus hombros, manteniéndolos hundidos. Un cosquilleo de miedo me recorrió cuando me pregunté si aquello significaba que se había rendido, que iba a aceptar sin más la situación, pero cuando estuvimos más cerca pude percibir que tenía los ojos clavados en el cuadro de Venus. Y en ellos aún se dibujaba la esperanza.

Grillo, a la derecha de Lobo, se mantenía atento a cualquier movimiento en la sala, y pude notar su alivio al escucharme llegar. Estaba tenso, congelado por el poder de Roca. Ángel, a su lado, demostraba una fiereza en la mirada que jamás le había conocido, ni siquiera durante las diferentes luchas que nos habíamos visto obligados a enfrentar. Con su eterno vestido blanco, elegante hasta en la derrota, daba la impresión de estar a punto de desplegar unas alas enormes y terribles.

Sombra me condujo hasta situarme a la izquierda de Lobo, junto al entarimado donde Cleo se abanicaba sonriente.

–Querido... –llamó la gran señora reclamando la atención de su hijo.

–Madre... –respondió este a mi espalda, inclinando la cabeza.

–Te he añorado en tu larga ausencia –suspiró con pesadumbre, de tal modo que nadie habría podido sospechar que hacía solo unas horas que habían estado juntos–, aunque veo que no te acompañas mal. Esta debe ser la famosa Fénix –comentó curiosa–. ¿No te recuerda a aquella chica que conocimos una vez, una tal Eriane?

–Levemente –asintió Sombra, y por su tono de voz imaginé que sonreía. Me fascinó la fina ironía de Cleo en una situación tan delicada como aquella, pero su confianza me dio seguridad.

Me giré para observar a Grillo, que hacía todos los esfuerzos posibles para fijar sus ojos en mí, pero el poder de Roca se lo impedía. En aquel momento, Gustard hizo su entrada triunfal.

Apareció en el escenario, por detrás del cuadro de Venus, arrancando una oleada de aplausos reverentes y triunfales entre los salteadores allí reunidos. ¿Cuántos eran? Era fácil suponer que superaban la centena. ¿Qué poderes tendrían? ¿Cómo reaccionarían a nuestro intento de fuga? Noté que mi corazón se disparaba por el miedo y respiré profundamente. Quizá con idea de tranquilizarme, Sombra apoyó su mano libre en mi cintura, pero solo consiguió inquietarme aún más al arrancar con su gesto una risa divertida de Cleo.

Gustard llevaba aquella capa real con la que ya lo había conocido. Se movía con pasos largos y desplegaba los brazos agradeciendo el baño de aplausos. Cuando se halló frente al trono, hizo una reverencia y después elevó los brazos al cielo celebrando su victoria.

–Queridos amigos –comenzó a hablar acallando las voces que lo aclamaban–. ¡Por fin vivimos el momento que llevamos tanto tiempo esperando! Hoy daremos justo castigo al hombre que desafió la ley de los salteadores, hoy seremos testigos de cómo la justicia se pone del lado de los vencedores: ¡hoy, Lobo, el traidor, recibirá su castigo!

Los salteadores volvieron a aplaudir respondiendo a los juegos de voz que Gustard hacía durante su discurso. Cleo bostezó tras el abanico.

–Pero antes –continuó Gustard–, quiero que todos conozcáis al hombre que ha hecho posible esto, al salteador más leal, al amigo más fiel... ¡Al nuevo pintor de los salteadores: Iriadam Gaerl!

Contemplé turbada cómo, del mismo lugar por donde había aparecido Gustard unos minutos antes, salía el aprendiz de Rim Cartiam, vestido para la ocasión con una casaca blanca manchada oportunamente de pintura en algunos lugares que me parecieron estudiados. Sentí vergüenza, vergüenza y rabia al verlo triunfante situándose ante nosotros. No había en su rostro la menor muestra de pesadumbre o arrepentimiento: íbamos a morir por su culpa y le daba igual, porque había conseguido lo que tanto había deseado. Era la imagen de la arrogancia más pura.

–Su antecesor –explicó Gustard–, el traidor Rim Cartiam, debería ser castigado junto a sus compañeros en este momento –dijo señalándonos–, pero el viejo pintor es una rata rápida que se ha escondido bien. ¡Las recompensas serán generosas para los que lo encuentren! –apuntó y, volviéndose a Iriadam, le dijo–: ¿O acaso no he sido benévolo y desprendido contigo, buen amigo?

–El más generoso entre los hombres –asintió él con gallardía.

Reprimí mis ganas de lanzarle la segunda daga que sabía que Sombra llevaba en el cinturón, al alcance de mi mano. Desde donde me encontraba, lo habría herido sin problemas y habría borrado de su cara la estúpida máscara de triunfo rastrero. Yo había confiado en él.

–Tienes toda la razón, lo soy –rio Gustard complacido abrazándolo con cordialidad por los hombros, lo que hizo que Iriadam se hinchase aún más. Me parecía mentira que fuese la misma persona con la que había mantenido aquellas interesantes charlas–. Y por eso, antes de comenzar con mi parte preferida de la noche –bromeó–, me gustaría poder concederte el último deseo que pediste, aunque ya te dije que no dependía enteramente de mí.

Iriadam enrojeció notablemente. Aún no se había dignado mirarme, lo que me estaba impidiendo clavar sobre él mi mirada más cruel. Asintió con la cabeza y cruzó las manos en una muestra de nerviosismo. Escuché a Sombra suspirar con desagrado tras de mí.

–Podemos intentarlo, ¿verdad? –siguió Gustard dirigiéndose a Iriadam como si fuese un niño pequeño. No comprendí cómo el aprendiz de Rim Cartiam se dejaba ningunear así. De pronto, Gustard se concentró en mí–. Querida Fénix, motor de catástrofes –se burló–: Iriadam deseó que te mantuviese con vida, lo que me pone en una difícil situación, ya que, sabiendo como sé de lo que eres capaz, me gustaría conservarte y ganarte para mi servicio, pero, conociendo también tu innata habilidad para provocar los comportamientos más absurdos en los hombres... ¡no me fío, querida! –exclamó, y algunos de los presentes rieron divertidos–. Así que me veo obligado a preguntarte, y espero que me respondas con sinceridad: ¿quieres vivir y ser uno de mis salteadores? Piensa que, si dices que sí, habrás hecho feliz a Iriadam, e intuyo que también a alguien más. ¿Qué me dices?

–Prefiero la muerte que hacer feliz a un traidor –respondí en voz bien alta clavando mi mirada en Iriadam, que por fin se volvió hacia mí.

Me repugnó la luz de esperanza que tenían sus ojos antes de escuchar mi respuesta, y agradecí mucho más el velo de rabia que los tiñó cuando hablé. La mano de Sombra se apretó contra mi cintura y me concentré en Grillo, deseando que, una vez más, todo fuese tan fácil como aquella vez en la que se había aparecido en mi calabozo para convertirse en mi libertador.

–Una pérdida, querida –respondió Cleo con voz teatral.

Gustard pareció desconcertado por su intromisión y miró a Firel, que continuaba estando allí como un espectador pasivo y absorto.

–Lo siento, Iriadam –se repuso golpeando amistosamente el hombro del pintor–, así son las mujeres de testarudas. Acostúmbrate –el nuevo pintor de los salteadores asintió con la cabeza, aparentemente incómodo por la situación, y Gustard lo despachó para que se uniese al público.

El muy cobarde no se atrevió a pasar por mi lado en su trayecto, sino que prefirió pasar entre Lobo y Grillo. Era un triste, me di cuenta en aquel momento: un pobre diablo al que el ansia de poder había podrido por dentro. No me importaba: si sobrevivía a aquello, sabría cómo encontrarlo. Y entonces no se atrevería a escapar así, como un perro con el rabo entre las piernas.

Cuando Gustard volvió a estar solo en el estrado, dos salteadores desplegaron una alfombra negra en los escalones que daban acceso al escenario. Al terminar, hicieron una reverencia y se situaron uno al lado de Grillo y el otro al lado de Ángel. Noté a Sombra tensarse tras de mí, retiró la mano de mi cintura, dejando de ese modo mi acceso libre a su espada, y supe que la acción estaba a punto de empezar.

–Todos recordamos el momento más triste de nuestra historia –retomó su discurso Gustard con fingida pesadumbre–, cuando uno de nuestros amigos, uno de nuestros hermanos, decidió que el orden establecido no era el que debía reinar. Cuando Lobo, el traidor, se rebeló contra las órdenes de uno de los grandes señores, ¡contra mis órdenes!, para imponer su propia voluntad –Gustard desenfundó su espada con un gesto elegante y contempló la hoja–. Hay muy pocas reglas en nuestro mundo, y no creo que las que hay sean injustas –continuó, y escuché varios asentimientos entre el público–. ¡Todos tenéis lo que deseáis! Solo hace falta pedir para recibir, y ¿qué os exigimos a cambio? ¿Fidelidad? ¿Es tan alto el precio que hay que pagar? –exclamó emocionado, y muchos salteadores respondieron, animados por su arenga. Gustard hinchó el pecho y elevó la espada sobre su cabeza–. ¡Somos los dueños del tiempo! –gritó orgulloso, provocando un aullido triunfal en la multitud.

Cleo aplaudió levemente con su abanico y Firel buscó una postura más cómoda en su asiento. Noté que Sombra separaba levemente la daga de mi cuello y comencé a concentrarme en la postura que él guardaba tras de mí. Llegaba la hora de empezar.

–¡Lobo, traidor –señaló Gustard con gesto feroz–, aproxímate para recibir la recompensa a tu ingratitud!

Lobo se arrodilló sobre la alfombra negra, con la cabeza alta retando a la muerte y los ojos clavados en Venus. Así postrado, frente al gran señor, con su vieja chaqueta roja y el pelo blanco recogido, como siempre, en su coleta baja, Lobo seguía luciendo poderoso, como un rey traicionado por sus hombres, abrazando su final con agallas, con valor. Los salteadores allí presentes contuvieron el aliento. Sin mediar palabra, Gustard levantó el arma para arrebatarle de un solo tajo la vida al que durante demasiado tiempo había sido el recuerdo constante de su fracaso.

Los segundos que tardó en levantar el arma fueron los que yo utilicé para sacar la espada de Sombra con un solo movimiento, desdoblarme y parar su golpe, con un ruido metálico que sorprendió a la concurrencia. Sentí el acero temblar en mis manos y clavé mis ojos en los ojos sorprendidos de Gustard. Mi posición era de inferioridad porque él se encontraba en el escalón superior, pero solo así lograba proteger con mi cuerpo a Lobo.

Al comprender la situación, de la garganta de Gustard se elevó un hondo rugido de rabia, que resonó en la sala provocando el caos. Junto a Cleo permanecían mi imagen y la de Sombra, pero estaban empezando a desvanecerse. Utilizando su invisibilidad, Sombra había tenido el tiempo suficiente para dirigirse a Ángel y ofrecerle un arma, y Roca debía estar saliendo de la habitación como una exhalación para liberar a su hijo y saltar a aquella realidad prometida donde lo esperaba su mujer.

Gustard retiró el arma y volvió a cargar contra mí, que no podía desdoblarme en aquella posición porque, al hacerlo, dejaría desprotegido a Lobo, aún paralizado por la sorpresa.

–¡Muévete! –le grité desesperada, conteniendo otro golpe terrible del señor de los salteadores, que cargaba con una fuerza brutal por haber visto interrumpido su momento de gloria.

Mientras paraba la embestida de Gustard, posicionando mis pies firmemente en el suelo, vi que Cleo desaparecía junto a sus dos guardianes, con el gesto henchido de una satisfacción cruel. El golpe estuvo a punto de desequilibrarme, pero noté que Lobo se levantaba para apartarse y me desdoblé, de modo que la espada de Gustard cayó al suelo. Aparecí a su izquierda, con el tiempo justo para elevar la espada de Sombra y dejarla caer sobre él tratando de acabar con todo, pero se adelantó a mi movimiento y se apartó con un cambio rápido de pies. En ese instante observé emocionada cómo Lobo, sin siquiera pensarlo, se lanzaba a la carrera hacia *El nacimiento de Venus* y desaparecía en el paraíso que siempre había soñado, alcanzando así su propia victoria, consiguiendo que todos nuestros esfuerzos hubiesen merecido la pena, justificando cada una de las estocadas que habíamos dado en nuestro camino. Gustard aprovechó mi confusión para ganar ventaja en la lucha.

–¡Maldita pelirroja! –me gritó arremetiendo con duros golpes que fui parando con dificultad, antes de desdoblarme de nuevo para atacarlo por su flanco descubierto. En el preciso instante en que iniciaba el movimiento, observé cómo Grillo se lanzaba contra Sombra, que ofrecía la daga a una Ángel desconcertada. Tuve que tomar una decisión con rapidez: si me desdoblaba, me arriesgaba a que Gustard descubriese la ausencia de Lobo y se lanzase tras él al cuadro de Venus; pero si me quedaba allí, Grillo podría desencadenar algo terrible.

Dejé una imagen frente al señor de los salteadores y me interpuse entre ellos. Sombra tenía razón: para Grillo no había sido difícil hacerse con un arma una vez libre del confinamiento físico al que Roca lo sometía. Detuve el golpe de Grillo, dirigido a la espalda desprotegida de su enemigo.

–¡A él no! –le grité, intentando que comprendiese por mi mirada que había cosas más importantes que hacer–. ¡Nos ha liberado!

Grillo abrió los ojos desconcertado y apretó los labios. En ese preciso instante, un salteador se lanzaba contra él y me vi obligada a desdoblarme de nuevo para evitar que lo alcanzase. Afortunadamente, Grillo entendió mi mensaje, porque me ayudó a contener al salteador en lugar de arremeter contra Sombra, que en aquel momento se hizo invisible.

Ángel luchaba con las dagas que Sombra le había ofrecido, y yo era capaz de oír entre el bullicio su vestido zigzagueando conforme giraba y giraba, como si estuviese bailando, cercenando la vida de sus enemigos, insensible a los gritos. Firel también había desaparecido, como comprobé al desdoblarme a una posición que me permitiese localizar a Gustard. Descubrí también que muchos de los invitados se habían esfumado y supuse que se debía a que le guardaban fidelidad a Cleo o porque apreciaban demasiado su comodidad como para arriesgarla por una recompensa económica. Lancé mis copias por la sala, para obligar a los salteadores a calentarse un poco la cabeza, y saqué la libreta de tópicos. Tenía que conseguir reunir a Ángel y Grillo para que pudiésemos saltar juntos.

Miré al escenario donde el señor de los salteadores gritaba órdenes a sus hombres para que nos capturasen mientras me buscaba con odio inaudito. Por fin lo había descubierto. Yo había destrozado todo su plan, yo había permitido que Lobo escapase hacia el lugar que más deseaba y, al hacerlo, me había convertido en la heredera del odio que Gustard siempre le había profesado. Ahora, la única manera que tenía el gran señor de recuperar su honor, de limpiar su vergüenza, era dándome muerte. Clavó por fin sus ojos en mí, mientras yo buscaba a toda prisa un destino al que pudiésemos escaparnos, y, señalándome con su espada, comenzó la carrera para alcanzarme.

Me desdoblé para ocupar el escenario desde el que Gustard había iniciado su camino y, en ese justo momento, fui presa del estupor más enorme al ver cómo Ángel abandonaba las armas para lanzarse sobre los candelabros que iluminaban el escenario. Mientras un grupo de salteadores le daban alcance, la bella muchacha tumbaba los soportes de metal, que caían sobre el cuadro de Venus, prendiendo fuego al lienzo y a las cortinas de terciopelo rojo que encontraban a su paso. Nadie alcanzaría jamás a Lobo; el sueño de nuestro amigo permanecería a salvo.

–¡Ángel, cuidado! –grité desesperada a la vez que, haciendo uso de mi poder, aparecía a su lado justo a tiempo para sostenerla cuando se doblaba hacia delante con el estómago atravesado por la espada fría de uno de los salteadores.

Ángel apoyó sus manos en las mías y me miró con los ojos ahogados en lágrimas doradas y una sonrisa triste en sus labios.

–Termina... lo que... he... empezado... –susurró antes de morir entre mis brazos cuando el salteador que la había atacado retiraba su arma, todavía caliente por la sangre de mi amiga.

Apreté los ojos un instante para evitar que las lágrimas me impidiesen recordar dónde me encontraba y, abandonando el cuerpo de Ángel, con el vestido tiñéndose poco a poco de oro, me desdoblé y alcé la espada de Sombra para cortar la cabeza al hombre que había acabado con ella. No lo pensé, no me costó trabajo, casi no encontré resistencia en la carne de aquel desgraciado. Con dolorosa facilidad, mi acero lo decapitó de un solo tajo. Aquel salteador fue mi primera víctima real.

Llevada por la furia, totalmente fuera de mí, fui recibiendo a los salteadores que se me acercaban, para descargar en ellos el eco sordo de la pena que me embargaba. Sentía el fuego crepitar a mi espalda cuando descubrí que Gustard daba nuevas órdenes tras localizarme entre sus hombres.

–Fénix –escuché una voz que me llamaba, pero no veía a nadie–, ¡escapa de aquí de una vez!

Sombra, invisible tras de mí, me espoleaba para que abandonara. Recordé a Grillo, lo busqué entre la multitud. Estaba a punto de ser reducido por una salteadora que, lanzando lazos poderosos desde sus manos desnudas, intentaba atarlo, mientras él cortaba una y otra vez las mortíferas cuerdas tratando de liberarse.

–¡Ayuda a Grillo! –bramé apretando los dientes y parando el golpe que Gustard, de nuevo ante mí, me lanzaba conducido también por la fuerza de su ira. Veía el fuego dibujado en sus pupilas negras. Su salón estaba siendo devorado por las llamas.

–No voy a salvarle la vida a Grillo –respondió Sombra con dureza a mi espalda.

Grité desesperada. Me desdoblé. Gustard, fuera de sus casillas, bramó con desesperación mientras ordenaba otra vez que alguien me detuviese. Observando que Grillo había ganado ventaja, me planté ante lo poco que quedaba de *El nacimiento de Venus* para cumplir la última voluntad de Ángel. El cuadro era ya apenas dos figuras soplando en una de las esquinas superiores. Me pareció que estaban intentando contener el fuego que había conquistado la desnudez de Venus y sus cabellos, dejando su boca en esa especie de sonrisa serena. Empujé los candelabros que quedaban antes de desdoblarme junto a Grillo y ayudarle a cortar con mi arma los lazos que lo ataban.

–¡Detenedla! –gritaba el señor de los salteadores–. ¡Detenedla como sea!

Pero ya no importaba nada: la libreta de tópicos volvía a estar en mis manos y, sin pensármelo dos veces, agarré el hombro de Grillo en el mismo instante en que la espada de un salteador caía sobre él.

La última imagen que percibí, antes de desaparecer de aquel palacio de fuego, fueron los ojos de Sombra brillando a la luz de las llamas que consumían el cuadro de Venus, mientras la sangre dorada de Ángel convertía el suelo en espejos.

Allí terminaba la guerra de Lobo, ahí encontraba su final la historia en la que me había visto inmersa por la más pura de las casualidades.

18

Aparecimos en un bosque con el suelo plagado de hojas doradas. Noté que algo no marchaba bien cuando Grillo tropezó y cayó en lugar de iniciar la carrera a mi lado, aunque tampoco sabía adónde se suponía que debían guiarnos nuestros pasos porque jamás había estado en aquella realidad.

–¡Grillo! –grité lanzándome a su lado.

–Fénix... –murmuró él clavando en mí su mirada enrojecida y mostrándome las manos manchadas de sangre–, esta vez me han acertado, y bien...

–Tenemos que largarnos, tenemos que salir de aquí –le dije, y conseguí incorporarlo para ayudarlo a llegar tras unos arbustos, pues parecía incapaz de nada más.

Mi estómago se encogió por el miedo a una nueva pérdida cuando descubrí la enorme herida que cruzaba la espalda de Grillo. Haciendo de tripas corazón, la tanteé para comprobar su gravedad.

–Es un corte superficial –le dije, intentando sonar positiva–, pero te atraviesa varios músculos. No vas a poder utilizar la espada en unos meses...

–No voy a poder correr –me interrumpió apretando los labios.

Me esforcé por contener las ganas de llorar. No era el momento para mostrar debilidad. Habíamos salido de la mansión de Gustard, estábamos vivos. Lobo lo había conseguido. Ángel estaba muerta. Su sacrificio tenía que servir de algo. Grillo confundió mi turbación.

–Escapa –me rogó. Quería responderle, pero en aquel momento escuché la llegada de nuestros perseguidores.

Nuestro escondite no tardaría mucho en ser descubierto. Dejé la libreta de tópicos en manos de Grillo, que intentó rechazarla.

–Piensa algo –le indiqué con dureza antes de desdoblarme para aparecer en el sendero.

La mujer que había apresado a Grillo con sus cuerdas estaba allí, y la acompañaba otro hombre. No lo pensé. Me desdoblé para ocupar una posición ventajosa a la espalda de la chica y hundí mi acero en su carne con la misma crueldad con que habían atravesado el cuerpo de Ángel. El dolor por la pérdida de mi amiga enfriaba de tal modo mi corazón que era incapaz de valorar el sentido que tenía segar una vida más. La mujer pareció sorprendida. Antes de caer, noté cómo lanzaba contra mí uno de sus lazos, que recorrió mi pecho sin fuerza antes de desvanecerse cuando retiré la espada. Sentía el arma de Sombra sedienta entre mis manos. El otro salteador no tardó en lanzarse contra mí.

Aparentemente, no tenía ningún poder que pudiese suponerme una desventaja. Lo confundí con varias copias y lo herí en la pierna derecha. No tenía intención de dejarlo escapar con tanta facilidad. Amagué un ataque a su cabeza y, cuando elevó la espada para defenderse, logré desdoblarme para cruzarle el pecho descubierto. Escuché el gemido que escapaba de sus labios al tiempo que un salteador más se aparecía allí.

–¡La tengo, Gustard, está aquí! –exclamó, sorprendido al vernos enzarzados en la pelea–. ¡En el inicio del Camino del Nogal! –gritó como si el jefe de los salteadores pudiese oírlo desde su propia realidad.

Terminé con mi contrincante con frialdad antes de volverme hacia él. Parecía un pobre diablo sujetando una mísera daga. Y yo había empezado a sentir la ceguera que produce el odio cuando se convierte en el único camino para eliminar el dolor.

–¡Daos prisa! –continuó gritando al tiempo que reparaba en que era el centro de mi atención–. Da igual que me mates –dijo dirigiéndose a mí–. Pronto todos estarán aquí, mi voz se escucha entre los mundos.

–Pues entonces será mejor que acabe contigo cuanto antes –sentencié apuntándolo con la punta de mi espada. Pero justo en ese momento, más salteadores aparecieron en el bosque y él se protegió detrás de ellos.

Me obligué a desdoblarme lanzando copias mías que se perdían entre los árboles para despistar a mis enemigos, al tiempo que yo me situaba en unas ramas desde las que tenía una visión bastante completa de la escena.

–¡Grillo está con ella! –escuché que bramaba Gustard–. Encontradlo.

Entorné los ojos observando la figura del señor de los salteadores. Parecía haber perdido su gallardía, sumido como estaba en aquel estado de desesperación y nervios. Yo podía estar escapando para salvar la vida, pero él no limpiaría jamás su honor si de mí dependía. Recuerdo constantemente aquel breve instante en que lo tuve al alcance de mis manos, en que podía haberlo matado con la facilidad con la que había segado la vida de la salteadora. Recuerdo que mis dudas se habían disipado, que estaba dispuesta a llevar a cabo la venganza que me correspondía como amiga de Lobo, como amiga de Ángel. Pero el silbido de Grillo me devolvió a la realidad. No me arrepiento de haber elegido volver junto a él: sé que tarde o temprano el señor de los salteadores y yo volveremos a encontrarnos. La deuda de sangre y honor que nos une nos mantendrá con vida hasta ese momento.

Me concentré para hacer uso de la nueva facultad de mi poder y lancé las imágenes de Grillo y mías al final del sendero que atravesaba el bosque. Después me desdoblé junto al verdadero Grillo que, pálido y sudoroso, esperaba a que pusiese mi mano en las suyas para escapar.

No me sorprendió no ser capaz de tomar tierra cuando saltamos, ni tampoco el que mis pulmones se llenasen de agua. Conocía aquella sensación. Volvíamos a estar en medio del mar. Noté la debilidad de Grillo tratando de sacarme hacia la superficie e intenté ayudar con todas mis energías a mantenerme a flote. Durante nuestra travesía en barco hacia Florencia, Grillo me había prometido enseñarme a nadar y me había hablado de la importancia de mantener la calma y conservar el aire en los pulmones para flotar.

No fue nada fácil llegar a la orilla y, cuando lo conseguimos, Grillo se desvaneció entre mis brazos, haciéndome caer. El diluvio rompió sobre nuestras cabezas y sentí que toda mi fuerza me abandonaba con el peso de Grillo sobre mí.

–Por favor, por favor... –susurré vencida–, tú no puedes abandonarme ahora... tú no puedes abandonarme...

Me mordí el labio con rabia e intenté incorporarlo. No era momento para rendirnos, teníamos que salir de allí como fuese, tenía que salvar a Grillo. A duras penas, logré sentarlo y comencé a tirar de él. Me daba miedo que la herida se hubiese llenado de arena y sal, pero tenía que conseguir llegar al barco encallado en los acantilados. Allí debía estar el cuadro de la tranquila pradera que conducía a la casa de madera donde Ángel y Lobo nos habían esperado junto al fuego. Solo nosotros conocíamos aquel emplazamiento. Era uno de los refugios de Lobo, allí nadie nos había descubierto, allí Grillo podría recuperarse.

Grillo recobró el sentido cuando lo arrastraba en dirección a los acantilados. Estaba ardiendo por la fiebre, y yo no podía más.

–Fénix... –musitó.

–No hables –le rogué, temiendo que cualquier esfuerzo innecesario lo hiciese desvanecerse de nuevo.

Intenté que se incorporara y se apoyase sobre sus pies, pero al moverse el dolor volvió a paralizarlo, haciéndolo perder nuevamente el conocimiento. Lloré de rabia y frustración, dejando que la lluvia hiciese su trabajo con nosotros. Entonces vi que la solución no estaba tan lejos de mi mano. Si no recordaba mal, el barco se encontraba al otro lado de aquella cima; si me desdoblaba, estaría pronto allí, podría coger el cuadro y volver a buscar a Grillo. Me limpié los ojos con la manga mojada de mi casaca azul y me dispuse a arrastrar a Grillo para tumbarlo tras unas rocas. Nunca le había visto ningún rastro de debilidad, y ahora dependía totalmente de mí. Le aparté el flequillo blanco y empapado de la frente antes de marcharme.

La cubierta del barco crujía. Me desdoblé al camarote y busqué por la habitación el lugar donde se hallaba escondido el pequeño cuadro. ¿Por qué no había prestado atención a Grillo la primera vez que estuvimos allí? Se me encogió el estómago al recordar el estado de excitación que me había embargado tras nuestro primer beso y, justo después, experimenté la cólera ciega de la frustración y la pérdida. Grillo estaba solo, inconsciente, en mitad de la tormenta. Llevada por la rabia, golpeé una de las paredes y, al hacerlo, la puerta de una falsa alacena se abrió descubriendo lo que tanto necesitaba.

Volví desdoblándome hasta encontrar a Grillo tras las piedras. Parecía una roca más bajo el diluvio. No había recobrado el sentido. Lo arrastré hacia el cuadro posando mi mano en su hombro. Pronto estaríamos bien, pronto estaríamos a salvo.

Grillo tardó varios días en recuperar el sentido, y estuvo todo ese tiempo aquejado por horribles fiebres en las que llamaba a Ángel y a Lobo, incluso llegó a nombrar a Sombra y a otros de los salteadores que conocía. El tiempo que permanecí velándolo me ayudó a poner en perspectiva muchas de las cosas que habían pasado.

Conforme Grillo mejoraba, mi preocupación se iba tornando hacia otros derroteros. En nuestro último salto habíamos perdido la libreta de tópicos, y nos encontrábamos aislados en aquel mundo hasta que encontrásemos una manera de saltar. Eso nos proporcionaba una tregua bastante importante y, cuando Grillo mejoró, se convirtió en un argumento que utilizaba para convencerme de que nos quedásemos e iniciásemos allí una nueva vida.

Pero mi cabeza estaba llena de todos los caminos que había memorizado; es más, mi cabeza no paraba de trazar planes en los que se iba perfilando el sujeto de mi venganza. Yo no podía evitar que la imagen de Iriadam, con su casaca blanca junto al trono de Gustard, volviese constantemente a mi mente. Y me preguntaba si eso significaba que por fin era un verdadero salteador: el que mi alma estuviese alimentada por la sed de venganza, el que mi mente planease de modo constante la manera de dar con el traidor que precipitó la muerte de Ángel.

Una de las primeras mañanas en que Grillo pudo permanecer despierto, le expliqué el modo en que Sombra había intercedido por nosotros y nos había salvado. Le conté también que su antiguo amigo me había relatado la historia de enemistad que los unía.

–¿Te lo contó todo? –inquirió apretando los labios.

–Sí –confesé tranquila, para que el tema de la conversación no lo hiciese recaer en su convalecencia, que yo creía que se alargaba debido a la pena por la pérdida de Lobo y Ángel.

Intentábamos no hablar de nuestros viejos amigos. Intentábamos hablar siempre en futuro. Grillo planeaba cómo sería nuestra vida en aquel mundo y yo lo interrumpía hablando de volver a atacar. Sabía que la única manera de conseguir que despertase de su inmovilidad era dándole una nueva causa por la que luchar, así que no escatimé detalles a la hora de describir mis horas de cautiva en manos de Sombra.

–¿Que te besó? –gritó intentando levantarse de la cama.

–Le dije que lo matarías por eso –sonreí, animada por su reacción.

–¿Qué te contó exactamente? –inquirió de nuevo, interesado, y me animé a responderle.

Grillo frunció el ceño mientras escuchaba atentamente mi relato.

–Entonces, la chica se quitó la vida y eso os convirtió en enemigos –concluí, observando el prado a través de la ventana.

–¿Y fin? –se sorprendió Grillo levantando las cejas.

–Sí... –respondí tratando de hacer memoria, extrañada por su reacción.

–Traidor... –masculló Grillo apretando los puños–. Traidor... ¡Y además te besó!

Al parecer, Sombra había jugado muy bien sus cartas al ser el primero en contarme su versión de los hechos, porque omitió todos aquellos datos que podían convertirlo en un ser tan insensible como me había parecido Grillo al escuchar la historia de sus labios. Incluso en un maldito miserable. El verdadero relato no acababa con esa pobre chica quitándose la vida. El verdadero relato acababa con un chico invisible visitando y asesinando a cinco de las viejas amantes de Grillo.

–No sé si recuerdas los puntos rojos junto a algunos de los cuadros de mi cuaderno de tópicos –me dijo Grillo–. Solo marcaban las realidades en las que Sombra había llevado a cabo su venganza. Las mató a las cinco, mientras dormían.

Trate de imaginar a Sombra entrando subrepticiamente en las habitaciones oscuras de esas pobres chicas. ¿Las habría matado con la espada que ahora se había convertido en mi única arma? El Sombra que yo había conocido no parecía encajar con la imagen de un asesino sin escrúpulos. De pronto pensé en mi propia imagen. ¿Qué aparentaría ser yo? Miré a Grillo, que parecía concentrado en sus viejos recuerdos. Fruncía el ceño con ese aire ausente que solía embargarlo desde que había despertado. A veces me preguntaba si toda aquella aventura no había sido una carga demasiado pesada para su corazón. ¿Cuántas cargas como esa era capaz de soportar un hombre? ¿Qué heridas, más profundas que las de su espalda, surcaban su corazón?

–¿Sabes? –musitó abrazándome para que me tumbase a su lado. Me recosté sobre su pecho y escuché su respiración profunda–. A algunas de esas mujeres hacía años que no las visitaba, las había olvidado. Sombra lo sabía, lo hizo solo por odio ciego.

Odio ciego, amor ciego. Mientras el sol alcanzaba su posición más cenital sobre la pradera, me pregunté qué diferencia había entre aquellos dos sentimientos en el corazón de un salteador.

Epílogo

La consumación de la venganza de Lobo conmovió como nunca el mundo de los salteadores, destapando todas las historias de odio que habían permanecido tanto tiempo ocultas. La casa de Cleo declaró la guerra a Gustard y sus hombres, instaurando un ritmo frenético de batallas que hacían intransitables la mayoría de los tópicos. Firel consiguió mantener su gobierno al margen, amparándose en la serenidad de su carácter y en el estado de paz que siempre había prometido a sus salteadores, pero yo suponía que no tardaría en ser salpicado por la sangre de sus camaradas, puesto que corrían rumores de que protegía el refugio donde Rim Cartiam había logrado recluirse.

Sombra escapó con vida de la mansión de Gustard y a su cabeza se le puso un precio casi tan alto como el que había tenido la cabeza de Lobo. Grillo y yo sobrevivimos, y a día de hoy una cicatriz enorme le cruza la espalda como recordatorio de todo lo que hemos perdido en el camino. Afortunadamente es solo un pequeño precio a pagar por la supervivencia.

Recuerdo con tristeza a Ángel. El hecho de saber que dio su vida por salvar lo que más quería no me ayuda a apartar de mi cabeza aquella última imagen brutal de su cuerpo atravesado por la espada. Grillo asegura que a veces me despierto en mitad de la noche gritando su nombre, pero yo nunca lo recuerdo.

Me gusta creer que Lobo sigue vivo, que nada de todo esto fue en vano, que existe en algún sitio muy cerca y muy lejos de nosotros. Se lo repito a Grillo en voz alta, para tratar de convencernos a los dos. Pero a veces es fácil sentir que se pierde la esperanza. La pérdida de Lobo y de Ángel lo ha sumido en una pena difícil que no quiere compartir conmigo, aunque sé que sanará. Sé que tiene la capacidad de ser feliz pese a las dificultades.

Por fin hemos conseguido salir de nuestro refugio. Me costó trabajo convencer a Grillo para buscar cuadros que pudiesen servirnos de escape. Aunque creo que no cede solo por contentarme y que en su corazón comienza a despertarse la sed del salteador. No soy capaz de contar los saltos que hemos dado desde que empezamos. Todavía no he compartido con él mis planes para encontrar a Iriadam, siento que no está preparado.

Lobo me llamó narradora de corazón de piedra cuando todavía creíamos que conseguiríamos la victoria sin sufrir daño alguno. He cumplido con él una promesa inexistente al haber relatado los pormenores de su lucha. Ahora siento que tengo que dejar de narrar para vivir mi propia guerra.

Patricia García-Rojo

Patricia siempre se acuerda de lo que sueña. No lo puede evitar. En cuanto abre los ojos, sabe quién ha sido durante la noche o la siesta o la cabezada en el tren. A veces sueña que es ella misma, pero otras...

Hay noches en las que llega a islas perdidas y lucha con sus pobladores, o escapa de la mafia en los suburbios de una gran ciudad. Una vez decidió escribir todas esas vidas en un diario, pero enseguida se cansó porque requería mucho tiempo.

Aun así, todavía hoy, cuando sueña algo muy muy interesante, lo apunta rápidamente. Patricia confía en que de esas pequeñas aventuras puedan salir grandes historias que, con el tiempo y un poco de ayuda de su imaginación, se conviertan en novelas. De ese modo nació este libro, porque una madrugada atravesó un cuadro, llegó a un desierto y descubrió a Lobo.

PATRICIA GARCÍA-ROJO *nació en Jaén y, aunque de niña quería ser pintora, al final la conquistaron las palabras y estudió Filología Hispánica. Su primera novela,* LA FÁBRICA CREÁTOR, *ganó un premio, y después se convirtió en una saga:* LOS PORTALES DE ÉLDONON. *Así fue como comenzó a compartir sus sueños con los demás. También da clases de Lengua y Literatura en un instituto de Málaga, y a veces escribe poemas.*

SI TE GUSTAN LOS LIBROS QUE, COMO **LOBO**, INVITAN A MIRAR LAS OBRAS DE ARTE DESDE UN PUNTO DE VISTA NUEVO, NO DEJES DE LEER **THEOTOCÓPULI. BAJO LA SOMBRA DEL GRECO**. Existen momentos que, aunque parecen triviales, determinan el futuro. El de Alfredo tuvo lugar en Nueva York, frente a un cuadro del Greco, cuando aún no sabía que la vida de ese pintor iba a marcar su joven existencia.

THEOTOCÓPULI.
BAJO LA SOMBRA DEL GRECO

Rosa Huertas
Gran Angular, n.º 306

SI LO TUYO SON LAS NOVELAS DE AVENTURAS, Y MEJOR SI ESTÁN AMBIENTADAS EN TIEMPOS LEJANOS, NO DEJES DE LEER **LA CATEDRAL**. Telmo Yáñez, joven artesano, parte hacia Gran Bretaña para participar en la construcción de una catedral. Pero esta extraña y colosal edificación alberga misterios terribles. ¿Podrá el joven superar las dificultades que encierra esta peripecia? Una novela que se adentra en el mundo de los artesanos libres, los templarios y las cruzadas.

LA CATEDRAL

César Mallorquí
Gran Angular. Los libros de César, n.º 2

SI LO QUE MÁS TE HA GUSTADO DE **LOBO** ES EL COMPONENTE MÁGICO Y FANTÁSTICO, **EL CORAZÓN DE JADE** ES TU LIBRO.

El destino los había señalado desde antes de nacer, pero tuvieron que ver agonizar todo su mundo para conocer su misión.

Ahora, su momento ha llegado. En una guerra despiadada, donde los ejércitos no son más que títeres al servicio de la ambición de un emperador cruel, ellos sabrán encontrar su suerte en la desgracia, la amistad en la traición, el amor en la injusticia y sus armas en la magia. Tienen un objetivo: recuperar el latido de la tierra, el corazón de jade.

EL CORAZÓN DE JADE

Jordi Sierra i Fabra